KEITAI
SHOUSETSU
BUNKO
野いちご SINCE 2009

泣いてもいいよ。

善生茉由佳

○STARTS
スターツ出版株式会社

カバー・本文イラスト／なま子

寂しい、とか
悲しい、とか
本当の気持ちを隠して
「それ、癖？」
いつも泣くのを我慢してた
「本当は、話したいこと……いっぱい、ある、よ」
――ずっと隠してた本音
「本当は変わりたいから、心の中でいろいろ葛藤してるんだよな」
――泣けなくなった理由

……君だけが気付いてくれた。

登場人物紹介

青井唯(あおいゆい)

高1。母は人気ブランド「tear」の社長で、唯は跡を継ぐため、厳しい教育を受けている。その影響もあり、人と話すことが苦手で、言いたいことが言えなくなってしまった。

川瀬和泉(かわせいずみ)

高2。唯の下宿先のひとり息子。クールで無口な性格だが、優しさもあり、さらにイケメンで学校での人気はNO.1。

美崎智也 (みさきともや)

和泉の友達。海外に本社を持つアパレル会社の御曹司で女の子に優しい。学校では和泉の次に人気がある。

高木千夏 (たかぎちなつ)

唯と同じクラス。明るく活発で、誰に対しても優しく接する。唯を遊びに誘うけど……？

美和綾乃 (みわあやの)

唯たちが通う高校に教育実習に来た大学4年生。優しそうな雰囲気の美人。和泉と過去なにか関係があった……？

contents

tear＊1

プロローグ	10
出会いと再会	23
弱虫と孤立	47
雨音と本音	63

tear＊2

友達と「ありがとう」	84
初恋と優しさ	99
波乱と胸騒ぎ	115
点と線	129
期待と不安	144
刺繍と成長	155

tear * 3

洋服とコーヒーショップ	168
過去と繋がり	193
ご褒美とデート	207
泣き顔と願い	232
犯人と保健室	243
婚約者と頼み事	263

tear * 4

お母さんと食事会	288
選択肢と相談	303
タイムリミットと決断	325
ただいまとおかえり	346
エピローグ	365

あとがき	374

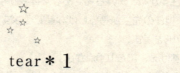

tear*1

プロローグ

「さすがね、青井さん。あなたは我が校の誇りだわ」

担任の先生が誇らしげな顔でうなずき、私に満点の答案用紙を返す。

「すげぇ、また100点かよ」

「全教科オール5の秀才だもんね。うちらとはそもそものスペックが違うんでしょ」

クラスのみんなの前で褒められるのは正直恥ずかしい。

変に注目を浴びて顔が熱くなるし、先生がエコひいきしているように見られて妬まれることもあるから。

なるべく人前で成績のことに触れてほしくないんだけどな……。

「みんなも青井さんを見習って、もっと予習復習に励みなさい！　うちのクラスだけ英語の平均点が極端に悪かったわよ。担任の私が受け持ってる科目なのにあなた達ときたら——」

私が自分の席に戻るなり、教壇の前で答案用紙を返却していた担任が説教を始め、クラス中が鬱屈した空気に。

「……また青井びいきかよ」

ボソッ。クラスメイトの女子が何気なくつぶやいたひと言に胃がキュッと縮む。

中学3年生。もうすぐ受験本番を迎える大事な時期。

内申書のことでピリピリしてる時だけに、テストの結果

が出る度に、あからさまに私だけ褒めて、ほかのみんなを叱責する担任に困っていた。

「青井さん、今時間ある？」
　帰りのHRが終わり、勉強道具を鞄の中に詰めていると、同じクラスの男子に話しかけられた。
　イケメンでスポーツ万能。リーダーシップをとることが得意な人気者の田辺くん。
　そんな彼に話しかけられたせいか、教室に残っていた女子達から鋭い目で見られてひやりとする。
「わ、私に何か用事？」
「んー、人前ではちょっと……。場所移動してから話したいんだけど」
　すでにダッフルコートを着用して、このまま帰る予定だったんだけどな。
　今日は金曜日だから塾に行かなくちゃいけないし。
　時間がないので断ろうとしたものの、
「頼む！　時間はとらせないからっ」
　田辺くんが顔の前で両手を合わせて必死に頼み込んでくるから、断るにも断りきれず、ふたりで人目につきにくい１階の空き教室まで移動することになってしまった。
　田辺くんは誰もいないことを確認してから、くるりと私の方に向きなおり、真っ赤な顔で告げてきた。
「俺、前から青井のことが気になってたんだ」
「え……？」

人気者の田辺くんからの思わぬ告白に驚き、動揺してうろたえてしまう。
　だって、彼の好意に気付くことはおろか、自分に想いを寄せてくれているなんて想像すらしたことなかったから。
「俺と青井の志望校って別々だし、受験前に気持ちだけでも伝えておこうと思って」
　恥ずかしそうに首の裏を押さえてはにかむ田辺くん。
　彼の緊張が伝わったのか、私までドキドキしてしまう。
「なんで私……？」
　半信半疑で訊ねると、田辺くんは耳まで赤くして「んー」と恥ずかしそうに唇を引き結んだ。
「青井って頭いいじゃん？　いつも学年トップだし、まわりのギャーギャー騒いでるだけの女子とは違うっていうか。おしとやかで、品が良くて、清楚っていうかさ。顔もすげーかわいいし」
「そっ、そんなことないよ」
「そんなことあるんだって。実際、青井のこと狙ってる奴多いし。で、俺と付き合ってほしいんだけど、どう？」
「……っ」
　ダッフルコートの裾をキュッとつかみ、うつむく。
「ごめんなさい」
　なんて返事をすればいいのか迷い、深々と頭を下げて真剣に謝った。
「……い、今は受験のことで頭がいっぱいで。それに、田辺くんのことをそういう目で意識して見たことがなかった

から。でもあの」
「もういいわ」
　いつも気さくに話しかけてくれて感謝してると伝える前に会話を切り上げられてしまった。
「あの、田辺く——」
　何か深く傷付けるようなことを言ってしまったのかもしれない。
　焦った私は、田辺くんを呼び止めようとするものの、目の前の扉をピシャッと閉められてしまって。
　宙に伸ばした手は行き場をなくしたまま、困惑顔でしばらくその場に立ち尽くしていた。
　田辺くんに失礼なことしちゃった……。
　同じ断るにしても、もっとオブラートに言葉を包んで伝えればよかった。
　今更後悔しても仕方がなく、重たい気分を引きずりながら家に帰ると、お母さんがめずらしく先に家に帰ってきていた。
「た、ただいま。めずらしいね。お母さんが昼間に家にいるなんて」
「会議で使う書類を忘れて取りに来ただけよ。すぐに戻るわ」
　キッチンの中にある換気扇の下で煙草を一服吸いながら、リビングテーブルの上に置かれた封筒を指差すお母さん。
　パンツスーツを身にまとい、きちんと化粧をほどこして、自信満々そうな雰囲気はどこから見てもバリバリのキャリ

アウーマン。
　ファッションブランドの社長を務めるお母さんは毎日多忙で分刻みのスケジュールをこなしている。
　どこにいてもピリッとした空気を発して背筋を伸ばしているのは、いつだって頭の中が仕事でいっぱいだから。
　3年前にお父さんと離婚して以来、常に肩肘張って、戦闘モード。家にいる時くらい、少しはリラックスしていけばいいのに……。
「じゃあ、行くわね。戸締まりだけ気を付けてちょうだい。食事のことは志村さんに任せてあるから」
　灰皿に吸い殻を捨てるなり、急いだ様子で書類の入った封筒を抱えてリビングから出ていこうとする。
「待って、お母さん」
「何？」
　テストの成績だけでも伝えようととっさに呼び止めたものの、振り返ったお母さんの顔はどこかイライラしていて。
　分刻みのスケジュールに追われているお母さんにとって、会社と違ってなんの利益にもならない娘の報告なんてどうでもいいことだってわかってる。
　それでも、少しでもいいからお母さんと会話したくて。
　スクールバッグの中からテストの答案用紙を取り出し、無理矢理つくった笑顔でお母さんに結果報告をした。
「この前のテストの結果、また学年1位だったよ。模試もA判定だって」
「あらそう。各教科の点数は？　当然、どれも満点なんで

しょうね？」
「それは……」
　私が差し出した答案用紙を受け取り、うっすらと眉をしかめるお母さん。
「あら。国語が98点、数学が96点ってどういうこと？　全教科満点じゃなきゃ、いくら学年1位だからって褒められたものじゃないわよ」
　はぁ、とお母さんがわざと大きなため息をついて、ワンレングスの前髪を掻き上げる。
「漢字の書き間違いと計算違いの凡ミスね。両方、最後まで気を抜かずに確認すれば間違えなかった問題じゃない」
「ご、ごめんなさい……」
「まあ、いいわ。次からは今まで以上に慎重に見なおしなさい。それじゃあ、今度こそ行くわよ」
　お母さんは私の横を通り過ぎて家を出ていく。
　玄関のドアが閉まる音と、お母さんがハイヒールの踵を鳴らして去っていく靴音がむなしく聞こえてきた。
「……少しくらい、私のことを聞いてくれたっていいのに」
　ぽつりと独り言を零し、だだっ広いリビングのソファに腰かける。
　吹き抜けの天井を見上げ、シーリングファンが回っているのをぼんやり眺めてため息。
　お母さんが気にとめる話題はテストの成績だけ。完璧主義なお母さんらしく満点以外は認めてくれないけれど。
　仕事仕事って、そんなに仕事が大事？

……私よりも？
　考えだしたらキリがなくて、手に握り締めていたテストの答案用紙をぐしゃぐしゃに丸めてゴミ箱に放り投げた。
　けど、丸めた紙くずはゴミ箱の角に当たって床の上に落ちてしまった。
「何やってるんだろう、私……」
　ゆっくりとソファから立ち上がり、窓のそばに立って階下の景色を見下ろす。
　高層マンションの上階に住んでいるため、ここからは街の景色が一望できるようになっている。今日は朝から雪が降り続いているせいか街中が白く染まっていた。
　都内で雪が降るのはけっこう大変なことで、電車やバスが止まったり、交通規制の面でいろいろな不便が生じたりする。
　こんな日くらい、雪で転んだりしなかった、とか、塾の行き帰りの心配ぐらいしてくれたって……。
「駄目駄目。また暗い方向に考えてる」
　頭をふるふると横に振り、自室に戻って私服に着替えなおす。塾用の鞄に勉強道具を詰めると、玄関先でコートを羽織り、首にマフラーを巻いて外に出た。

＊　＊　＊

　翌日の朝、学校へ登校すると、教室の前でバッタリ田辺くんと鉢合わせた。

「あ……」
　昨日の今日でなんて声をかければいいのか。
　気まずさで顔が強張り、あいさつするべきか躊躇してると、田辺くんに顔を背けられ、横を素通りされてしまった。
　やっぱり、そうなるよね……。
　友達のいない私にとって、気さくに話しかけてくれる相手だっただけに、胸にぽっかり穴が空いたよう。
　仕方ないとはわかっていても、露骨に避けられるのは寂しいものがある。
　ぐっと奥歯を噛み締め、鞄を持ちなおして教室の中に入ろうとしたら。
「青井さん、ちょっといい？」
　私の行く手を阻むように、うしろから強い力で肩をつかまれて、ゆっくり振り返ると、そこにはクラスの中では人気グループに分類される女子数名がズラリと並んでいた。
　嫌な予感にごくりと唾を呑み込む。廊下にいる人達は何事かと遠巻きにこっちの様子を眺めつつも、誰も助ける気配はなく、興味本位な視線を向けてくるだけ。
　逃げるに逃げ出せず、うつむいて彼女達のうしろについて向かった先は１階の女子トイレだった。
「あのさー、昨日の放課後、田辺に告られたって噂、本当？」
「その現場、目撃してた人がいるんだよね」
「本当のこと教えてよ」
　女子トイレの隅に追いやられ、私を囲うように集団でズラリと並ぶ女子達。どちらかといえばギャル系の彼女達の

剣幕はすさまじく、肩が萎縮しきっておびえてしまう。
「……ほ、本当、です」
　同級生相手に敬語を使ってしまうくらい、恐怖でパニックに陥り頭の中が真っ白になっていた。
　実は、こういうふうに女子から呼び出されるのははじめてのことじゃない。
　今目の前で凄む彼女達以外にも、小学生の頃から何度も尋問を受けてきた。
　その原因は──主に恋愛絡み。
「青井さんさぁ、うちが田辺のこと好きだったって知らなかったの？」
　女子のリーダー格である金澤レミさんに尋問され、びくりと肩が跳ね上がる。
「……それ、は」
　本人から直接聞いたわけじゃないけど、まるきり知らないわけでもない。
　サバサバしていて積極的な金澤さんは、好きな人にはわかりやすくアプローチするタイプ。その証拠に、毎日田辺くんに話しかけて、軽くボディタッチをしながら楽しそうに会話してる姿をよく目にしていた。
　金澤さんの態度を見れば、田辺くんに片想いしているのは一目瞭然だったと思う。
「うわ。知ってて、田辺くんの呼び出しについてったんだ。最低～」
「レミかわいそう～。てかさぁ、普通に考えてレミが好き

だってわかってたんなら、なんで田辺と仲良くするわけ？」
「前から思ってたけど、男の前でだけ媚び売りすぎ」
「そうやってビクビクしてんのもか弱いアピール？　自分がかわいいのわかってるからできるやつだよね、それ」
　金澤さんのうしろに並んでいた女子達が一斉に私を非難し、きつい言葉を浴びせてくる。
　男子に媚びなんて売ってないし、ましてや自分がかわいいなんて思ったこともない。
　誤解を解きたいのに、強張った体はぴくりとも動かなくて、真っ青な顔でうつむいたまま、泣くのをこらえるだけで精いっぱい。
　ビクビクして会話にならない私に痺れを切らしたのか、金澤さんは短く舌打ちして、私の腕を引っ張ってきた。
「きゃっ」
　そのまま個室の中に押し込められ、びっくりしてドアを叩くものの、外から数人がかりで押さえているのかドアはビクともしない。
　ガコンッと女子トイレのロッカーを開ける音が響き、手洗い場の蛇口をひねって何かに水をためる気配がした瞬間から嫌な予感がしていた。
　何人かのクスクス笑う声と、ゆっくりとこっちに近付いてくる足音に首を小さく横に振って、１歩ずつうしろへ下がっていく。
　だけど、壁に背中が当たって逃げ場を失った直後。
「調子乗ってんじゃねぇよ、バーカ！」

───ザバン……ッ！
　扉の上からバケツに入った水を浴びせられ、全身がびしょ濡れになってしまった。
　髪の毛先からぽたぽたと滴が垂れて、水をたっぷり含んで重たくなったスカートの裾をつかみ、奥歯をキュッと噛み締める。
　カランカラン……とバケツが床に転がる音がしてゆっくり顔を上げると、いつの間にか金澤さん達はトイレからいなくなっていて、押さえる人がいなくなった個室のドアも少しだけ開いていた。
　いくら校内といえど、暖房の入っていないトイレの中は寒く、ブルブルと体を震わせる。
　涙が溢れそうになるのを必死でこらえ、しばらく個室の中でうずくまってから着替えを借りに保健室まで歩いていった。
　どう見てもただごとじゃない格好に保健室の先生は驚いていたけど、あくまで偶然の事故だと主張した。
　心の中ではおびえていたけど、先生の前では毅然とした態度を貫いていたからか、それ以上深く追及されることもなく、着替えのジャージを貸してもらい、体が温まるまでの間、保健室の中で休ませてもらった。

＊　＊　＊

　青井唯。

もうすぐ高校受験を間近に控えた中学３年生。
　引っ込み思案で人見知りする私は、昔から思ってることの半分も口に出せなくて、本音を心の奥にしまっている。
　常におどおどしていて臆病。そのせいであらぬ疑いをかけられても誤解を解くことすらできないんだ。
　そんな自分に内面的な魅力はないと思ってる。
　勉強しか取り柄のないつまらない人間。
　自分ではそう思っているけど、元モデルのお母さんに似て整った容姿をしているらしく、子どもの頃からいろんな人達に「かわいい」と言われてきた。
　母親譲りの小顔で華奢な体形。身長は小柄な父に似たのか、背の高いママと比べてやや低めの152cm。
　ふんわりしたロングヘアの黒髪は背中まで伸びている。
　顔立ちは、気が弱そうに見える下がり気味の眉に、長いまつ毛、くっきり二重の大きな瞳と唇の下の小さなほくろが特徴的で、手のひらサイズの小顔と肌の白さに驚かれる。
　けど、たとえ容姿が目立つとしても、家でも学校でも大人しくてさえない存在に変わりはなくて。
　親しく話せる友達もいないので、いつもひとりきり。
　それなのに、男の子達は見た目だけで私を好きになって、中身も知らずに告白してくる。
　誰かの好きな人が私に告白した、私を好きらしい——そんな噂が流れる度に、その男の子を好きな女の子達ににらまれ、どんどん嫌われていった。
　受験生になってからは、担任が学年トップの私を褒めち

ぎり、ほかの生徒に「青井さんを見習いなさい！」と説教するせいで、余計ににらまれてしまっている。
　あえて比較（ひかく）することで生徒達にやる気を出させようとしてるんだろうけど、担任のエコひいきを不満に感じる人も出てきて……。
　もとから私のことを良く思っていない女子を中心に存在無視はますますエスカレートしていった。
　陰口（かげぐち）をたたかれるのは序の口。授業でグループをつくらなくちゃいけない時にひとりだけ無視されたり、男の子絡みのことで呼び出されて嫌な目に遭ったりさんざんだ。
　孤独（こどく）を感じた時の逃げ場所は勉強に打ち込むこと。
　満点じゃなければ、完璧主義の母親に怒（おこ）られる。
　満点を取れば、担任は私を持ち上げ、周囲の不満は蓄積（ちくせき）する。
　どっちもつらいけど、同じつらさならお母さんに見捨てられる方が怖かった。
　……もしも、私が自分の本音を素直に口に出せる人間だったら、きっと、もっと変われるはず。
　嫌なことは嫌だとハッキリ主張できる自分になれたら。
　脳内でイメージする理想の自分は現実からはほど遠く、考えるほどむなしさが増していった。

出会いと再会

　前日の夜から寒気がするな、と危惧していたけど、まさか受験当日に熱を出すなんて思わなかった。
　喉の扁桃腺が腫れているのか唾を呑み込むだけで痛みが生じ、咳が止まらない。だるくて頭がぼーっとする。
「お母さん……」
　ベッドの中で震える体を抱き締めながらお母さんを呼ぶものの、返事はなく、シンと静まり返ったまま。
　予想はしてても、子どもの受験日ですら仕事を優先するお母さんにうんざりした。
「ケホッ……」
　気だるい体を起こし、ふらついた足取りでクローゼットの扉を開ける。
　パジャマを脱いで制服に着替えて、鞄の中に大事な受験票と筆記用具が入っているか確認してから家を出た。

　今日受験するのは進路の第１希望だった桜華高校。
　偏差値のレベルが非常に高く、桜華から東大に合格する人も多いので、必ずここに受からなくてはいけない。
　なぜなら、桜華に行くことをお母さんが望んでいるから。
『必ず桜華に受かって、大学に進んだら海外へ留学しなさい。私の跡を継いだあと、あなたの経歴はいろんなメディアにさらされる。その時のためにも今のうちから名の通っ

た学校へ通って箔をつけていかないと』
　物心ついた頃から口を酸っぱくして言われてきたセリフ。
　国内外に問わず、幅広い世代に支持され評価されているファッションブランド「tear」を経営するお母さん。
　年間売上高は数百億を超え、百貨店や大型ショッピングモールに何十店舗も構える人気ブランド。
　数々の企業からオファーを受けて、映画やドラマ、雑誌の特集で「tear」が取り上げられることは日常茶飯事。
　オフィシャルサイトには有名モデルやタレントを多数起用し、「tear」の通販専門誌の表紙を飾るだけでエンタメニュースになるレベル。
　デザインのかわいさが評判を呼んで、近年では海外のファッションショーに呼ばれたり、ニューヨークに店を作る計画も上がっていて、あらゆるメディアに注目されている。
　一代で築き上げたブランドだけに、試行錯誤しなければならない面も多々あり、お母さんの気が休まらないのも当然なんだけど。
　ただ、仕事を優先するあまり家族としてはないがしろにされてる気がして、たまに寂しくなる。
　お母さんにとって私は自社を継がせるための跡取りでしかないの？
　そんなにブランドが大事？
　私は……私は、お母さんにとってどんな存在？
　本人に訊ねる勇気がない私は心の中で幾度も同じ問いを繰り返している。

なんとか家を出たものの、体調は悪くなる一方で、地元の駅に着く頃にはすでに限界を迎えていた。
「う……っ」
　ぐらりと眩暈が起こり、その場に倒れ込みそうになる。
　とっさに券売機の近くの柱に片手をついて体を支えたものの、膝がガクガク震えてまともに立っていられない。
　まずい。呼吸がどんどん荒くなり、思考が薄れていく。
　通勤・通学ラッシュで混み合う時間帯なので人の流れも多く、改札口付近はがやがやと賑わっている。
　みんな急いでいて誰も私の異変に気付いてくれない。
　こめかみに冷や汗が伝い、吐き気が込み上げた時。
「──どうした？」
　下から顔を覗き込まれて視界に入ってきたのは、端正な顔立ちをした綺麗な男の人。
　濡れ羽色の艶やかな黒髪と、180cm以上の高身長。
　具合が悪いはずなのに、今にも吸い込まれそうな漆黒の瞳と目が合って呼吸が止まりかけた。
「……ッ」
　見とれていたのは、一瞬。
　すぐに気持ち悪さが上回り、真っ青な顔色で口元を押さえ込む。
「アンタ、もしかして熱ある？」
　彼の手が私の額に伸びて、手のひらで熱を測られる。
　あっ、と小さな声でつぶやき、呆れた感じで「こんなに熱あるのに外出するなよ」と注意されてしまった。

熱に浮かされる中、ぽーっと目の前の彼を観察する。
　フードの部分にファーが付いた黒のモッズコート。
　長身だけど細身な体形ですごくスタイルがいい。手も長くて小顔だし、誰が見ても目を惹かれる美形ってこういう人のことを言うのかな。
　お母さんなら会社のイメージモデルにスカウトしそう。
　そんなことをぼんやり考えているうちに、どんどん意識が遠のいていって……。
「おい、しっかりしろっ」
　ふらりと前に倒れかけた私を男の人が抱きとめてくれたところで力が尽きてしまった。
　駄目……、今日は大事な受験日なんだから、ここで倒れるわけにはいかない。
　意識を失うわけにはいかない……の、に……。
「今、救護室に運んでやるからな」
　頭上から男の人の気遣う声が聞こえる。
　お姫様抱っこをするみたいに横抱きに持ち上げられ、人混みを掻き分けながら駅員さんの元まで歩いていく。
　心地いい揺れに瞳を細め、下から彼の顔を見上げると、顎先に汗の滴が伝っていて、真剣な表情で私を運んでいるのが見えた。
　目にかかりそうな長めの前髪の下から覗く綺麗な横顔。
　男の人に見とれながら、彼の腕の中でぼんやり熱に浮かされていた。

次に目が覚めた時、私の目に映ったのは、病院の真っ白な天井だった。
　ゆっくり顔を横に向けると、どうやらベッドの上に寝かされているらしく、腕には点滴の針が刺されている。
「ここ、は……？」
　喉をぜえぜえ鳴らしながらつぶやくと、ちょうど様子を見に来た看護師さんが「駅の改札口で倒れていたところを、たまたま通りかかった男の人が救ってくれたんですよ」と優しい声で教えてくれた。
「男の、人？」
「ええ。駅の救護室まで運んで、自分のハンカチを濡らして額に当ててくれてたらしくて。救急車が到着した時に帰られたそうですけど、親切な方がいてよかったですね」
「……ハンカチ？」
「ココに運ばれてくる時もずっと握り締めていたんですよ。診察する時によけたので、今はその上に置いてあります」
　看護師さんが指差した先を目線でたどると、ベッドサイドのキャビネットの上に綺麗に折り畳まれた白いハンカチが置いてあることに気付いた。
「あの……それ、取ってもらってもいいですか？」
　とてもじゃないけど自力で体を起こせる状態じゃなかったので看護師さんにお願いする。
　目の前に差し出されたハンカチを受け取り、両手に持って広げると、生地からほんのりシトラスの香りがして。
　男の人に抱きとめられた時に鼻孔をくすぐった匂いと同

じことに気付き、じんわり頬が熱くなった。
　隅っこに「I」とイニシャルが刺繍されたシンプルな無地のハンカチ。これは、あの人のものなんだ。
「私を助けてくれた人が誰かわかりますか……？」
「それが……名前も名乗らずに去ってしまわれたようで」
　期待に応えられず、申し訳なさそうに謝る看護師さん。
　よほど私が落ち込んでいるように見えたのか、
「また会えるといいですね」
と温かい言葉で気遣われ、私もゆるく笑みを浮かべて静かにうなずき返した。
「あと、親御さんにご連絡したら、点滴が終わって本人が目を覚ます頃に迎えの者を寄こすとおっしゃってましたよ」
「……そう、ですか」
　受験当日に熱で倒れたっていうのに、こんな時にもお母さんは心配して迎えに来てくれないんだ……。
　チラリと部屋の壁時計で時刻を確認したら、とうにお昼を過ぎていて、頭の中が真っ白になった。
　私、受験すら受けられずに不合格になっちゃったんだ。
　あれだけ桜華高校に合格しろってお母さんに言われていたのに。
　私を迎えに来てくれないのも、受験当日に倒れてしまって失望しているからに違いない。
　鼻がツンと痛くなって、目尻に涙が込み上げそうになったけれど、すんでのところでこらえ、奥歯をきつく食い縛る。
　窓の外は灰色に曇っていて、まるで今の心境をそのまま

映しているような空模様だった。

* * *

　それから、受験シーズンが終わり、桜の蕾が芽吹きだす3月に中学の卒業式を迎え、あっという間に春休みが過ぎて、高校の入学式当日を迎えた。
　第１希望の桜華高校に落ちた私は、あれから風邪をこじらせ、結局入院するハメに。
　第２希望の高校も受験できず、このままでは浪人してしまうと危機感を抱く事態になったものの、なんとか滑り止めで受けた日和高校に合格することが出来た。
　高校受験は失敗したけど、大学受験で遅れを取り返せばお母さんの機嫌も直るはず。
　桜華高校と比べると偏差値はやや低いけど、ワンランク以上下の高校に行くからって気を抜かずに、毎日勉強に励まなくちゃ。
　それに、ここだけの本音。
　私が入学することになった日和高校には同じ中学から進学する人がひとりもいなくてほっとしてるんだ。
　高校に入ったら、今度こそ仲のいい友達がつくれたらいいな……。
　もうひとつ、私が日和高校に受かって嬉しい理由は、自宅から通うには少し遠いので、お母さんの知人のお宅に居候させてもらえることになったから。

いつ帰宅しても家にいないお母さんとの暮らしよりも孤独を感じずにいられる気がして。
　新しい環境には不安もある。
　けれど、いつまでも受験に落ちたことを嘆いていても仕方ないし、気持ちを切り替えて前を向いていけたらって思うんだ。

　そうして、迎えた4月。
　桜並木の坂道を登り、丘の上に建つ日和高校の前に着いた私は期待と不安を胸に校門をくぐり抜けた。
　春休みの間に入学手続きをしに一度訪れたけど、日和高校の生徒になってから校舎に足を踏み入れるのは今日が初めて。
　周囲を見渡せば、私と同じように真新しい制服に身を包んだ新入生達が登校していて、クラスの割り当て表が貼られた昇降口の前はわいわい盛り上がっている。
　紺色のブレザーにピンクのストライプが入った赤いリボン。キャメル地のプリーツスカートにはグレーとコーラルピンクのチェック模様が入っている。
　校章がワンポイント刺繍された紺のソックスと学校指定のローファー。
　資料で目にした時からかわいい制服だなって思ってたけど、実際に着てみたら予想以上に素敵で気に入ってしまった。
　女子はブレザーだけど、男子は黒い学ランなので、制服の色合いがカラフルに感じるのかも。

実は、この高校の制服をデザインしたのはうちのお母さんなんだ。
　だから、滑り止めとはいえ、日和高校に通うことが出来て秘かに嬉しかったりするんだけれど、本人には内緒。
　言ったところで喜ぶとは思えないし、制服のデザインで学校を選ぶなって怒られちゃいそうだから。
「……えっと、私のクラスは何組なんだろう？」
　人と人の間を縫うように爪先立ちして掲示板を見上げる。
　目の前には男子数名が固まっていて「俺Ｂ組～」「こっちはＤ」「俺はＥだった！」なんて興奮気味に会話をしていて、なかなかよけてくれそうにない。
　違う場所から確認しようと足を移動しかけたものの、クラス表の前には人が集まっていて、背の低い私には見えそうもない。
　うーん、困ったな。早く自分のクラスを確認して教室に行きたいんだけど……。
　小心者な私は『通して下さい』というひと言が言えず、困惑気味に辺りを見回す。
「よし行くか～」
「おうっ」
　その時、目の前の男子達が一斉に動きだして。
「きゃっ」
　彼らのひとりが振り返った拍子に体がドンッとぶつかってしまい、その弾みで地面に手をついて転んでしまった。
　私とぶつかった相手はそのことに気付いてないらしく、

友人らと盛り上がりながら校舎の中に入っていく。
「いたた……」
「大丈夫!?」
　擦りむいた膝を押さえていると頭上から声がして。
　顔を上げたら、ポニーテールの女の子が心配気に手を差し伸べてくれていた。
「え、っと……」
　地面に手をついてしまったので彼女の手を取っていいものか躊躇していると、ぐいっと腕を引っ張られて、立ち上がらされた。
「何ぽけーっとしてんの？　ここにいたら人混みに押し潰されちゃうよ。てゆーか、さっきのアイツら、人にぶつかっておいて謝りもせずにどっか行っちゃうなんて最低！」
　女の子は納得いかなそうに頬を膨らませて愚痴り、さっきまで男子達がいた方向をにらみつけている。
　他人のことなのに、まるで自分のことみたいに怒るから、転んだショックも一気に吹き飛んでしまった。
「ところで、あなたの名前は？　あたしは高木千夏」
「あ、青井唯です」
　勝気そうな猫目に真っ直ぐ見つめられて、ふいと目を逸らしてしまう。
　相手に失礼だと思いつつも、極度の緊張から視線を合わせられなくて……私ってば本当に最低すぎる。
「へぇ〜。唯ね。名前覚えた。で、唯はもう自分のクラスわかった？」

「ま、まだ……」
「あたしもなんだ。ふたりで一緒に探そうよ」
「え?」
「あたしのことは千夏って下の名前で呼んでいいから。ほら、さっさと行くよ」

　無礼な態度を気にするでもなく、あっけらかんとした様子で「もうちょっと前の方に移動してクラス表確認しようよ。ここ、人いすぎてよく見えないし」なんて、私の腕をつかんで人混みを掻き分けていく千夏ちゃん。

　彼女のペースにのまれたまま最前列に行き、そこでクラスの割り当て表を確認すると、千夏ちゃんと同じクラスであることが判明して驚いた。
「あっ、唯の名前発見!　あたしと同じＡ組じゃんっ」
「ほ、本当だ」

　千夏ちゃんが指差す方を見ると、確かに１年Ａ組の中に私の名前を見つけて。

　思わぬ偶然にふたりで顔を見合わせると、千夏ちゃんが明るい笑顔で「今日からよろしくね!」と握手を求めてきてくれた。
「こちらこそ……よろしくね」

　ドキドキしながら千夏ちゃんの手を握り返すと、とびきり嬉しそうに微笑みかけてくれて、つられて私まで笑顔になってしまう。
「さっそく友達が出来てよかった〜。あたし、中学まで県外に住んでたからこっちに知り合いひとりもいなくてさ。

家の都合で越してきたはいいけど、土地勘ゼロだし、誰に話しかけたらいいかもよくわかんなくって」
「わ、私も、知ってる人が誰もいなくて……」
「わかるわかる！　知り合いいないと不安になるよね。だから、唯と話せてよかった」
「こ、こちらこそ」
「あはは。唯、緊張しすぎ。それにしても、同じクラスとかすごい偶然だよね。あたし、けっこう自分勝手で強引なところもあるけど仲良くしてあげて」
　千夏ちゃんが胸に手をついてほっと安堵の息を漏らす。
　彼女の口から自然に出てきた「友達」という単語に反応して、ほっぺたがじんわり熱くなる。
　あ、やばい。感動して、ちょっと泣きそう。
　千夏ちゃんにバレないよう、こっそりと制服の袖口で目元を拭い、何もなかったフリして前を向く。
「教室行くよ、唯」
「う、うん……っ」
　先に校舎の中に入っていく千夏ちゃんを追いかけ、下駄箱で靴を履き替える。
　校舎案内の見取り図を見ながら『１年Ａ組』を探し、教室に着いてからもふたりでずっとお喋りしていた。
　口下手な私はほとんど彼女の話に相づちを打ってばかりだったけれど、お互いの自己紹介を始め、出身中学や恋バナなどのごくありふれた質問をし合って。
　週５で塾に通い、部活をする暇もなかった私と違って、

スポーツ少女だった千夏ちゃんは女子陸上部に青春を捧げ、部長もしていたらしい。

恋愛方面では、中学までに３人と付き合ったことがあると聞かされ、交際経験のない私は本気で驚いた。

「彼氏がいるからって部活をおろそかにするような奴にはなりたくなかったから、自分なりに両立出来るよう必死に頑張ってたんだ」

「すごいなぁ。私なんて勉強しか取り柄のないガリ勉だったから、毎日机に向かって問題集ばっかり眺めてたよ」

「あはは。本当正反対だね、あたし達って。──っと、チャイム鳴ったから、そろそろ自分の席に戻るね」

キーンコーン……。

校舎中に始業ベルが鳴り響き、スーツ姿のメガネをかけた男性教師が「全員席に着いて」と言いながら教室の中に入ってくる。

おのおのに散らばって雑談していた生徒達はすぐさま自分の席へと戻り、さっきまでの賑わいが嘘のように室内が静まり返る。

教室全体に漂うほのかな緊張感は今日から始まる新生活に対するもので、真新しい制服に身を包んだ新入生達は、どこか浮き足立った気分でそわそわしていた。

あ……、桜の匂い。

ふと花の香りにつられて窓の外に視線を向けると、窓の隙間から桃色の花弁が風に乗って室内に舞い込んでくるのが見えた。

＊　＊　＊

　それから、なんの滞りもなく普通に入学式が終わって。
　千夏ちゃんと校門前で別れた私は、その足で今日からお世話になる川瀬家に向かっていた。
「えっと……確かこの辺りだよね？」
　スマホアプリでマップ検索しながら、高級住宅街の中をうろうろする。
　最寄駅で電車を降りて、目的地にたどり着いたはいいものの、同じような住宅が密集していて、どれが川瀬家なのか判別つかない。
　一軒一軒の表札を見て回りながら途方に暮れていると、オシャレなカフェを連想させるレンガ造りの壁の一軒家が目にとまり、庭先でプランターにお水をやっているスレンダーな体形の綺麗な女性と目が合った。
　長い髪をうしろでひとつに結び、ミントグリーンのエプロンをつけている女性は、私を見るなり瞳を輝かせて庭先から外に出てくる。
「あら。もしかして、唯ちゃん？　あなた唯ちゃんでしょう？」
「は、はい……？」
　ぎゅっと両手で手を包まれ、美人さんの勢いに圧倒されながら首をうなずかせる。
「やっぱり！　写真で見たとおりかわいいお嬢さんだわ。今日からうちで預かることになるけど、ここを自宅だと

思って遠慮せずにのびのび暮らしてちょうだいね」
「もしかして、川瀬さんですか？」
「ええ。わたしのことは下の名前で『恵美』でもなんでも好きなように呼んでちょうだい。これからよろしくね」
「よっ、よろしくお願いします」

　深々とお辞儀をすると、かしこまらなくて平気よとふんわり微笑まれた。
「旦那はまだ仕事中で、息子は……まだ学校から戻ってきてないみたい」

　どうぞ、と家の中に上がるよう恵美さんに促され、玄関にそっと足を踏み入れる。

　脱いだ靴の向きを揃えてから家の中に上がると、吹き抜けの天井になった広いリビングに通され、テレビの前にある革張りの白いソファに座らされた。
「今飲み物を用意するからちょっと待っててね。唯ちゃん、紅茶とジュースならどっちがいいかしら？　ジュースならオレンジとアップルがあるんだけれど」
「ア、アップルジュースでお願いします」
「ふふっ。慣れない家で緊張してると思うけど、気兼ねせずのんびりくつろいでちょうだい」

　パタパタとスリッパの音を鳴らしてキッチンへ向かう恵美さん。

　冷蔵庫からジュースを取り出す音を耳にしながら、室内の様子をそろそろと観察してみる。

　30畳はありそうな広いリビング。フローリングの床に敷

かれたフカフカの絨毯。プロペラのようなシーリングファンが回る吹き抜けの天井。
　窓からはお日様の光が差し込み、室内全体がぽかぽかと温かな陽気に包まれている。
　窓際に置かれた観葉植物、白いレースのカーテン。
　テレビの前にはガラス製のテーブルが置かれ、その周囲をコの字形のソファで囲んでいる。
　全体的に白を基調とした部屋づくりになっていて清潔な印象。
　窓越しに見える庭には芝生が広がっていて、花壇にたくさんの花が植えられていた。
　さっきもプランターに水をあげていたし、恵美さんは植物が好きなのかもしれない。
「少しのんびりしたら、２階の部屋に案内するわね。引っ越しの荷物は昨日のうちに届いているから、あとで息子にも協力させて荷解きしていきましょう」
「ありがとうございます」
　恵美さんからアップルジュースの入ったグラスを受け取り、おずおずと頭を下げる。
　恵美さんの息子さん、ってことは、母親に似てものすごく美形なのかな？
　なんて、勝手に想像したりして、ちょっぴり期待してしまう。
「それにしても、あの唯ちゃんがこんなに大きくなって……。時間の流れは早いわねぇ」

私の向かいの席に腰かけ、恵美さんが紅茶のティーカップを口元に運びながら、感慨深そうに瞳を細めて私を見つめてくる。
　川瀬さんは、お母さんの古くからの知り合いで、私は覚えていなかったけど、赤ちゃんの頃に何度か会ったことがあるらしい。
　建築士の旦那さんと、近所にある実家の花屋でフラワーコーディネーターとして働く恵美さん。
　息子さんの名前は「和泉」くんというらしく、学年は私よりひとつ上で、同じ日和高校に通っているそうだ。
　どんな人なんだろうとイメージ像を膨らませながら、和泉くんの帰宅を待っていると。
　——プルルルル。
　自宅の電話機が鳴って、受話器を取った恵美さんは、
「あら、今から急に？　今日はお休みをもらっていたけど……ちょっと待ってて」
　と、慌てた様子で「少しの間だけ店に出てくるわね」と、急いで家から飛び出ていってしまった。
　ど、どうしよう。勝手がわからないよそ様のおうちにひとりきりとか気まずすぎる。
　ひとまず飲み終わったグラスを下げに流し台まで来たはいいものの、恵美さんが戻ってくるまでの間、どこにいればいいんだろう。
「２階の部屋に荷物が届いてるって言ってたよね……？」
　恵美さんの言葉を思い出し、おそるおそるリビングから

らせん階段を上って2階に向かう。
　確か、一番奥のゲストルームを私の部屋に改装したって言ってたような。
　ガチャ……。
　ドアノブをゆっくり回して中を覗くと、部屋の中央に引っ越し用のダンボールが何個も積み上げられているのを見つけて、ほっと安堵する。
　大きな家具はすでに設置してくれたみたい、なんだけど。
「こ、これって……」
　ごくりと唾を呑み込み、部屋全体をぐるりと見渡す。
　ピンクで埋め尽くされた部屋は、そこかしこにロココ調の家具が置かれ、いわゆる姫系の内装になっていた。
　実家の部屋はシンプルだったので、これらは全て川瀬さんの方で用意してくれた物だと思われる。
「ぜ、全体的に、ラブリーな感じ……」
　天蓋付きのプリンセスベッドはさすがにびっくりだけど。
「……ひとまず、段ボールの荷解きから始めよう」
　気を取りなおして、すぐさま荷物整理をすることに。
　っと。その前に、まずは制服から着替えなおさなくちゃ。
　衣類と書かれた段ボールから私服の真っ白なブラウスと腰まわりにリボンの付いた紺色のフレアスカートを取り出し、ベッドの上に置く。
　それから、ブレザーを脱いでリボンを外し、ワイシャツのボタンを上から順に外していたら。
　――ガチャッ。

背後で部屋のドアが開く音がして。
「帰りに迎えに行けって言われてた同居人、教室まで迎えに行ったけど、もう帰っていなかっ──」
　物音に反応して振り返った私は、ドアの入り口に立つ高身長の男の人とばっちり目が合い、全身を硬直させてしまった。
　鎖骨があらわになったUネックの白シャツに細身の黒パンツをはいた彼も驚いたように目を見開かせていて。
「……っ」
　自分が着替え途中ということを思い出し、慌てて胸元を隠して床にしゃがみ込む。
「悪い」
　慌てる私とは対照的に、相手はとくに取り乱した様子もなく、その反対に涼しい顔で謝られ、静かにドアを閉められた。
　突然のことに動揺した私は、カーッと顔中が熱くなり、涙目になってしまう。
「み、見られた……かな？」
　胸の辺りまでボタンを外していたから下着を見られてしまったかも。
　初対面の相手にあられもない格好を見られてしまったショックで今にも泣きそうだ。
「……って、ちょっと待って」
　ベッドの端に腰かけ、レース付きのくるぶしソックスに履き替えていた手がピタリと止まる。

一瞬の出来事で混乱していたけど、あれ？
　今、部屋に入ってきたのって……。
　見覚えのある顔立ちにまさかと言葉を失う。
　だって、そんな。あの日、一瞬だけ遭遇したあの人に、この場所で会えるなんて……そんな偶然あるはずない。
　頭で否定しつつも、体は勝手に動いていて。
　キィ……とおそるおそる部屋のドアを開ける。
　廊下に出た私は、部屋の前で壁に背中をよりかからせ、気だるそうにうつむきながら腕組みして立つ『彼』の姿を目にして大きく目を見開いた。
　艶やかで綺麗な黒髪。
　目にかかりそうな少し長めの前髪。
　長いまつ毛に縁取られた切れ長の瞳。
　高い鼻筋、薄い唇、色白で小顔の美形。
　まるでモデルのようにスラッと伸びた長い手足。
　180cmは余裕でありそうな長身なのに、細身のせいか大柄な印象は受けず、ただただ端正な顔立ちとスタイルの良さに目を奪われる。
　男の人を見て「綺麗」だと思ったのは、あの時を含めて２回目。
　あの日、第１志望の高校受験に向かう途中──。
「──着替え終わった？」
　私が部屋から出てきたことに気付き、男の人がなんの感情も読み取れないポーカーフェイスの視線をこっちによこす。

淡々とした口調で聞かれ、おっかなびっくりの状態でうなずき返す。
　私が返事をすると、相手は「そう」とだけつぶやき、特に興味を持った様子もなく、くるりと背を向けてしまった。
「あ、あの……っ」
　この家に居るってことは、この家のひとり息子さん……なんだよね？
　さっき、恵美さんがまだ帰ってきてないみたいなこと言ってたし、私が部屋にいる間に帰宅してきたのかな。
「何？」
　思わず呼び止めたはいいものの、真顔で振り返られてビクリと肩が跳ね上がる。
「……へ、部屋に入る前に私のことを教室まで迎えに来てたみたいなことを話してたので、行き違いになって申し訳なかったな、って。その、ごめんなさい……」
　うっ。なんだろう。無言でじっと見られているせいか、どんどん語尾が小さくなっていく。
　でも、彼の言葉が本当なら、家族から私を迎えに行くよう頼まれていたってことだから、無駄手間をとらせたと思うし……。
　いつもの人見知りで相手と目を合わせることが出来ず、ビクビクおびえていると。
「べつに。とくに気にしてないし、アンタが謝る必要もないから」
「え……？」

「お互いに連絡が行き届いてなかっただけだろ」
「た、確かに……そう、ですよね」

よかった。怒ってはいないみたい。

けど、目の前にいるこの人が、あの人と重なって見えるのは気のせい?

今年の２月。本命の受験日当日。

熱でうなされていたから記憶はおぼろげだけど、私を助けてくれた男の人が目を見張る美形だったことだけはよく覚えてる。

真意を確かめるため「ま、前に一度だけ……」と途中まで言いかけたものの、目の前の相手から浴びせられる無言の眼差しに、ぐっと口をつぐんでしまう。

やっぱり、覚えてない……とか?

もし、ほんの少しでも私のことを覚えていたら、少しは反応してくれたはず。それが全くの無反応ということは、これっぽっちも記憶にない証拠じゃない。
「何?」
「……なんでも、ないです」

彼から視線を逸らし、スカートの裾を握り締めてうつむく。

気になるなら素直に聞けばいいのに、小心者の私にはそれ以上聞く勇気がなくて。

フローリングの床を見つめて黙りこくっていると、無機質なトーンで「俺の名前、聞いてる?」と質問された。

ふるふると小さく首を横に振ると、スッと目の前に立たれ、私の目線に合わせるためか若干背を屈めて下から顔を

覗き込まれた。
「川瀬和泉。アンタの1個上」
　至近距離で目が合い、思わず胸が高鳴る。
「何か困ったことがあったら面倒見るよう言われてるから、その時は適当に言って」
「て、適当に？」
「そっちは、青井なんていうの？　下の名前」
「……ゆ、唯です。青井唯」
　ぼそぼそと小声で名乗ると「唯ね」と納得したようにうなずかれて。ナチュラルに名前呼びされたことにドキッとして耳たぶが赤くなってしまった。
「あ、あなたのことはなんて呼べば……？」
　同じ学校に通ってるって言ってたし、年上なら「川瀬先輩」とか？
　でも、同じ家で暮らすのに先輩呼びは堅苦しいかな？
　なんて、ぐるぐる考え込んでいると。
「和泉でいい。じゃあ、自分の部屋に戻るから」
　——パタン……。
　用件が済んだのか、和泉……くんが隣の部屋に入り静かにドアを閉めた。
　私もくるりと背を向け、自室にUターン。
　ドアを閉めた瞬間、足の力が抜けて、へなへなとその場に座り込んでしまった。
「嘘……」
　もう会えることなんてないと思ってた。

あの日から、何度も同じ時間帯に駅の改札口に行って「彼」がやってくるのを待っていたけど、一度も姿を見つけられなかったから。
　とくとくと高鳴る心音に、熱くなっていく頬。
　あまりにも出来すぎた偶然の再会に戸惑うばかりで思考が追い付かない。
　高校を卒業するまでの３年間、これからひとつ屋根の下であの時の彼と——和泉くんと暮らすことになるなんて。

　青井唯、今日から高校１年生。
　内気で臆病な自分を変えるため、新しい環境で頑張ろうと決意した矢先の奇跡的なハプニングに、私はただただ驚くばかりだった。

弱虫と孤立

　本音を隠すようになったのはいつからだろう？
　小さい頃は、もっと素直に甘えられていたのに。
　両親が離婚する少し前から、私は誰にも正直な気持ちを話せなくなっていた。
　まだお父さんとお母さんが仲良かった頃は、その日学校であったことや友達のことを笑顔で報告していた。
　でも、お母さんの会社が軌道に乗って、サラリーマンのお父さんと収入に格差が開くようになってから、家族の仲が少しずつおかしくなっていって。
　ファッションブランドが有名になればなるほど多忙を極め、家にいる時間よりも外で働く時間が増えていったお母さんに、お父さんは不満を募らせているようだった。
　私は私で、参観日も運動会も、学芸会さえ来てくれないことに寂しさを感じていた。
　お父さんがなんとか仕事の合間を見つけて学校行事に参加してくれたけど、お母さんの姿が見当たらないことでしょんぼりする私を見て心を痛めていたのだろう。
　子どもの教育方針や、家族のあり方について今一度真剣に話し合おうと歩み寄るお父さんに、時間に追われて忙しいお母さんは相手にするのも疲れた様子で。
『君はひとり娘の唯に寂しい思いをさせてまで自分の成功にしがみついているのかっ』

『何よ、そのいいぐさ！　あなただって仕事で帰りが遅くなるくせに。それに、唯には家政婦をつけてるから、ひとりきりにさせたりなんてしてないじゃない』
『そういう問題じゃなくて……っ駄目だ、話にならない』
『文句があるなら私以上に稼いでから言いなさいよ。この家の家賃も、生活費も、私の収入があるから保ててる生活レベルだってこと、忘れないでちょうだい』
『……っなんだと!?』

　バンッと力強くテーブルを叩く音がして、直後に食器の割れる音が響く。子ども部屋のベッドの上で布団をかぶって丸まりながら、私は両手で耳を塞いで固く目をつぶる。
　口汚い言葉で相手を罵り合い、手当たり次第にそこらにある物を壁や床に投げつけて言い争う両親。
　質素で慎ましやかな生活を望むお父さんと、華やかなファッションの世界で成功を収めるため、もっと仕事にのめり込みたいお母さん。
　仕事の関係で両親不在のことが多く、留守番の多い私を心配していたお父さんは、なるべくなら仕事を辞めるかセーブして育児や家事に専念してほしいと長年訴え続けていた。
　だけど、社長という立場的にも、仕事にやりがいを感じているお母さんにその願いは届かなくて……。
　いつしか、ふたりの仲は修復不可能なまでに険悪なものに。顔を合わせれば言い争いになり、溝はますます深まるばかり。

壁や床に物を叩きつける音や、激しい怒鳴り声が聞こえる度に、私は体をビクつかせて涙を流していた。

　もう付き合っていられないとお母さんに愛想を尽かして家を出ていってしまったお父さんは、離婚する際に私の親権を取ろうと努力したようだけど、実質的に娘を引き取ることになったのはお母さんの方だった。

『私なら、この子に完璧な英才教育とお金に困らない贅沢な暮らしを保証してあげられる。唯が小さい間はハウスキーパーを雇って家のことを任せるから、実質的な家事の心配だっていらないわ。実家のご両親が亡くなられてる独り身のあなたに私と同じだけの保証をこの子に用意してあげられるの？』

　そう言われてしまっては、お父さんはどうすることもできず、私を泣く泣く手放すことに。

　私自身は、お父さんとお母さんが仲直りして３人で仲良く暮らしていきたかった。

　けど、それは現実的に叶うことはなくて……。

　お父さんと別れてから、お母さんは家の中で全く笑わなくなった。つらいことを忘れるように仕事に没頭して、私と目を見て話す時もどこか遠くを見ているようだった。

『あのね、お母さん。今度の日曜、同じクラスの子にカラオケ行こうって誘われてるんだけど……』

『そんな娯楽にうつつを抜かしてる暇があるなら、もっと勉強しなさい。女がひとりで生きていくためには膨大な知識が必要なのよ』

『でも……せっかく声をかけてもらったのに』
『そんなもの断ってしまいなさい。ハァ……、中学に入ったとたん、悪い影響を与える同級生が増えて迷惑な話ね』
『…………』
『わかったわ、平日以外も土日に家庭教師を家に呼ぶことにしましょう。外で習い事をしたいなら資料を請求しておくから、あとで目を通しておきなさい』

　お母さんにとって私はどんな存在なのか。
　勉強することだけを強いられ、付き合う友人まで選別され、何か話そうとする度にやんわりと否定の言葉で感情を押さえつけられる。
　実の親なのに機嫌をうかがうように笑顔で媚びることにも。
　学校の友達に付き合いが悪いと悪態をつかれて徐々に距離を置かれていくことにも。
　私の見た目しか見ていない男子に告白されたことがきっかけで女子達に嫌われていくことにも。
　……全てに心がすり減っていって。
　気が付いたら、自分の本音を人に打ち明けられなくなっていた。

＊　＊　＊

　チュンチュン……。
　窓の外から聞こえてくるスズメの鳴き声に、まぶたの上

から感じるまぶしい朝日。
　夢から覚めた私は、のそのそとベッドから上体を起こし、パジャマの袖で目元をこすりながら欠伸を漏らした。
「ん……」
　まだ見慣れない部屋の中をぼんやり見渡し、ここが川瀬家の人達に用意してもらった部屋であることを思い出す。
「……また朝から混乱しちゃった」
　ここに来て2週間も経つのに、まだ体がなじんでいないのか、目を覚ましてびっくりしてしまう。
　全体的に姫系の家具で統一された部屋だけに、自分がどこかに迷い込んでしまったような錯覚を覚えて動揺する。
　この部屋は、川瀬さんの奥さん・恵美さんがひとりで用意したらしく、「昔、女の子が生まれたらロココ調の家具に囲まれたかわいいお部屋で生活させてあげたいと思っていたの」と嬉しそうに語られた。
　旦那さんの川瀬さんからは「妻の少女趣味に付き合わせて申し訳ない」と初日の食卓の席で謝られたものの、恵美さんはずっとニコニコしていて。
　私の隣で食事していた和泉くんは終始ひと言も話すことなく、無言で食べ終えるなり食器を下げて部屋に戻っていった。
「お、おはようございます」
　寝間着から制服に着替えなおして1階のリビングに下りると、食卓にはすでに川瀬家の人達が全員揃っていた。
「おはよう、唯ちゃん。今日もとってもかわいいわね」

対面式キッチンからひょっこり顔を覗かせ、フライパンで調理しながら笑顔であいさつしてくれる恵美さん。
「おはよう。この家には、少しずつ慣れてきたかい？」
　読みかけの新聞を閉じて、銀縁フレームの眼鏡の奥で柔らかく瞳を細めるスーツ姿の川瀬さん。
「…………」
　そして、相変わらず無言のまま朝食のベーコントーストを食べている、クールな和泉くん。
　川瀬家の人々と朝のあいさつを交わし、和泉くんの隣に座るものの、和泉くんは全くこっちを気にしていなくて。
　あいさつの返事もないし、目も合わせてもらえないし、やっぱり私って和泉くんに嫌われてるのかな？
　ポーカーフェイスで何を考えているのか全くつかめないせいか、近くにいるだけで緊張してしまう。
　人の顔色をうかがいやすい私にとって、感情の読めない相手はけっこう苦手だったりする。
「……ごちそうさま」
　カタンとテーブルに手をついて立ち上がり、和泉くんがスクールバッグの紐を肩にかけてスタスタと玄関まで歩いていく。
　和泉くんがいなくなってほんの少しだけ安心したような、一緒の学校へ行くのに置いていかれて寂しいような、ほんのり複雑な気分。
「もうっ、和泉ってば。唯ちゃんと行きなさいって何度も言ってるのに、毎朝ひとりで出かけて。ごめんなさいね、

唯ちゃん」
「い、いえ。登校ルートも覚えたし、ひとりでもう大丈夫です……」
　腰に両手を当ててぷりぷり怒る恵美さんに苦笑すると、川瀬さんが「まあまあ」となだめてくれて。
「和泉も唯ちゃんも年頃(としごろ)の男女だからね。いろいろと思うところがあるんだろうさ。無愛想な息子だけど、根は優しい奴だから、安心してアイツにも頼(たよ)ってやってくれよ」
　と、人のいい笑顔で私に微笑みかけてくれた。
「はい」
　私もふんわりと微笑み返し、きちんといただきますをしてから、恵美さんが用意してくれた朝食に手をつけた。
　和泉くんの性格はまだ理解しきれていないけど、川瀬さん夫婦の温かい人柄から察するに、彼もきっと優しい人なんじゃないかな。
　それにしても、和泉くんから借りた「I」の刺繍入りの白いハンカチはどのタイミングで返したらいいんだろう？
　川瀬家で暮らすことになってから２週間。
　毎日、あの時のハンカチを制服のポケットに忍(しの)ばせて返す機会をうかがっているんだけれど、小心者な私はなかなか和泉くんに話しかけられなくて、結局返せていないまま。
　今日こそは、今日こそは、って毎日思ってるんだけどな。
　私の、意気地なし。

＊　＊　＊

「おはよ〜、唯！」
「お、おはよう、千夏ちゃん」
　がやがやと賑わう朝の教室内。
　登校するなり、自分の席に鞄を置いて、椅子の背をうしろに引こうとしていたら、私のあとに教室へ入ってきた千夏ちゃんが元気にあいさつしてくれた。
「うわっ、唯の鞄荷物いっぱいじゃん！　机に置き勉してかないの？」
「う、うん。毎日家で勉強してるから」
「へ〜。そうなんだ。唯は真面目だねぇ〜」
　顎に手を添えて感心したようにうなずく千夏ちゃんは、入学式で話して以来、毎日私に話しかけに来てくれる。
　明るい人柄で、自分からどんどん人に話しかけに行く彼女は、内向的な私と違ってすでに大勢のクラスメイトと仲良くなっていて。
「おはよー千夏！」
「ちなっちゃん、おっは〜」
「おっす、高木！　今日もバカでかい声で朝から騒いでんじゃねぇぞっ」
　男女問わず、次々とクラスメイトにあいさつされる千夏ちゃんを見て、すごいなぁって心から関心する。
「おはよー、みんな！　昨日メッセージしたけど、帰りに行くカラオケ、道わかんないから誰か連れてってくれる？」
　スッと私のそばを離れて、千夏ちゃんが教卓の前に集まる友人達の輪へ加わりに行く。

ひとりポツンと取り残された私は、勉強道具を机に入れながら、周囲の人達に気付かれないよう小さくため息。
　駄目だなぁ、私。あれだけ高校に入ったらいちからやりなおそうって気合を入れていたのに。
　自分から話しかけに来てくれる千夏ちゃん以外、まだ誰とも話せていない。むしろ、反対に周囲の輪から少しずつ遠ざかっていってる気がする。
「もう、千夏ってば、昨日の放課後も変顔プリ撮ろうとか言って全力で笑わしてくるしさ～」
「あははっ。だって、美希がひとりだけキメ顔でかわいく撮ろうとするからさぁ、これは真面目に変な顔で写してやろうと思って♪」
「千夏と美希、プリ撮ったの？　見せて見せて！」
　友人達と楽しそうに談笑する千夏ちゃんを見て、うらやましい気持ちと寂しい気持ちで胸の奥がチクリと痛む。
　県外から越してきて知り合いがひとりもいないって言ってたのに、千夏ちゃんはどんどんみんなと仲良くなっててすごいなぁ……。
　私も頑張らなくちゃって思えば思うほど、何を努力したらいいのかわからなくなって、最初の意気込みも空気の抜けた風船みたいにしぼんでいく。
　太ももの上で両手を握り締め、下唇を嚙み締める。
　暗い気持ちを吹き飛ばすように、机の中から問題集を取り出し、始業チャイムが鳴るまでの間、黙々と自習に専念していた。

新しい環境に移れば、いろんなことが好転すると思い込んでいた。
　中学時代、私を嫌っていた一部の女子達から受けたひどい仕打ちに心を痛ませ、今と違う場所に行きたいとあれだけ願っていたのに。
　結局、決意をしただけで何も行動に移せていない。
　千夏ちゃんをうらやむ暇があるなら、自分から人の輪に入る努力をすればいいのに。
「ねえねえ、唯も放課後カラオケ行かない？」
　授業合間の休み時間。千夏ちゃんが何人かの女子を連れて私の席まで誘いに来てくれたのに、なんて返事をしたらいいのかわからなくて、
「……う、うちで勉強しなくちゃいけないから」
　と、せっかくの誘いを断ってしまった。
　だって、子どもの頃から習い事ばかりで、同年代の友達と学校以外で遊んだことなんてなかったから。
　まさか声をかけてもらえるなんて思ってもいなかったし、急なことで驚いてしまって。
　こんなこと馬鹿正直に話したら引かれるかもしれないし、無難な言い訳を口にしたつもり……だったんだけど。
「そっかぁ〜。唯とまだ遊んだことないし、どうかなって思ってたんだけど。変に気を使わせてたら、ごめんね？」
　千夏ちゃんが申し訳なさそうな顔で私に謝り、スッと席から離れていってしまった。
　一緒にいた女の子達が「家で勉強するから無理って、同

じ断るにしてもほかに言い方あるよね」とつぶやき、呆れたような視線を私に浴びせて、千夏ちゃんのあとを追いかけていく。
「……ッ」
　どうしよう。何か失礼なこと言っちゃったのかな？
　自分ではうまく断ったつもりだけど、よく考えてみれば、千夏ちゃんからの誘いを断るのはこれで何度目だった？
　もしかして、千夏ちゃんのことを迷惑がってるって誤解されたんじゃ……。
　さっき、私の席から離れた時、千夏ちゃんが寂しそうな顔をしてるように見えたのは気のせい？
　取り返しがつかなくなる前に誤解を解きにいかなくちゃって思うのに、心臓がバクバクして椅子から立ち上がれない。
　みんなと仲良く……したいのに。
『前から思ってたけど、男の前でだけ媚び売りすぎ』
『そうやってビクビクしてんのもか弱いアピール？』
『調子乗ってんじゃねぇよ、バーカ！』
　つらい過去の経験にとらわれて一歩も身動きが取れない。
　結局、私は今までと何も変われずにいるんだ。

　それからも、私は自分の方からどんどん孤立していって。
　はじめは毎日話しかけてきてくれた千夏ちゃんにも、私が何度も誘いを断り続けたせいか、少しずつ距離を置かれるようになってしまった。
　それでも、誰に対しても分け隔てなく明るく優しい千夏

ちゃんは、これまでどおり普通にあいさつをしてくれて。
　私が体育の授業でペアを組む相手がいなくて困っていると「唯、一緒にやろ？」って、気さくに誘ってくれた。
　でも、授業合間の休み時間やお昼休みになると、どこのグループにも入れていない私は、誰とも口をきかないままひたすら勉強に取り組んでいた。
　昔のようにいじめられているわけでもなんでもない。
　完全に自分の行動が招いた自業自得。
　友達づくりははじめが肝心なのに、臆病すぎる自分が本当に嫌になる……。
　クラスの中で浮いた存在になりつつある中、私に話しかけてくるのは、大抵男子生徒ばかりだった。
「青井さん。ちょっと話あるんだけど、いいかな？」
　放課後、HRを終えて帰り支度をしていると、隣のクラスの男子に呼び出されて、4階の空き教室で告白された。
「入学式の時から、同じ学年にすごいかわいい子いるなって気になってて。今彼氏いないなら俺と付き合わない？」
　頬を染めて想いを告げる彼に、深々と頭を下げて断る。
「ごめんなさい……」
　迷うそぶりもなく即答で断られたことに相手が絶句し、すぐさま顔を強張らせて必死の剣幕ですがってくる。
「友達としてなら？　青井さんはそのままでもいいから、まずは連絡先とか交換してさ」
「…………」
　何も答えられず、顔を上げられないままふるふると首を

横に振る。
　今までの経験上、友達からでいいからと連絡先を交換した相手は、必ずといっていいほど「やっぱり付き合って」とあとから執拗に迫ってきた。
　中には、諦めきれないからとストーカーまがいの行動に移る人もいて、怖い思いをしたことも……。
　その時に学んだのは、はじめから変に気を持たせるようなことをしてはいけないということ。
　結果的に２回も同じ人を傷付けてしまうのなら、駄目なら駄目と強い意志を見せて断らなくちゃいけない。
「俺、こんなにあっさり女子にフラれたこととかないんだけど？」
　相手の声のトーンが低くなったことに気付き、びくりと肩が震える。
　おそるおそる顔を上げると、プライドを傷つけられたことに怒ったのか、見るからに不満そうな表情で相手が私に詰め寄ってきた。
「きゃっ」
　がしっと強い力で腕をつかまれて、小さな悲鳴を上げてしまう。
「青井さんさぁ、入学してからほとんど毎日告られてんでしょ？　タメだけじゃなくて２年や３年からも付き合ってって言われてるらしいじゃん」
「……は、離して」
「もしかして、その中に気になってる奴でもいんの？　だ

から、俺は駄目なわけ？　理由が知りたいんだけど」
　怖い。
　恐怖で体が震えてうまく声が出せない。
　怒気を含んだ声音に、焦りをにじませた眼差し。
　両方に気圧され、頭が真っ白になりかけた時。
「連絡先ぐらいべつにいいじゃん。つーか、自分で言うのもなんだけど、俺けっこうモテるよ？　青井さんだってオレと関わっといて損することはないと思うんだけ——」
「……しつこい」
　空き教室の中に聞き覚えのある静かな声が聞こえて。
　——グイッ。
　まるで猫の首根っこでもつかむかのように、私に迫る相手の襟元をうしろからつかみ上げ、簡単に引き離してしまう。
「和泉くん……？」
　私を自分の背にかばうようにして目の前に立つ和泉くんを見て目を見開く。
「最初に謝られてるんだから、普通に察しろよ」
　無表情のまま淡々と告げる和泉くん。
　口調こそ無機質なものの、言葉の中に軽蔑が含まれているのが明らかで。
「っ」
　長身の和泉くんに見下ろされて、男子生徒がゴクリと生唾を呑み込む。
　静かに諭されたことで我に返ったのか、私に告白してき

た男子が羞恥に顔を赤らめ、この場から逃げ出すように教室から飛び出していってしまった。
「ど、どうして、和泉くんがここに……？」
　震える声で訊ねたら、和泉くんがゆっくり振り返り、手に持っていたハードカバーサイズの洋書を指差した。
「向かいの図書室に用事あって来たら、アンタが今の奴に強引に迫られてたっぽかったから」
　和泉くんは面倒そうに首の裏に手を添え、ため息をつく。
「あ、ありが……」
「てゆーか、嫌なら嫌ってハッキリ断らないと、今みたいな奴にどんどんつけ込まれるよ。アンタ、気ぃ弱そうだし、強引に押し込めばなんとかなりそうな空気出てるから」
　私の言葉を遮り、和泉くんが真顔のまま苦言を呈する。
「そ……んなこと言われても……」
　好きで押しきられてるわけじゃないのに。
　眉尻を下げ、下唇をゆるく噛み締める。
　和泉くんの言ってることが正論なだけに何も言い返せず、手のひらをぎゅっと握り、反論の言葉を呑み込んだ。
「……文句あるなら素直に口にした方がいいよ。俺、そういうふうになんでも被害者面して行動に起こさない奴、嫌いだから」
　冷めた口調で告げられ、瞬間、思考が停止した。
　なぜなら、和泉くんが指摘するとおり、私は心の中で言い訳を繰り返すだけで本当に何も行動に起こせていなかったから。

「じゃあ」
 呆然と立ち尽くす私に背を向け、和泉くんが空き教室から出ていく。
 ひとりきりになった空き教室の中で、私はぼんやりと床の上を見つめて「……だって」と誰にも聞き取れないほどの小さな声でつぶやいた。
 私だって、どうしたらいいのかわからないんだもん。
 呆れるほどに情けない本音。
 変わりたくても変われない。
 こんな自分、自分が一番、大嫌い。
 ふと窓の外から聞こえてきた楽しそうな話し声。
 視線を階下に向けると、昇降口からゾロゾロと出てきた生徒達が楽しそうに会話しながら校門の方に歩いていく姿を目にして。
 たまたまその中に友達と一緒にいる千夏ちゃんを見つけて、胸の奥がチクリと痛んだ。

雨音と本音

　泣けなくなったのはいつからだろう？
　どんなに悲しいことがあっても、人前で涙を流せない。
　胸が痛む度に、うつむいて、唇を噛んで、涙をこらえるのが癖になっていた。
　……本当は心の奥底でずっと思ってたんだ。
　もしも、正直な気持ちを打ち明けられる相手がいれば。
　そうしたら、私は——。

「あら、唯ちゃん。食欲がなかった？」
　和泉くんに助けてもらった、その日の晩ごはんの時間。
　スプーンを握ったまま、ぼんやりとテーブルの上のカレー皿を見つめていたら、向かいの席に座る恵美さんに話しかけられてハッと我に返った。
「い、いえ。ちょっと考え事してて……ごめんなさい」
　やだ。私ったら食事中にぼーっとして……。
　慌てて姿勢を正して食事を再開する。
「唯ちゃん用にヨーグルトと生クリームを多めに入れてみたんだけどどうかしら？」
「すっごくおいしいです」
　最初のひと口目以降、パクパクと口に運んでいく私を見て、恵美さんが嬉しそうに瞳を細める。
「唯ちゃんが来てくれてよかった。手の込んだ料理を作っ

ても、お父さんは仕事で毎日帰りが遅いし、和泉も学校帰りにバイトしてるから、なかなか出来立てのごはんを食べてもらえないんだもの」

　ドキッ……。

　恵美さんの口から出てきた和泉くんの名前に反応してごはんが喉に詰まりかけ、急いで水を飲み込んだ。

　今、この家にいるのは私と恵美さんのふたりだけ。

　川瀬さんはまだ会社にいて、和泉くんもバイトのシフト中なので夜の９時過ぎにならないと帰ってこない。

　川瀬家に来てすぐの頃、毎日夜遅くに帰ってくる和泉くんを不思議に思っていたら、恵美さんが「高校に入学した頃から、駅前のコーヒーショップでバイトしてるのよ、あの子」とそれとなく教えてくれた。

　なんでも週に３〜４日ほどシフトを入れているらしく、平日はほとんど帰りが遅いみたい。どうりで晩ごはんの席にほとんど和泉くんの姿がないわけだ。

「あっ、でも、もちろん唯ちゃんも仲良しのお友達が出来たら、帰りはどこかで食べてきてもOKよ。花の女子高生だもの。ファミレスや喫茶店で好きな男の子の話とか、いろんなところで遊びたい時期よね。それこそ、私が今の唯ちゃんと同じ頃なんて──」

「はは……」

　懐かしい学生時代のエピソードを振り返りながら、当時の恋愛について語りだす恵美さん。

　ひととおり話を聞き終えると「放課後、お友達と遊んで

きていいからね」と恵美さんに言われ、口元をぎこちなく引きつらせてしまった。
　毎日真っ直ぐ家に帰ってきて部屋にこもりきりで勉強している私を恵美さんなりに気遣ってくれているのだろう。
　スマホのアドレス帳には母親と川瀬さん夫婦の連絡先しか登録されてないので、家で携帯をいじるわけでもないし。
　やっぱり、友達が出来てないって気付かれちゃうよね。
「ごちそうさまでした」
　きちんと手を合わせ、食べ終わった食器をシンクに下げに行く。
「うふふ。全部綺麗に食べてくれてありがとう。唯ちゃんはいつもおいしそうに食べてくれるから、とっても嬉しいわ。あ、カレー皿は水につけておいて。あとでみんなの分とまとめて洗うから、そのままにしておいてちょうだい」
「恵美さんの手料理、すっごくおいしいですから。こちらこそ、ありがとうございます」
　恵美さんと対面キッチン越しにお互いの目を見て微笑み合っていると。
「あら。急に雨が降ってきたみたい」
　恵美さんが椅子から立ち上がり、窓のカーテンをシャッと開け「けっこうなドシャ降りね」と困った様子でつぶやいた。
「どうかしたんですか？」
　外に干していた洗濯物なら夕飯前に恵美さんとふたりで取り込んだし、ほかに困ることでもあるのかな？

「実は、ついさっき、食事前かしら。パパから連絡があってね。仕事で使う重要な書類を自宅に置き忘れてきたから、タクシーで届けてほしいって頼まれていたのよ」

　すでに出かける用意をしていたらしく、リビングのソファの上には恵美さんのハンドバッグと書類ケースが隅の方に置かれていた。

　どうやら、食後すぐタクシーを呼ぶつもりだったらしい。
「9時頃までに届けてくれればいいって言ってたから、タクシー会社に予約だけして、のんびりしてたんだけど。この雨だとパパも和泉も帰りが大変よね……。今朝の天気予報では降水確率が低そうだったから、ふたりに傘を持たせ忘れちゃった」
「この感じだとしばらく降りそうですよね」
「パパのところには今から行くからいいとして、問題は和泉の方ね。パパの会社と和泉のバイト先、全くの反対方向にあるのよ。困ったわねぇ」

　壁時計でチラリと確認した現在時刻は夜の8時半過ぎ。

　外は真っ暗で、ドシャ降りの大雨。こんなに雨粒が大きければ、全身びしょ濡れになるのは確実で。

　いくら駅前から自宅までの距離が近いからって、ここまで降ってたら帰りに困るよね……。

　私もどうしようか悩んでいると。
「まあ、和泉の場合は、適当にどこかで雨宿りでもして帰ってくると思うし、バイト先の人から傘を借りてくるかもしれないから、きっと大丈夫よね」

さっきまで困り顔だった恵美さんが楽観的にポンと手を合わせて笑い、
「それじゃあ、外にタクシーも来てる頃だろうし、急いで行ってくるわね」
　とスプリングコートと荷物を腕に抱えて、家を飛び出していってしまった。
「いってらっしゃい、恵美さん」
　慌てて私も玄関先まで向かい、タクシーに乗り込む恵美さんを見送ってからパタンと扉を閉める。
「ど、どうしよう……」
　玄関先の傘立てに置かれた男物の傘(ぎょうし)を凝視して、和泉くんに傘を届けに行くべきかどうか真剣に迷う。
　今、ちょっと外の様子を見てみたけど、降りはじめた時よりひどくなっていた。
　もし、私が和泉くんの立場だったら、傘を持ってきてもらえたら助かるよね？
　……でも、今日の放課後、和泉くんに「嫌い」ってハッキリ言われちゃったし。
　ぐじぐじ悩んでる間にも、刻々と時間は過ぎていく。
「……駅前のコーヒーショップで働いてるって言ってた、よね？」
　さんざん迷った挙句、和泉くんと顔を合わせることなく、バイト先の人に傘を預けて、すぐさま帰ろうと決意。
　ザーザー降りの中、川瀬家から真っ暗な夜道を歩き、駅前通りのコーヒーショップにやってきた私は、店先の看板

メニューをチェックするフリして、外から店の様子をうかがっていた。

　シックな黒い外観に、全面ガラス張りになったオシャレな建物。カウンター席には、勉強する制服姿の学生や、ノートパソコンやタブレットを操作するスーツ姿のサラリーマンやOLの姿が目立つ。
「……本当にココで合ってるか、まずは確認しなくちゃだよね」
　ごくりと唾を呑み込み、傘を閉じて手に持ち、自動ドアをくぐり抜けて店の中に入る。
　ひとりで飲食店に入ったことがないせいか、緊張のあまり挙動不審になってしまう。
　一目でわかるオシャレな内装と、落ち着いたラウンジのような佇まいに萎縮して、店に入ったはいいものの、入り口の前で固まってしまった。
　店内に流れるクラシックジャズのBGMと、店員さんの「いらっしゃいませ」と来客に呼びかける柔らかな声のトーン。クリーム色の壁に、木の温もりを感じさせる木目調の床。テーブルと椅子は黒で統一されていて、天井にはペンダントライトの間接照明が吊るされている。
「ご注文はお決まりでしょうか？」
「あ、あの、その……」
　大学生くらいの男性店員に声をかけられ、びくりと肩が跳ね上がる。
　この場合、中に入ったからには何か注文した方がいいの

かな。それとも、ストレートに和泉くんの出勤を訊ねた方がいい?
「お客様?」
　ぐるぐる悩んでいる間にも、私のうしろに購買客(こうばい)の列が出来上がり、余計にパニックに陥ってしまう。
　泣きそうな顔で黙り込む私に、店員さんも怪訝(けげん)な顔つきに。
　普通に聞けばいいだけなのに、どうして私はこんな簡単なことも出来ないんだろう?
　声を発しようとするものの、口が金魚みたくパクパク開くだけで言葉にならず、羞恥(しゅうち)で耳の付け根まで赤くなる。
「えっと……」
　このままじゃほかのお客さんにも迷惑がかかるし、勇気を出して聞くんだ私。
「ここに、川瀬和泉くんは——」
　カウンターの前に移動し、声を震わせながら小さな声で訊ねようとした、その時。
「唯?」
　うしろから私の名前を呼ぶ声がして。
　振り返ると、そこにはバイトの制服を着た和泉くんが立っていて、少し驚いた様子で目を見開かせていた。
　普段と違って長めの前髪を上げているので印象がだいぶ違うけど、確かに和泉くん本人だ。
　ほかの店員さんと同じく黒シャツに緑のエプロンを身に付けているので、まだ退勤前だったらしい。
「なんでこんな時間にココに……?」

「そ、それは……」

 今にも泣きそうな顔で男物の傘を指差す私を見て事情を察したのか、数秒の沈黙(ちんもく)のあとに「あと５分で上がりだから、待ってて」と言って、窓際のカウンター席で待つよう促された。

 和泉くん、びっくりした顔してた。やっぱり、無断でバイト先に来られて迷惑だったんじゃ……。

 今更ながら勝手に行動したことを激しく後悔。

 深いため息を漏らして、しょんぼりと肩を落とす。

 それから10分もしないうちに私服に着替えた和泉くんがスタッフルームから出てきて、ふたりで帰ることに。

 街灯の灯りはあるものの、ほとんどの店が閉まったのもあって、行きよりも帰り道の方が暗くなっていた。

「…………」
「…………」

 外は相変わらずの雨降り。それぞれ傘を差して、隣に並んで歩いているんだけれど、コーヒーショップを出てからもずっと無言状態が続いていて、正直気まずい。

 ガードレール沿いを歩く右隣の和泉くんの横顔を下から見上げると、私の視線に気付いた和泉くんとぱちっと目が合って。

「何?」
「……っ」

 真顔で訊ねられ、反射的にふるふると首を横に振ってしまった。

ああ、もう。私の馬鹿。そうじゃないでしょ。
　なんて声をかければいいのかさんざん迷って、目の前の信号機が赤に切り替わって足を止めたのを合図に「あ、あの」と和泉くんに話しかけた。
「い、和泉くん、ごめんなさい。勝手な真似して。怒ってる、よね？」
　車の行き交う道路。排気音とクラクションに混じる、アスファルトを打つ雨音。
「傘がなかったら、和泉くんが帰りに困るかなって思って、それで」
　それで、の続きの言葉が出てこなくて、地面に視線を落として黙り込む。
　せっかく同じ家に住むのなら、和泉くんとも仲良くしたいって、少なからずそう思っていたのは事実で。
　素直にそう伝えられればいいのに、臆病な私は言い訳ばかり。そんな自分がむなしくなってくる。
「……今日、和泉くんに『嫌い』ってハッキリ言われた直後なのに、迷惑だったよね」
　あ、駄目だ。声が震える。
　ぎゅっと下唇を噛み締め、傘の柄を強く握る。
　相手の反応を見るのが怖くて、雨が水たまりを打ち付ける地面をぼんやり見ていた。
「私、別のルートから帰るから。和泉くんは、このまま真っ直ぐ家に戻って」
　和泉くんに背を向け、とぼとぼと違う道へ歩きだそうと

したら。
「……アンタはなんでもかんでもひとりで自己完結しすぎだろ」
　——グイッ。
　和泉くんに腕を引かれて、前に向きなおらさせられてしまった。
「和泉、くん……？」
「誰も傘を届けに来てくれて迷惑だなんて思ってないし、むしろ反対に助かったって感謝してる。それに……」
「？」
「放課後、きついことを言ったのは、思ってることがあるならハッキリ口にすればいいだろうって少しイラッとしたからで。それはべつにアンタが相手じゃなくても、似たような態度をされれば誰に対しても思うことであって……要するに、アンタ個人を嫌ってるわけではないから、勝手に誤解するな」
　言葉数の少ない和泉くんが一生懸命フォローしてくれてる。
　何よりも、個人的に嫌われてたわけじゃないことにほっとして、涙腺に熱いものが込み上げてきそうになった私は、慌てて唇を引き結んだ。
「それ、癖？」
「え？」
「泣きそうになると、唇噛んで手のひら握り締めるの」
　私の顔を指差して、和泉くんが不思議そうに首を傾げる。

嘘……。泣くのをこらえる時、無自覚でしていた行為を見抜かれていたことに単純に驚いた。
「泣きたいなら泣けばよくない？　泣きすぎもどうかと思うけど、我慢しすぎもストレスたまると思うし」
「我慢、しすぎ……？」
　呆然とした表情でつぶやき、片手で口元を覆う。
　泣くのを我慢する時の癖を指摘されて急激に恥ずかしくなったと、自分でもびっくりするくらい声が震えていたから。
「こっち越してきたばっかりで知り合いもいないだろうし、話し相手が欲しいならいくらだって聞いてやるから、思ってることあるなら言えば？」
　傘をつかんでいない方の私の手を引き、和泉くんが家の方向に向かって歩きだす。
　たぶん、そのまま放っておいたら、いつまでも私が呆然と立ち尽くしていそうだったからだと思う。
　和泉くんの手のひらは、私の手よりもずっと大きくて、ゴツゴツしていて、ほんの少しカサついて、当たり前のことだけど『男の人』なんだって実感させられた。
『泣きたいなら泣けばよくない？』
『話し相手が欲しいならいくらだって聞いてやるから、思ってることあるなら言えば？』
　……本当に？
　本当に話してもとがめたりしない？
　途中で「もういい」って遮ったり、うんざりした態度で背中を向けたりしない？

お母さんや、一部の女子達が私に冷たく接したように、和泉くんも私の話を聞いて嫌がったりしない？
「……とう、は」
　ピタリと足を止めて、足元を見つめたまま口を開く。
「本当は、話したいこと……いっぱい、ある、よ」
　雨音にかき消されそうな小さな声で。
「……けど、自分の気持ちを伝えて相手に拒絶されることの方が怖い、から。それなら、何も言わずに黙っていた方がいいって……」
　……そう思ってたのに。
　結局、思ってることを言わずにいたら、前と同じ失敗を繰り返して、自ら変わるきっかけを逃してしまった。
「せっかく、クラスの女の子が話しかけてきてくれたのに、なんて言えばいいのかわからなくて嫌われちゃった……」
　高校の入学式で出会ってから、毎日笑顔で接してきてくれた千夏ちゃん。
　彼女の顔を思い浮かべた直後、目からぽろぽろと大粒の涙が零れ落ちて。
　ずっと我慢していた分、せきを切ったように次から次へと溢れ出して止まらなくなってしまった。
「……っ、本当は千夏ちゃんに放課後遊ぼうって誘ってもらえて嬉しかったのに、そう伝えたかったのに……ふっ、緊張して、言葉が出てこなかった」
　両手で顔を覆い、肩を震わせて泣きじゃくる。
　傘を持つ手を離したせいで地面に落ちて、全身が雨に濡

れていく。
　すると、和泉くんが自分の傘を差し出して、私が濡れないよう気遣ってくれた。
「……嫌われたって言うけど、それは相手の口からハッキリそう言われたわけ？」
　静かな、けれど、無機質ではなく優しい声のトーンで質問され、小さく首を振って「違う」と否定する。
「じゃあ、勝手に決めつけるなよ。まだ入学して１か月も経ってないんだし、そこまで険悪な仲になるほどお互い相手のこと知らないだろ」
　ズッと鼻をすすり、きょとんと首を傾げていたら、和泉くんが私の頬に手を伸ばしてきて、涙の跡を指先で拭い取ってくれた。
「仲直りしたいなら、誤解させるような態度を取ってごめんって謝ればいいんじゃないの？」
「そんな簡単に……」
「簡単なことだろ。アンタが何に対しても複雑に物事を考えすぎなんだよ」
「いたっ」
　ぐにっと右頬の肉を軽くつねられ、驚きで目をぱちくりさせる。
　人からいじられた経験のない私は突然のことに驚き、頭上に何個もハテナマークを浮かべて「えっ、えっ？」とパニックに陥ってしまう。
　こ、これは一体……。

カチコチに体を固まらせて和泉くんを凝視していると。
「ふ」
　私の頬をつまんだまま、和泉くんが小さく噴き出して。
　笑っていたのは、ほんの一瞬。3秒にも満たない短い時間だったけれど、確かに和泉くんの笑顔がまぶたの裏に焼きついて、彼から視線を逸らせなくなった。
「小動物かよ」
　ウケる、と喉の奥でクックッと笑いながらつぶやいて、和泉くんが私の頭を無造作にくしゃりと撫でる。
　瞬間、ドクン、と。
　自分でも驚くくらい急速に鼓動が速まり、顔中に熱が集中して、無意味にまた泣きそうになってしまった。
「今、アンタが抱えてる問題だけど。そうやって思ったことを素直に言葉や態度に出してったら自然と解決してくと思うよ、俺は」
「……本当、かなぁ」
「たぶんね。あとは、自分次第じゃないの」
　物事の良し悪しは全て自分の行動次第、か。
　言われてみれば、確かにそのとおりだよね。
「明日、自分から千夏ちゃんに声かけてみよう……かな」
　小声で決意を口にしたら、胸の奥がぽっと温かくなって。
　さっきまで感じていた不安が和らぎ、不思議とやる気がみなぎってきた。
　前向きな気持ちを口にしただけでこんなにも気の持ちようが変わるものなのかと単純に驚く。いつもマイナス思考

でネガティブなことばかり考えすぎていた分、尚更。
「和泉くん……ありがとう」
「……べつに。大したこと言ってないし。てゆーか、それよりも、今度から夜道のひとり歩き禁止な。いろいろと危ないから」
「う……。気を付けます」
「でもまあ、今日はありがとう」

　雨がやんだことに気付いて、和泉くんが傘を閉じる。

　宙に手を伸ばし、雨が降っていないことを確認すると、その手を私へ伸ばし「帰るよ」とかすかに口元を緩めて微笑んだ。

　和泉くんの笑顔を見て、私の脳裏に甦ったのは、あの日の──受験日当日の朝、私を助けてくれた『彼』の姿。

『今、救護室に運んでやるからな』

　熱で意識が朦朧としていた私を横抱きに抱えて、そばにいた駅員さんを捕まえ、状況を説明してくれた和泉くん。

　駅の救護室に移動することになったものの、私は嫌々と首を振って抗議していた。

『駄目っ……大事な、受験……失敗したら、お母さんに嫌われちゃう』

　眉間にしわを寄せて、下唇をきつく噛み締めて。

『……お母さんが、行きなさいって言った高校、だから……。絶対、受からなくちゃ、駄目、だから……私、絶対、試験会場に行かなくちゃ……っ』

　泣くのをこらえながら、行き場のない気持ちをぶつける

ように和泉くんに本音をぶちまけていた。
　お母さんが望む有名進学校に合格して。
　お母さんが思い描くとおりの優等生を演じ続けて。
　お母さんが理想とする職について。
　お母さんが選んだ人と結婚して。
　お母さんが許可したものだけが私の『全て』で、それ以外はみんな『不要』なもの。
　だから、私には自分の意志なんてあっちゃいけない。
　不満や不安は自分を余計に苦しめるだけだから。
　理不尽に感じることも納得したフリをしてお母さんの言うとおりに生きていかなくちゃいかない。
『……っ、そうしないと、私の存在は無価値だから。だから、熱ぐらいで倒れるわけには……』
　ぜえぜえと荒い呼吸を繰り返し、喉に手を当てて激しく咳き込む。
　どうして私、こんな時に自分の話なんかしてるんだろう。
　熱に浮かされているせいなのか、試験会場に間に合いそうになくて焦っているからなのか。
　それとも……ただ単純に自分の気持ちを誰かに聞いてもらいたかったからなのかな？
『――無価値かどうかなんて他人が決める筋合いないだろ』
『え……？』
『アンタの価値はアンタが決めるものなんだから、人に振り回されてどうこうするより、自分でどうしたいか選んで判断しろよ』

なんの感情も読めないポーカーフェイス。ボソリとつぶやかれた言葉は、私の耳にしっかりと届いていて。
　自分の価値は自分で決める？
　そんなの……。
『……無理に決まってるよ』
『じゃあ、ずっとそのままでいればいいんじゃない？　変わりたければ変わる努力をすればいいし、今のままがいいなら何もしなければいいだけなんだから』
　自信なさげにつぶやく私に、和泉くんは淡々とした口調で答えて、そのまま救護室の中に私を運んで簡易ベッドの上に横たわらせてくれる。
　突き放すような言い方をされて傷付いた私は表情を曇らせてしまい、駅員さんや和泉くんに体調のことを聞かれても何も答えられず、すっかり気力をなくしてしまっていた。
　そうだよね。初対面の相手にいきなり身の上話なんかされたら引くよね。
　気を使って、前向きなアドバイスをしてくれてるのに、"でもでも" "だって" ばかり言われたら、面倒になって突き放したくなるのも当然だ。
　普段ならこんなことぐらいで傷付いたりしないのに、おかしいな。体が弱っているせいか、心まで弱気になっちゃったみたい。
　ベッドの上で体を丸め「ケホッ」と咳き込んでいたら、大きな手のひらに頭を撫でられて。
　熱に浮かされながら目線を上に向けたら、先ほどよりも

心なしか穏(おだ)やかな表情を浮かべた和泉くんが、優しい言葉をかけてくれたんだ。

『本当は変わりたいから、心の中でいろいろ葛藤してるんだよな』って。

その瞬間、とめどなく涙が溢れ出して。

泣き顔を見られたくなかった私は慌てて和泉くんに背中を向けて、コートの袖で目元を拭って下唇を噛み締めていたんだ。

小刻みに肩を震わせる私を見て、和泉くんは私が泣くのをこらえていることに気付いてくれたんだと思う。

そのまま私は意識を失ってしまって。

次に目を覚ました時、そこに和泉くんの姿はなくて、残されていたのは彼が私に置いていってくれた「I」の刺繍が施(ほどこ)された白いハンカチだけだった。

あの日の笑顔と、今の和泉くんの笑顔が重なって胸の奥が熱くなっていく。

とくん、とくん……と、鼓動が高鳴って、じんわり頬が熱くなる。

帰るよ、と差し出された和泉くんの手を凝視して、おそるおそる自分の手を重ねたら、

「警戒(けいかい)しすぎだろ」

って、和泉くんが呆れたように噴き出したから、つられて私まで笑ってしまった。

雨上がりのアスファルトの匂い。曇り空が晴れて、厚い雲の隙間から白い月の光が輝いて見える。

澄んだ空気を肺いっぱいに吸い込んで。最初の一歩を踏み出し、和泉くんの手をそっと握り返す。
　変わりたい。
　ほかの誰でもない、自分自身のために。
　和泉くんと手を繋(つな)いだ瞬間、心から強くそう思った。

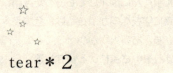

tear*2

友達と「ありがとう」

　和泉くんに励ましてもらった翌朝、普段より少し早めの時間に学校へ向かった私は、登校ラッシュで賑わう校門前に立ち、ある人物がやってくるのを待っていた。
　すれ違いざまにいろんな人達から視線を向けられ、恥ずかしさで耳のつけ根まで赤くなる。
　雑念を払うように首を振り、胸に手を当てながら深呼吸を繰り返していると、道路の向かい側から赤い自転車を漕いでやってくる千夏ちゃんの姿が見えて。
「ち、千夏ちゃん……っ」
　自分の存在を報せるために校門前から大きく手を振り、千夏ちゃんのそばまで急いで駆けていった。
「唯!?」
　びっくりした様子で自転車から飛び降り、通行人の邪魔にならないよう道路脇に自転車を停める千夏ちゃん。
「千夏ちゃん、おはよう」
「おはよう……ってゆーか、いきなりどうしたの？」
　なんて答えればいいのかとっさに思い浮かばず、スカートの裾をぎゅっと握る。
　事前に約束してたわけじゃないのに、校舎の前で待ちぶせされて驚くに決まってるよね。
　正直、この行動に意味があるのかわからないし、場合によっては後悔して傷付くだけかもしれない。

だけど。
　昨日、和泉くんと話して自分自身に誓ったんだ。
　少しずつ変わっていきたいって。
「私ね、どうしても千夏ちゃんに直接話したいことがあるんだ」
　決意を込めてうつむかせていた顔を上げる。
　千夏ちゃんの目を真っ直ぐ見つめて、それから勢い良く頭を下げた。
「入学してから何回も遊びに誘ってくれたのに、ずっとそっけない態度で断り続けてごめんね……！」
「ゆっ、唯？」
「あれは千夏ちゃんに誘われたのが嫌だったからとかじゃなくて。……自分で言うのも情けないけど、中学まで仲いい友達がひとりもいなくて、千夏ちゃんに遊ぼうって声かけられても、どうしたらいいのかわからなくて困惑してただけなの」
「…………」
「……でも、本当は」
　地面の上にぱたぱたと熱い滴が跳ね落ちて、コンクリートの上に黒い染みを広げていく。
　昨日までは人前で泣いたらいけないって必死に歯を食い縛ってこらえてた。
　でも、そんな私に和泉くんが教えてくれたんだ。
　泣きたい時に泣けばいい。心が思うままに、感情を曝け出すことは、決して悪いことなんかじゃないって。

「本当は、高校に入ってから、毎日千夏ちゃんが笑顔で話しかけてきてくれてすごく嬉しかったの……」

　教室に居場所がなかった中学時代。一部の女子から嫌われ、クラスメイトからハブられていたつらい過去。

　ひとりぼっちは寂しくて。だけど、寂しいって認めたら、もっとつらくなるような気がして。

　家族や先生に相談することも出来たのに、頑(かたく)なに口を閉ざし、いわれなき中傷といじめに耐(た)えていた。

「高校に入ったら一からやりなおそうって。今度こそ自分から仲いい友達をつくるんだって。そう決意してたのに、いざとなると頭が真っ白になっちゃって。私の臆病な態度で千夏ちゃんを傷付けて本当にごめんなさい……！」

　ずっと憧(あこが)れていた。

　仲良しの友達が出来たら、休み時間中にお喋りしたり、お弁当を一緒に食べたり、学校帰りや休日に遊びに行ったりして、たくさんの楽しい思い出をつくること。

　空想の中ではうまく話せるのに、現実だと緊張しすぎてうまくいかないことに歯がゆさを感じていた。

　過去は過去。今は今なのに。

　いつまでも昔に引きずられて、傷付く前に千夏ちゃんから距離を置こうとしていた。

「……唯はあたしのこと迷惑に思ってたわけじゃないんだよね？」

　じっと真剣な瞳で私を見てくる千夏ちゃんに首を大きく縦に振ってうなずく。

それからしばらく間が空いて。
　おそらく、10秒にも満たない短い間だったけれど、私にとっては果てしなく長く感じる時間で、心臓の音が相手に聞こえちゃいそうなくらい大きくなっていた。
　最悪、身勝手だって怒られることを覚悟していたら。
「よかったぁ……！」
　千夏ちゃんがほっとひと息ついて安堵の表情を浮かべていたから、拍子抜けして肩の力が抜けてしまった。
「あたし、てっきりしつこくしすぎて唯に嫌われたのかなって焦ってたから。そうじゃないってわかって安心した」
　わはは、と女の子にしては豪快な笑い声を上げて、私の二の腕をバシバシ叩いてくる千夏ちゃん。
　もっと責められることを想定していた私は、あまりにも楽観的な反応に唖然としてしまう。
「お、怒ってないの？」
「怒るも何も、そもそもケンカすらしてないじゃん、あたし達。それに、唯はどっちかっていうと、物静かでおっとりした性格だから、大勢でわーわー騒ぐよりふたりでのんびり話す方が好きなのかぁって思ってさ。教室でもふたりで話せそうな時を選んで話しかけてたんだけど？」
「えっ」
「ほら。唯ってよく教室で自習してるじゃん？　邪魔しちゃ悪いな〜と思って、そういう時は別の子のとこ行ってたんだよね」
　意外な事実に驚き目を丸くする。

まさか、千夏ちゃんがさりげなく私に気を使って、話しかけるタイミングをうかがってくれてただなんて気付かなかった。
「てゆーか、あたし相手にそこまで深く考える必要ないって！　友達なんだし、遠慮せずに思ったこと言っていいんだから」
　ね、とイタズラっぽくはにかんで、千夏ちゃんが私の背中をポンと叩く。
「とも、だち……？」
「そうだよ。入学式の日に仲良くなったつもりでいたんだけど……あたしの勘違いだった？」
「……っ違わない！」
　ぶんぶんと首を横に振って否定したら、千夏ちゃんが「だと思った！」って嬉しそうに笑ってくれて、そのまま私の体をぎゅっと包み込むように抱き締めてくれた。
　泣きじゃくる私に、千夏ちゃんが赤ちゃんをあやすような手つきで背中をさすってくれて。
「やばい。うちらいろんな人達にジロジロ見られてるし」
「う、嘘っ」
「あはは。教室行ったら百合疑惑たってるかも。超(ちょう)ウケる〜！」
「ウ、ウケないよ千夏ちゃん！」
　がばっと顔を上げて、きょろきょろ周囲を見渡したら、千夏ちゃんが言うように通行人からたくさんの注目を浴びていて顔が真っ青になった。

目立つことが苦手な性分なのでガクガク震えていると、
「まあ、他人には好きに噂させておこうよ。実際には友情を深め合ってただけなんだし。なんか、他人事みたいでアレだけど、今のうちらのやり取りって青春ドラマのワンシーンみたいで感動しちゃった」
「青春ドラマって……」
　千夏ちゃんの言うことがおかしくて「プッ」と口元に手を添えて噴き出したら。
「あっ、笑ったー！　やっぱさぁ、唯はもっと自分に自信もった方がいいよ。せっかくかわいいんだから、唯が距離置いててもまわりが放っておかないって」
「か、かわいくなんてないよ。目の錯覚だよっ」
「いやいや、マジな話。実際、学年中の男子にモテてるし。あたしなんて唯と話してるとこ見た男子達からけっこうな割合で『紹介して』って頼まれてたりするんだから」
「……ご、ごめんね。私のせいで嫌な思いしてるよね」
　しゅんと肩を落として目を伏せる。なぜなら、過去にも同じようなことがきっかけで女子から『アイツ調子に乗ってる』と目をつけられてしまったから。
　千夏ちゃんも彼女達と同じように感じていたらどうしよう……。
　嫌な想像を膨らませていくうちに自ずと顔が強張っていって、不安で胸がいっぱいになってしまう。
「だーかーらっ、こっちが何も言ってないのに、一方的に嫌な想像巡らせて不安がらないでよ。唯の過去に何があっ

たかよく知らないけど、少なくともあたしは唯がモテることに対して嫉妬したりなんてしないし、なんならむしろ美少女と仲良くなれてラッキーぐらいの軽い気持ちでいるんだから」
「ほ、本当に……？」
「本当本当。てか、今のでなんとなく唯の人柄がつかめてきたわ。唯は極度の人見知りで心配性な性格なんだね。能天気なあたしとは正反対っていうかさ。人よりも繊細で、物事を慎重に見てるだけなんだと思うよ、たぶん」
「千夏ちゃん……」
「お互いさ、まだまだ知り合ったばっかで知らない部分とかたくさんあると思うけど、これから本当の意味で仲良くなって、なんでも話し合える仲になっていこうね。ってことで、改めてよろしくね！」
　目の前に差し出された千夏ちゃんの手におそるおそる自分の手を重ねて握手する。
「こちらこそ」
　って心から感謝の気持ちを込めて微笑んだら、胸の内側がぽっと温かくなって、優しい気持ちに包まれた。
　キーン、コーン……。
　立ち話している間にけっこうな時間が経っていたのか、目と鼻の先にある校舎から予鈴チャイムが聞こえてきて、慌てて顔を見合わせる。
「やばっ。急ぐよ、唯！」
「うっ、うん！」

道路脇に停めていた自転車のスタンドを蹴り上げ、千夏ちゃんが自転車を前に押して走りだす。
　隣に並んで走りながら、一連のやり取りが千夏ちゃんの言うとおりドラマのワンシーンみたいに思えてきて、思わず噴き出してしまった。
　同じように千夏ちゃんも笑っていて、その顔を見ていたら自然と口元がほころんでいった。

* 　* 　*

　――コンコン。
　放課後、川瀬家に帰宅した私はどきどきしながら隣の部屋を訪れていた。
　自室に鞄を置いてきただけなのでまだ制服姿のまま。
　いち早く和泉くんに報告したいことがあって、はやる気持ちを抑えきれない。
「……はい？」
　中から和泉くんの声がしたので、「ゆ、唯です」と返事をして、部屋の中にそっと足を踏み入れる。
　和泉くんは勉強机の椅子に座っていて、ハードカバーの分厚い本を読んでいる最中みたいだった。
「どうかした？」
　本から顔を上げて、入り口の前で棒立ちしている私にチラリと視線をよこす和泉くん。
　長めの前髪がサラッと揺れて、彼が顔を持ち上げた時。

あ、眼鏡かけてる……。
　普段はしてないのに読書中だからなのかな？
　黒縁眼鏡の和泉くんは知的な美青年って感じで、あまりのカッコ良さに思わず見とれてしまった。
「何、ぼーっとしてんの？」
　パタンと本を閉じ、机に手をついて椅子から立ち上がる和泉くん。
「な、なな、なんでもない、です！　えっと、それより、和泉くんに報告したいことがあって」
　顔の前で大きく手を振り、あわあわしながら本題を告げようとすると、和泉くんがベッドの上をポンポン叩いて「ん」とそこに座るよう顎先で促してきた。
「今、座布団外に干してて床に敷く物ないから、ここに座って」
「う、うん」
　和泉くんに言われるまま部屋の隅にあるベッドの方までとことこ歩いていき、ちょこんと端っこに腰かける。
　すると、なぜだか、そこに座るよう指示してきた張本人が呆れ顔を浮かべていて。
「……アンタさ、素直なのはいいけど、少しは警戒すること覚えた方がいいよ。一応、男の部屋なんだから」
「？」
　言われている意味がわからず、きょとんと首を傾げていると。
「話聞く前に、ちょっと下行ってくる」

と言って、和泉くんが部屋から出ていってしまった。

ひとり取り残された私は、どうして和泉くんが深いため息をついていたのかわからず、うむむと思案する。

知らず知らずのうちに何か失礼なことをしちゃってたのかなぁ。

……それにしても。

「これが和泉くんの部屋なんだ……」

ポツリとつぶやき、そっと室内を見渡す。

男の子の部屋って、もっと散らかっているイメージだったけど、和泉くんの部屋は隅々まで綺麗に整理整頓されていた。

全体的にモノトーンの家具で統一されたシンプルな部屋で、必要最低限のものしか置かれていない。

本棚には難しそうな本がズラリと並んでいて、背表紙を見てみるとほとんど洋書だった。

ベッドから少し離れた正面にはテレビが置かれていて、横になりながら観られるように配置してある。

テレビ台の横には3段の金属ラックがあって、折り畳まれた衣類が綺麗に収納されていた。

「何、人の部屋ジロジロ観察してんの?」

「ひゃっ」

室内の様子を観察していたら、部屋の入り口から和泉くんに話しかけられてビクッと肩が跳ねてしまった。

いつの間に戻ってきたのか、両手にペットボトルの飲み物を持った和泉くんがドアに背をもたせかけて、いぶかし

げな表情でこっちを見ている。
「ご、ごごご、ごめんなさい！　男の子の部屋に入ったのってはじめてだから物めずらしくて、つい……」

　カーッと顔中を真っ赤にし、肩を萎縮させながら必死になって弁解すると「……まあ、べつにいいけど」とさして気にした様子もなく私のそばまで歩いてきて、額にコツンとペットボトルを当てられた。
「喉渇いてたから、ついでにアンタの分も持ってきといた」
「あ、ありがとう……」

　よかった。怒ってないみたい。
　烏龍茶(ウーロン)のペットボトルを受け取り、ほっとひと息つく。
「で、話って？」

　ベッド前の床に和泉くんが片足を立てて座り、下からじっと私の顔を覗き込んでくる。

　端正な顔立ちの黒い瞳に見つめられると、心臓がドキッとしてしまうのはどうしてなんだろう？
「……昨日、和泉くんに励ましてもらってから、勇気を出そうと思って。今朝、学校の前で友達が来るのを待ちぶせして、本人に正直な気持ちを伝えて謝ってきたの」

　ふっと表情を緩めて語る私を見て何か察したのか、和泉くんが右膝に肘をついて、右手の甲(こう)を顎先に乗せながら「へぇ」とニンマリ口角を持ち上げる。

　なんとなく、だけど。
　和泉くんてすごく頭の回転が速い人なんじゃないかな。
　私が話す内容を先読みしてるみたいに微笑する彼を見て

思った。
　もしも話の続きが悪い内容だったら、いつもみたいに無表情で聞いている気がしたから。
「友達……千夏ちゃんね、笑顔で許してくれたよ。それ以前に怒ってなかったって。私が自分から距離を置いてただけで、千夏ちゃんは千夏ちゃんなりに私との距離感を計って仲良くしようとしてくれてたことが判明してね。なんていうか……ちょっとしたすれ違いで誤解が大きく生じていたというか、私がひとりでマイナス思考に陥ってただけだって自覚して反省したんだ」
　千夏ちゃんは私に言ってくれた。
　これから本当の意味で仲良くなって、なんでも話し合える仲になっていこう、って。
　昔の暗い過去を打ち明けた私に引くことなく、今の私を見て笑顔でそう言ってくれたんだ。
「和泉くんや千夏ちゃんに指摘されて気付いたんだけど、私ってちょっとした出来事でもなんでも悪いふうに想像を膨らませる癖がついてたみたい。……そんなんじゃ、いくら表面を取り繕ったって駄目だよね。本当に仲いい友達が欲しいなら、相手に必要とされることを求める前に自分も相手を信頼しなくちゃいけないんだから」
　心の中で思ってるだけじゃ誰にも伝わらない。
　きちんと声に出して、素直に思ってることを相手に伝えなくちゃ、エスパーじゃないんだから相手に伝わるはずがないんだ。

「今回は、和泉くんのおかげで大事なことに気付けたし、千夏ちゃんとも仲直りすることが出来たの。だから……本当にありがとう、和泉くん」

満面の笑みを浮かべて、心からの感謝の気持ちを込めてお礼の言葉を口する。

「……オレのおかげじゃなくて唯が自分で頑張ったからだろ？」

スッと和泉くんが立ち上がり、私の頭を軽くポンと叩いて苦笑する。

ほんのわずかにだけど、その時の和泉くんはとても優しい目をしていて、無意識のうちに視線が釘付けになっていた。

数秒後には普段のポーカーフェイスに戻っていて、それ以上感情を読み取ることは出来なかったけれど、私の報告を聞いて喜んでくれていることだけはわかった。

それに……アンタじゃなくて「唯」って名前で呼んでくれた。

めったに名前で呼ばれないせいか、そんな些細(ささい)なことでキュンとなって、みるみるうちに口元が緩んでいく。

「これから映画鑑賞(かんしょう)するけど、暇なら観てけば？」

ベッドの枕元に置いてあるレンタルショップの袋(ふくろ)からDVDを取り出し、どれが観たいか聞かれてポカンとする。

え、っと……。これってつまり、この部屋で和泉くんとふたりで観るってことだよね？

「いっつも部屋に閉じこもって勉強ばっかしてるし、たまには息抜きすれば？　一応、そっちが好きそうなやつ選ん

でみたけど違ったら悪い」
　好きなのを選ぶよう促され、目をぱちくりさせたままDVDのパッケージに視線を落とす。
　もしかして……和泉くんなりに気を使ってくれてる？
「何にやけてんの？」
「ふふっ」
　だって、目の前に差し出された5枚のDVDは全部ファミリー向けのCGアニメーションだったから。
　和泉くんの中の私のイメージはまだまだ小さな子どもって感じなのかな。
　学年は1個しか違わないのに、ずいぶん幼く見られてるみたい。
「ありがとう、和泉くん。私はコレが観たいな。『塔の上のラプンツェル』」
　目の前に差し出されたDVDから1枚を選んで指差すと、和泉くんが無言のままテレビ台の下のプレーヤーにDVDをセットし、遮光カーテンを閉じて部屋を真っ暗にした。
　私はベッドの上で枕を抱き締めながら体育座り、和泉くんはベッドに背中を預ける形で床にあぐらをかいて座りながらふたりで映画鑑賞した。
　たまに入るコメディ要素に、和泉くんが「ふ」って短く噴き出し口元を押さえる。
　シリアスなシーンに突入して、和泉くんまで真剣な表情に。
　ラストはヒロインとヒーローが結ばれてハッピーエンド。

横を見ると、心なしか和泉くんの表情も穏やかになっていて。
　目を離したらすぐ真顔に戻ってしまう和泉くんの貴重な表情の変化は、映画の本編よりも興味をそそられて。
　気が付いたら、内容そっちのけで和泉くんの横顔ばっかり見てた。

初恋と優しさ

　桜の花が散って新緑が芽吹きだす５月初旬。
　千夏ちゃんと仲直りした日以来、私達は少しずつ友達としての距離を縮めていき、いつも一緒に行動するようになっていた。
「唯〜っ、急がないと学食の席埋まっちゃうよー!!」
「わーっ。ま、待って千夏ちゃん」
「あたし、先行って席取ってくるからっ」
　４時間目の体育の授業を終えるなりフルスピードで着替えを済ませて更衣室から飛び出していく千夏ちゃん。
　何事にも行動が素早い千夏ちゃんと違って、動作がとろい私はワイシャツのボタンを１個ずつとめながら「本当に置いていかれちゃった」とオロオロしてしまう。
　そんな私を見て、近くにいたクラスメイトの美希ちゃんや朱音ちゃんが「ドンマイ」と励ましてくれる。
「千夏ってば本当せっかちなんだから。学食の席なんてそんなすぐ埋まらないのに」
　明るい髪色にばっちりメイク。膝上のミニスカートをはいたギャル系の美希ちゃんが、手鏡片手にファンデーションを塗りなおしながら呆れた様子でぼやく。
「あはは。違う違う。高木ちゃんの目当ては毎月10日に学食で販売される限定５食の大トロ丼の方だから。先月はスペシャルメニューの存在を知らなくて食べ損ねたから、今

月こそは絶対食べる！って意気込んでたよ」
　キリッとした顔立ちに、長身スレンダー。男の子みたいに短い黒髪ショートヘアーの朱音ちゃんが、いつものようにブレザーの代わりに女子ソフトボール部の部活ジャージに袖を通しながら、美希ちゃんと私に千夏ちゃんが学食に急いだ理由を教えてくれる。
　3人で顔を見合わせ「どうりで……」と納得したところで、誰からともなく笑みが零れて噴き出した。
「さすがグルメの千夏。食べ物に対する執着は半端ないね」
「高木ちゃんは大食いのわりに全然太らないからな〜。毎日陸上部で走り込んでるしね。青井ちゃんは少食なイメージだけど、高木ちゃんと付き合ってよく食べたりするの？」
「う、ううん。私はそこまで量が食べられないから、おいしそうに食べてる千夏ちゃんを見て『幸せそうだなぁ』って癒されてるよ」
　私の発言にふたりが「あはは」と声を上げて笑い、つられて私も笑う。
「じゃあ、アタシと朱音は教室でランチするから、唯は千夏のあと追いかけていっておいで。今日は千夏に付き合って一緒に学食で食べる予定なんでしょ？」
「高木ちゃんが置いてった荷物と一緒に青井ちゃんのも席に戻しておくから、このまま向かっちゃいなよ。うちらは購買寄って戻るからさ」
「あ、ありがとう。美希ちゃん、朱音ちゃん」
　私と千夏ちゃんのジャージ袋を手に持ち、更衣室から出

ていこうとするふたりに慌ててお礼すると、美希ちゃんと朱音ちゃんが振り返りざまにピースして「どういたしまして〜」とニッコリ笑ってくれた。

　高校に入学してから約１か月。
　改めて千夏ちゃんと仲良くなったあと、同じクラスの美希ちゃんと朱音ちゃんを千夏ちゃんから紹介されて、教室では４人で固まって過ごすようになった。
　もともと千夏ちゃん達３人はクラスの中でも人気系の男子達と仲がいい華やかなグループにいて、常にみんなでワイワイしてるイメージがあったから「その中に私が加わって大丈夫かな？」って心配していたんだけれど。
　コミュニケーション能力が高い人気者の千夏ちゃんと、実年齢よりも大人っぽくて落ち着いた外見の美希ちゃん、体育系らしくサバサバした性格の朱音ちゃんの３人は、私を温かくグループに迎え入れてくれて。
　はじめは緊張しすぎてガチガチだったものの、みんなの優しい人柄に触れていくうちに、少しずつ警戒心も解け、どんどん３人のことが大好きになっていった。
　まだ話す時には若干どもりがちだけど、前までの自分と比べてだいぶ明るくなったと感じるのは、みんなのおかげで毎日たくさん笑って過ごせているからだと思う。
「おーい、唯〜！　こっちこっち〜」
　学食に向かうと、千夏ちゃんはすでに目当ての大トロ丼をゲットしていて、窓際のロングテーブル席から私に居場

所を報せるために大きく手を振っていた。

　私も小さく手を振り返し、近くの券売機を指して「ランチを買ってくるね」と合図して行列の最後尾につく。

　いつもは恵美さんが用意してくれたお弁当を食べるんだけど、今日は千夏ちゃんから「明日一緒に学食行ってみない？」と誘われたので学食でランチを取ることにしたんだ。

　入学説明会やパンフレットでは見たことがあったけど、実際に中へ入ったのははじめて。

　大勢の生徒で込み合う学食内は人の話し声でガヤガヤ賑わっていて、厨房からはおいしそうな匂いが漂ってくる。
「えーっと……、この中から好きなメニューを選べばいいんだよね？」

　いざ自分が購入する順になって券売機の前に立つと、たくさんの種類のメニューがあって目移りしてしまう。

　シンプルな和食定食もおいしそうだし、BLTセットやパスタやうどんも気になる。

　どれにしようかさんざん迷い、人差し指はボタンの上を行ったり来たり。

　うしろにも人が並んでいるので長いこと立ち止まるわけにもいかず、急いで選択(せんたく)メニューのボタンを押す。

　機械から券を取り出しカウンターに移動すると、白いマスクと割烹着姿のおばさんが「サラダうどんとお味噌(みそ)汁ね」とメニューを読み上げ、厨房にオーダーしてくれて。

　あっという間に食事が出来上がり、両手にトレイを持って千夏ちゃんの元まで移動した。

「お待たせ」
「おーっ、唯はヘルシーメニューにしたんだね。サラダうどんもおいしそう！」
「千夏ちゃんも大トロ丼を買えてよかったね」
「体育の授業終わると同時にダッシュで学食の入り口に並んだからね〜。先輩方と死闘を繰り広げた末の１杯だと思うと余計に箸(はし)が進むよ〜」

　明るい日差しが差し込む窓際席の一番端っこに料理の乗ったトレイを置き、千夏ちゃんの隣に腰を下ろして「いただきます」と両手を合わせる。
「ん〜！　おいしぃっ。ほっぺたとろけるぅ……っ」

　大トロ丼をひと口食べるなり、片手で頬を押さえて悶絶(もんぜつ)する千夏ちゃん。うっとりと至福の表情を浮かべる彼女に、思わず「プッ」と噴き出してしまう。
「千夏ちゃん、すっごく幸せそう」

　ククク、と喉の奥を震わせるように笑うと、千夏ちゃんが口をもぐもぐさせながら大満足した様子で親指をグッと立てた。
「ひょうまでいきてきたなふぁでいひばんひあわへ」
「ちょっ、何言ってるのか全然わからないよ千夏ちゃんっ」

　ふたりで雑談しながら笑い合っていると。
　──コツン。
　ふと、頭上に何かを軽く当てられて。
　びっくりしてうしろを向くと、そこには無表情の和泉くんと和泉くんの友達らしき茶髪の男の人がにこやかな笑顔

を浮かべながら立っていた。
「えっ、えっ、和泉くん!?」
「やる」
　カップデザートのティラミスを手渡しされて、きょとんと首を傾げる。
　ええっと……コレは要するに、私にくれてるのかな？
　疑問に思いつつも「あ、ありがとう」と素直にお礼して受け取ると、和泉くんの口端が若干だけど吊り上がって、わずかに笑ってくれた気がした。
「でも本当にもらっちゃっていいの？　コレ、和泉くんが自分用に買ったんじゃ……」
「学食来たらめずらしくいたから。自分の買うついでにアンタにあげようと思って買ったやつだから気にしなくていい」
「……じゃあ、遠慮せず、いただきます」
　両手でカップデザートを持ち上げ、ぺこりと頭を下げる。
「はいは〜い。隣の彼女には僕からデザートを差し入れするね〜♪」
「わーっ、マンゴープリンだ。ありがとうございますっ」
「あはは。喜んでくれて何より。それじゃあ、俺らは向こうの席で食べるから。ゆっくりしてってね〜」
　和泉くんの隣にいた茶髪の彼がひらひらと手を振り、和泉くんと一緒に奥の座席に移動していく。
　あ。和泉くんのトレイに乗ってるの、私と同じサラダうどんだ。

さりげなくチェックしたお昼ごはんが自分と一緒のメニューだったことになぜだか嬉しくなってしまって。
　すぐさま隣に千夏ちゃんがいたことを思い出し、緩みかけた口元を引きキュッと引き締めなおす。
　いけないいけない。変な顔見られるところだった。
「やばい！　今のって２年の川瀬和泉先輩と美崎智也先輩じゃんっ。なんでうちらに、っていうか唯に声かけてきたの？」
「千夏ちゃん、ふたりのこと知ってるの？」
「知ってるも何も、うちの学校の女子人気・ナンバー１とナンバー２の人達だよ。一番人気は無口でクール系の川瀬先輩で、２番はフェミニストの美崎先輩。唯こそ知らなかったの？」
　興奮した様子でまくしたてる千夏ちゃんに対し、説明を聞き入っていた私は呆然としながら首を横に振るだけ。
　だって、和泉くんがそこまで女子にモテてるなんて知らなかったから。
　確かに、ハッと目を惹く美形で、そこらの俳優やモデルよりもスタイルは抜群だと思う。私もはじめて会った時は端正な顔立ちに見とれて言葉をなくしちゃったし。
　でもまさか学校一の人気者だなんて。
　そんなすごい人とひとつ屋根の下で暮らしているなんて知れたら、和泉くんのファンに何をされるかわかったものじゃない。想像するだけでゾッとする。
「し、知らなかった……」

「唯はそういう情報に疎そうだもんね〜。ちなみにあたしは、ここだけの話、美崎先輩派なんだ。あの一見チャラそうに見えて、実は大企業の御曹司ってギャップがね、これまたたまらないわけよ」
「あの人、お金持ちの家の人なの？」
「そうだよ〜。海外に本社を持つアパレル会社の跡取りだって。創始者は現会長の祖父で、父親は有名なファッションデザイナー、母親は元パリコレモデルの一流サラブレッド！　絵に描いたようなお金持ちってわけ」
「す、すごいね……」

　ファッション業界ってことは、うちのお母さんともどこかで繋がっていたりするのかな？
　ちょっと気になるかも。
　和泉くんの隣にいたのは２年生の美崎智也先輩、か。
　美形の和泉くんと並んでも引けを取らない綺麗な顔立ちの男の人だった。
　大体同じくらいの背丈だったけど、和泉くんの方がやや高いのかな？
　細身の和泉くんよりややガッチリした体形で、全体的に長めの茶髪はパーマがかけられていてフワワしていた。
　細く整えられた眉。柔和な印象を与えるタレ目の二重。左目の下の泣きぼくろ。
　彼がまとうフェミニンな空気は、中性的な顔立ちをしてるからかな。
　あれだけカッコいい和泉くんの隣にいても遜色ないレベ

ルなんだから、美崎先輩がモテるのも納得だ。
「で？　さっきと同じ質問するけど、なーんで唯と川瀬先輩が親しげに話してたのかな？」
　リポーターのマイクのようにデザートスプーンを私に向けて、千夏ちゃんが興味津々そうに質問してくる。
　なんて返事をすればいいのか迷い、うっと言葉に詰まったものの、自分が千夏ちゃん側の立場だったら、親しい友達に隠し事をされたら寂しいんじゃないかなって思えて。
　ほんの少し前まではずっとひとりきりだったから、こんなふうに考えたりしなかった。
　でも、今は違う。
　相手の立場に立って物事を考えてみる。
　そうしたら、自ずと答えが見えてきて。
「……実はね」
　意を決して事情を打ち明けた私に、千夏ちゃんは大きく目を見開いて「えええぇぇーっ!?」とびっくり仰天。
「ち、千夏ちゃん！　シーッ」
　まわりにいた人達からジロジロと注目を浴びてしまい、千夏ちゃんの口を慌てて塞ぐ。
「ごめんごめん。興奮しすぎて大声出ちゃった」
「み、みんなには自分の口から説明するから、もう少しの間だけ内緒にしておいてほしいの。私、いっつも千夏ちゃんに頼ってばかりだから、そこだけはちゃんとしておきたいというか……」
　困り顔でお願いすると、千夏ちゃんは「了解！　そこは

バッチリ任せて」と言って、親指と人差し指で丸の形をつくり、ニカッと笑ってくれた。
「ありがとう……。それにしても、想像以上に和泉くんがモテててびっくりしたよ」
「あれだけ容姿が整ってれば、そりゃあ誰でも目が行くっしょ。噂じゃ芸能事務所からもしょっちゅうスカウトされてるそうだし」
「ス、スカウト……」
「でもまあ、そんな川瀬先輩と同じ家に住んでるってことは、一緒に登下校したり、ふたりで出かけたりする機会も増えてくと思うからさ。少しずつ周囲からの目撃情報が増えて、そのことについて質問してくる人も現れてくるだろうけど。そん時は、それとなく答える程度でいいと思うよ。隣にいる時は必ずあたしもフォローするし」
「千夏ちゃん……」
「あたし的には事実が発覚する前に美希と朱音にだけは話しておいた方がいいかなぁ〜とも思うんだけどね。ふたりとも唯のこと気に入ってるし、口の堅い子達だから。唯もふたりのこと好きでしょ？」
　美希ちゃんと朱音ちゃんの顔を思い浮かべてコクコクと首を大きく縦に振ると、千夏ちゃんが「美希達に話す時はあたしもそばについてるから安心してよ」って言って、私の頭をいい子いい子するように優しく撫でてくれた。

＊　＊　＊

『知ってるも何も、うちの学校の女子人気・ナンバー１とナンバー２の人達だよ。一番人気は無口でクール系の川瀬先輩で、２番はフェミニストの美崎先輩。唯こそ知らなかったの？』

　千夏ちゃんに和泉くんの家に居候していることを打ち明けた日の放課後。

　寄り道せずに真っ直ぐ川瀬家へ帰宅した私は、１階のキッチンで紅茶用のお湯を電気ケトルで沸かしながら、千夏ちゃんが話していたことを思い出してひとりモヤモヤしていた。

　あれだけカッコいいんだもん。まわりの女の子達が放っておくわけがないし、学校一人気なのも納得だよね。

　なのに、どうしてだろう。

「……やっぱり和泉くんてモテるんだなぁ」

　ぽつりと小声で本音を零し、沸騰したケトルのお湯をポットに注いでいたら。

「誰がモテるって？」

「ひゃあっ!?」

　いつの間に帰宅していたのか、制服姿の和泉くんがキッチンの中にひょっこり現れて。なんの気配も感じていなかった私は驚きで変な声を出してしまった。

「あつっ」

　ケトルから手を離したせいで中身のお湯が零れてしまい、靴下の上から右の爪先をやけどして顔をしかめる。

　とっさにしゃがみ込み、やけどした部分を手で押さえよ

うとすると、和泉くんがすぐさまそばに来てくれて。
「――やけどしたのか？」
　私がうなずくよりも先に軽々と横抱きに持ち上げられ、バスルームに連れていかれた。
　そのままバスタブの縁に座らされて。
「どこが熱かった？」
「み、右足の爪先……」
「ん。ちょっとの間、冷たいけど我慢して」
　私が質問に答えるなり、和泉くんは私の足元にしゃがみ込み、シャワーヘッドを握ってやけどした部分に冷たい水を当ててくれた。
　サー……と浴室内に水音が響き、家の外から道路で遊ぶ子ども達のはしゃぎ声が聞こえてくる。
「ご、ごめんなさい。私の不注意で……」
「いや、こっちが急に話しかけたせいだから。悪かった」
　２～３分ほど冷やし続けたあと、和泉くんが濡れた靴下を脱がしてくれて、右足の踵をそっと持ち上げられる。
　そのまま、やけどの跡がないか爪先をじっと凝視される。
　真剣な眼差しにドキッとしてしまった私は、視線をどこに置いたらいいのかわからず、ただぼんやりと和泉くんのつむじを眺めていた。
　……やっぱり、おかしいや、私。
　和泉くんに触れられた箇所に神経が集中して、どんどん頬が熱くなっていく。
「……軽いやけどで済んだっぽいけど、少し赤くなってる

から、しばらく氷で冷やしておいた方がいいな」
　大事に至らず、ほっと安堵の表情を浮かべる和泉くん。
「ありがとう。あと、和泉くんのズボン、シャワーで濡らしちゃってごめんね」
「だから、アンタは謝るなっつーの」
　ぐにっと頬をつままれ、呆れ顔で苦笑される。
　瞬間、耳のつけ根にまで熱が浸透して。
　目の前の相手に聞こえてしまいそうなくらい胸の鼓動がうるさく鳴り響き、慌てて和泉くんから視線を逸らした。
　目を伏せ、床のタイルを見つめて「は、離して……」と蚊の鳴くような声で小さくつぶやいたら、やっと私の状態に気付いたらしい和泉くんが目をぱちくりさせたあとに「ああ」と納得したようにうなずいて。
　私の緊張が伝わってしまったのか、和泉くんも若干気まずそうに視線を逸らし、片手で首の裏を押さえて黙り込んでしまった。
「……とりあえず、氷持ってくるから、そこで待ってて」
「は、はい……」
　コクリとうなずき、制服のスカートの裾を両手でぎゅっと握り締める。
　和泉くんに触れられた右足の踵にそっと触れてみせると、そこから甘い痺れが広がって、今にも息が詰まりそう。
　適切な処置を施してくれたおかげでやけどの具合も大したことなく、しばらく氷袋を当てているうちに腫れも引いてひと安心した。

その日の夜は、川瀬さんが帰宅した夜８時頃にみんなで食卓を囲んで、４人で和気あいあいと談笑しながら楽しく食事をした。
　そのあとは温かい浴槽につかって疲れをほぐし、お風呂上がりにはパステルピンクのルームウェアに着替えて、濡れた髪をバスタオルで拭いながらリビングへ。
「川瀬さん、恵美さん、おやすみなさい」
「おやすみ。ゆっくり休むんだよ」
「おやすみなさい、唯ちゃん」
　ソファに座ってくつろぎながらテレビ鑑賞している川瀬夫婦にあいさつをして２階に上がり、そのまま和泉くんの部屋の前に立つ。
「和泉くん、お風呂あいたよ」
　コンコンと静かにノックしてからドアを開けると、ベッドに横たわりながら読書している和泉くんの姿が見えて。
　ドアからひょっこり顔を覗かせる私に気付き、パタンと本を閉じて、ゆっくり上体を起き上がらせた。
「……ん」
　長いまつ毛を伏せてうなずき、気だるそうにベッドから立ち上がる和泉くん。
「ちょっぴり長めにつかったからお湯が冷めちゃって……。浴槽に入る前に追いだきした方がいいかも。それじゃあ」
　入り口の前でひと言伝えて、自室に戻ろうとしたら。
　──クイッ。
　私が着ていたルームウェアのパーカー部分を引っ張られ

て、ぴたりと足の動きを止められてしまった。
「？」
　何が起こっているのかわからず頭上にハテナマークをたくさん浮かべていたら、和泉くんがパーカーの中に何かを入れてきて。
「それ、やるよ。アンタに友達が出来てよかったじゃん、っていう記念に」
「え？　え？」
「今日、学食で一緒にめし食ってた子とふたりで行けば？　放課後、遊びに誘う口実にはなるんじゃないの」
　無表情のまま私の横を通り過ぎ、部屋から出ていく和泉くん。
　その際、すれ違いざまにポンと頭を軽く叩かれて。
　びっくりして顔を上げると、ほんのわずかにだけど和泉くんのポーカーフェイスが崩れて口元に笑みを浮かべているのが見えた。
「これ……」
　トントン……と静かに階段を下りていく和泉くんの足音を聞きながら、フードの中に手を入れてみると、2枚の紙が出てきて。
　それが和泉くんが勤めるコーヒーショップの割引券であることに気付いた私は、みるみるうちに視界がにじんでいくのを止められず、指先で目尻に浮かんだ涙を拭い取りながら「……ありがとう」と小声でつぶやいた。
　今日、学食で話しかけてきてくれてデザートをくれたのも。

やけどした私を抱きかかえて素早く応急措置してくれたのも。
　私が友達関係で悩んでいたことを知っていて、仲良くなった子と遊びに行きやすいようバイト先の割引券をくれたのも。
　すべてがさりげない優しさで。
　はた目には無表情でわかりにくいけれど、和泉くんなりに私のことを心配して見守ってくれているんだって伝わって、胸の奥がじんわりと熱くなった。
　……どうしよう、私。
　もしかしたら、和泉くんのこと——。
　はじめて知る、甘い感情。
　温かい涙が一筋、頬を伝い落ちる。
　心の中は温かく満たされていて、穏やかな気持ちに包まれていた。

波乱と胸騒ぎ

「今日から２週間、教育実習生としてお世話になります。美和綾乃です。よろしくお願いします」

　黒板をバックに教壇に立ち、教育実習生の先生が生徒達に向かって深々とお辞儀をする。
「担当科目は英語で、これから授業にも参加させていただくことになります。大学４年の21歳なので年齢は少しだけみんなと離れてますが、気さくに話しかけて下さいね」

　顔を上げて微笑んだ美和綾乃先生は優しそうな雰囲気の美人で、ほとんどの男子達が彼女に見とれていた。

　くっきり二重で幅が広く、丸い目は黒目がちでぱっちりしている。

　形が綺麗に整えられている太目の眉、しっかりした鼻筋、唇は厚くぽってりした、くっきり系の綺麗な顔立ち。

　胸の下辺りまで伸びたナチュラルブラウンの髪は、ソバージュがかけられていて全体的にふんわりしている。

　グラマラスな体つきはお子様体形の私とは大違い。

　長身でスタイル抜群なので黒のパンツスーツがよく似合っている。

　21歳ってことは、私の５つ上だよね。

　そんなに年は離れてないのにすごく大人っぽいなぁ。

「実は、ここ、日和高校はわたしの母校で。久々に訪れた校舎に懐かしさを感じてるんです。担任の鈴木先生もかつ

ての恩師なので、今回サポート役についていただけてほっとしてる一面もあります。ね、鈴木先生？」
「ゴホンッ。昔の教え子でも実習期間中は厳しく見させてもらいますけどね。——とまあ、その話はひとまず置いておいて。彼女は在学時から優秀な生徒だったので、このクラスのみんなにとっていい見本になるよう期待していますよ」

　鈴木先生が眼鏡をクイッと押し上げながら照れ気味に教育実習生に目配せすると、
「ふふ。さりげなくプレッシャーを与えられましたが、鈴木先生の期待を裏切らないように頑張ります」
　と、茶目っ気たっぷりにペロリと舌を出して、美和綾乃先生が肩をすくめた。
「美和は僕が新任の時の生徒なので、今こうして肩を並べていることに不思議な感じもしますが……何事にも真面目に取り組む勉強熱心な方なので、みんなも今日から２週間、美和先生に協力してあげて下さい」
　うちの学校で一番若く、温厚な人柄で生徒達からの人望も厚い鈴木先生の言葉に、クラスのみんなが「はーい！」「了解」なんて軽い調子で返事をすると、美和綾乃先生が嬉しそうに目を細め、深々と頭を下げた。

　梅雨入りの気配を感じさせる６月はじめ。
　私のクラスに教育実習生の美和綾乃先生がやってきた。
　パッと見は近寄りがたい美人だけど、実際に話してみる

と親しみやすい人柄で明るい性格の彼女はたちまち生徒達の人気者に。

　教育実習にやってきてから半日もしないうちにほとんどのクラスメイト達と打ち解け、みんなから「綾乃先生」「綾乃ちゃん」と親しみを込めて下の名前で呼ばれるようになっていた。

　そんな私も千夏ちゃん達と一緒に綾乃先生がいる資料室まで行き、授業と授業の合間の短い休み時間に会話させてもらった。

「ねえねえ、質問！　綾乃ちゃんて、この学校の生徒だったってマジ？　新任の頃の鈴木先生ってどんな感じだったの？」

「ええ、そうよ。鈴木先生は昔から温厚な人柄で、見た目も若くて顔も整ってたから女子人気もすごくて。男女問わず、生徒の悩みを真剣に聞いてくれるから、みんなに好かれる素敵な先生だったわ」

　千夏ちゃんの質問に笑顔で答える綾乃先生。

　担任の鈴木先生のエピソードに私と千夏ちゃんと美希ちゃんと朱音ちゃんは揃って「へぇー」と感心。

　とくに、以前から鈴木先生のことを「カッコいい」と言っていた美希ちゃんは興味津々な様子で。

「うちらの学年でも鈴木先生のことカッコいいって言ってる子多いもんね。てか、綾乃先生の担任だったってことは、昔の写真とか持ってたりする？　あれば、ちょっと見てみたいかなぁ、なんて」

と、指先で頬を掻きながら、恥ずかしそうに綾乃先生におねだりしていて。
「ふふ。いいわよ。明日、写真を持ってきてあげる。押し入れにアルバムがあるはずだから探してみるわね」
「！　ありがとうございますっ、綾乃先生」
　大喜びする美希ちゃんに、みんなで一斉に噴き出し、和気あいあいと楽しいトークを繰り広げていた。

　そして、その日のお昼休み。
　わずか半日でクラスの人気者となった綾乃先生は、大勢の生徒から「一緒に食べよう！」とランチの誘いを受けていて。
　綾乃先生はみんなと平等に仲良くしたいらしく「じゃあ、中庭でランチなんてどうかしら？」と提案して、ゾロゾロと団体を引きつれ教室から外に移動していった。
「すごいね、綾乃ちゃん人気。中庭までついていったの、ほとんど男子ばっかじゃん」
「だってあんだけの美人で性格もいいんだもん。年もけっこう近いしさ〜。アタシが男でもぐらっとくるって」
「だよね〜」
　千夏ちゃんが感心したようにつぶやけば、美希ちゃんが同意して、朱音ちゃんまでうんうんうなずいてる。
　私達４人は元から別の場所でランチする予定だったので中庭にはついていかず、１階の学食に向かって廊下を歩いていた。

話題の中心はほとんど綾乃先生について。
メイクが薄いのにどうしてあんなに肌が綺麗なんだろうとか、スキンケアの方法とか知りたいよねとか、やっぱり彼氏いるのかなとか。
　わいわいと好き勝手に話してるうちに学食に到着し、それぞれ好きなメニューを選んで食券を購入。
　中庭の様子が見渡せる窓際席を選び、ちょうど空いていた６人掛けのテーブル席に移動した。
「いただきま〜す」
　みんなで手を合わせ、楽しくお喋りしながら食事をしていると。
「ゆ〜いちゃん」
　コツンと後頭部を小突かれ、びっくりして振り返る。
「み、美崎先輩!?」
　すると、そこには、紙パックのジュースを片手に持った美崎先輩がニンマリ笑いながら立っていた。
「やほ〜。今、学食に来たら唯ちゃんの姿が見えたからさ。和泉の目を盗んでコッソリ話しかけに来ちゃった」
　イタズラっぽく片目をつぶってウインクする美崎先輩に、私を除いた３人が黄色い悲鳴を上げて大興奮。
　千夏ちゃんなんてキャーキャー騒ぎながら私の二の腕を叩いてくるし、美希ちゃんと朱音ちゃんは手に持っていたお箸やフォークをぽろりと床に落として赤面してる。
「ねえねえ、俺達も一緒にココで昼めし食っていい？　どうせならかわいい子達と一緒に食事したいからさ」

軽い口調で相席を希望する美崎先輩に千夏ちゃんが即「OKです!!」と力強く返事をして。
「じゃあ、失礼しま〜す。俺の分の昼食は、和泉が自分の買うついでに持ってきてくれるから、ここで待ってようかな？」
　と、私から見て左斜め前にいる千夏ちゃんの隣に座り「お邪魔しま〜す」と愛想良く笑ってみせた。
　美崎先輩の綺麗な顔立ちにしばらくぽーっと魅入っていたみんなは、ある程度時間が経つとハッと我に返ったように私を見てきて。
「唯。あっちに和泉先輩がいるよ。うちらが話しかけるのも不自然だし、一緒に並んで運ぶの手伝ってあげたら？　さっき、和泉先輩に何か報告したいことあるって言ってたじゃん」
　千夏ちゃんが券売機の列に並ぶ和泉くんを指差し、美希ちゃんと朱音ちゃんも「行っておいで〜」と笑顔で促してくれた。
　先月、千夏ちゃんに付き添ってもらって、ふたりにも川瀬家に同居していることを打ち明けて以降、校舎内のどこかで和泉くんに遭遇すると、みんなして「川瀬先輩に話しかけに行っといで」ってニヤニヤしながら耳打ちしてきたり肘で小突いてきたりすることが多いんだ。
「う、うん。じゃあ、行ってくるね」
　そもそも、そうなったきっかけは、私が和泉くんについて「ある相談」を3人にしてから。

まだ完璧にそうだって決まったわけじゃないし、自分でも自分の気持ちがよくわからない状態で、ハッキリとは自覚してないんだけど。
　和泉くんの家にお世話になってるって話した時、美希ちゃんと朱音ちゃんからいろいろと質問攻めされて。
　その時、「あんなイケメンと一緒に生活してたら誰でも恋しちゃうよね」って美希ちゃんが冗談っぽく笑いながら話した瞬間、自分でもびっくりするくらい顔が真っ赤になってしまって。
　勘の鋭い朱音ちゃんは「はは～ん」とめざとく目を細め、まわりの反応を見てピンときたらしい千夏ちゃんには肩に腕を回され「どういうことか詳しく説明してもらおうか」と洗いざらい白状するよう詰め寄られてしまった。
　結果、これまであった経緯を全て打ち明け、和泉くんとの間にあった出来事を話しているうちにみんなの顔がどんどんニヤけていって。
　……も、もしかしたら、だけど。
　私が和泉くんのことを好きになりかけてるかもしれない、ってちっちゃな声でつぶやいたら、3人にきつくハグされたり、頭を撫で回されたりして、なぜか全員で大はしゃぎ。
　それ以来、まるで保護者のように私のことを見守ってくれているんだ。
　正直、特別な目で男の子を意識したのははじめてで。
　この感情が本物の『恋』なのかどうかなんて判別がつか

ないし、和泉くんに関することではどんな些細な出来事にも一喜一憂してしまう自分に戸惑ってばかりだけれど。
　焦らずマイペースに。少しずつ自分の気持ちを理解して受け入れていければいいなぁって思ってる。
「……和泉くん」
　カウンターのおばちゃんに食券を渡し、壁に背もたれしながら出来上がりを待っていた和泉くんに話しかけたら、混雑した人込みか、はたまた私の声が小さすぎたせいか、呼びかけに気付いてもらえなくて。
「い、和泉くんっ」
　慌てた私は更に彼の近くまで近寄り、和泉くんの腕をちょこんと引っ張った。
「……さっきからなんか名前呼ばれてる気がすんなって思ったら、やっぱり唯か」
「や、やっと気付いてもらえた……」
　小柄な私は人混みに紛れると姿を見失われやすいため、声は届いていてもどこにいるのかまでは見当たらなかったみたい。
　ほっと胸を撫で下ろしていると、和泉くんに「何か用事でもあったんじゃないの？」と質問された。
「あ、あのねっ……今日の放課後、図書委員の仕事があって、いつもより帰りが遅くなるから、恵美さんに伝えておいてほしいの」
「いいけど、委員会の仕事ってそこまで遅くなんの？」
「う、ううん。それ自体はすぐ終わる予定なんだけど、今

日はクラスの友達とみんなでカラオケに行く約束してて。わ、私、カラオケってまだ行ったことないから、何をどうしたらいいのかちんぷんかんぷんなんだけど、好きな曲を歌えばいいんだって友達が教えてくれて」
「…………」
「でっ、でも私が知ってる曲って、音楽の授業で習った合唱用の歌とか、ちっちゃい頃に見た子ども向けアニメの主題歌とか、それぐらいしかわからなくて。うう、どうしよう。やっぱ浮いちゃうよね。今時の若者ソングをひとつも知らないなんて」

　うーんと眉間にしわを寄せて、深刻な表情で頭を抱えていたら、突然和泉くんが小さく噴き出して。
「――は、若者ソングって。俺より年下のくせにどこのおばさんだよ」

　口元に手の甲を当ててクツクツと小刻みに肩を震わせながら笑う和泉くん。
「ひっ、ひどい！　こう見えても真剣に悩んでるのにぃ」

　わざと頬を膨らませて怒ったフリをしてみるものの、笑った顔を目の当たりにしたらドキドキが止まらなくなってしまって。

　自分でも口元がニケけていくのがわかり、むずがゆい気分になった。
「じゃあ、カラオケ終わったら、迎えに行くから携帯に連絡入れて」
「え？　和泉くん、迎えに来てくれるの？」

「ここら辺で学校帰りに寄れる場所っていったら駅まわりだろ。あそこらへん、繁華街(はんかがい)が近くにあるから、夜になるとけっこう危ないんだよ」
「そ、そうなんだ……」
「ん。どのみち、レンタルしてたDVD返しに行く予定だったし、ついでに行ってやるよ」
「……ありがとう、和泉くん」

　注文したランチが出来上がり、和泉くんが野菜カレーとBLTサンドが乗ったプレートを両手に持って美崎先輩の居場所をキョロキョロ探す。
「あ、美崎先輩はあっちにいるよ。私達のグループと一緒に食べたいからって、さっき相席を頼まれたの」
「…………」

　日当たりのいい窓際席を指差すと、千夏ちゃん達と楽しそうに会話している美崎先輩の姿が見えて。

　その光景はさながらハーレムのようで、和泉くんは素でドン引きしている。

　かすかに「チッ」と舌打ちしているのが聞こえて、つられて私まで苦笑してしまった。
「おっかえり〜、唯ちゃん♪　それと和泉も」
「た、ただいま……です」
「……何がおかえりだよ、ふざけんな」

　みんなのいる席に戻ると、テーブルに片肘をついていた美崎先輩が顔を上げ、ニッコリ微笑まれた。

　語尾に疑問符を付けながらあいさつを返す私に対し、和泉

くんは心底苛立(いらだ)った様子で美崎先輩のことをにらんでいる。
　相変わらず何を考えているのか読めない真顔だけど、和泉くんのバックにゴゴゴ……と効果音(こうか)が付きそうなくらい暗黒のオーラが漂っていることだけはよくわかって。
　余裕しゃくしゃくたる態度の美崎先輩と和泉くんを見比べ、ふたりの間にいる私の方がハラハラと焦りだす。
「まあまあ、たまにはランチの時くらい無愛想な男とふたりっきりで食べるより、かわいい女の子達と仲良く楽しみながら食事したいじゃん？　ねー、みんな？」
「「「はーいっ」」」
　美崎先輩に促され、元気良く返事する３人。
　さすがの和泉くんもみんなの迫力に圧倒されたのか、半ば諦めたようにため息をついて私の隣の席に腰を下ろした。
　無断で後輩の女子グループに入れられたことが面白くないのか、どこか不機嫌そうな顔で黙り込み、美崎先輩に頼まれたBLTサンドを乱暴に投げ渡している。
「——ところで、今日から１年のクラスに教育実習生がきてるんでしょ？　男と女どっちだった？」
　黙々と食事する和泉くんを無視して、私達４人に質問を投げかけてくる美崎先輩。
「女の人でしたよ〜。確か、教育学部の４年で、もともとうちの高校の生徒だったみたい。あれ？　母校で合ってるよね？」
「合ってる合ってる。ってゆーか、噂をすれば、あそこに本人がいるよ。さっき、男子達引きつれて中庭に行ってた

もんね」
「本当だ。こっからだと丸見えじゃない？」
　美崎先輩の質問に千夏ちゃんが返答し、ふたりの会話に混じるように美希ちゃんと朱音ちゃんが相づちを打って窓の外を指差す。
　みんなの話題を聞きつつ、コッソリ隣の和泉くんを盗み見ると、無関心な態度で食事に集中している。
　だけど。
「あ、あれあれ！　あの中庭のベンチに座ってる女の人が『美和綾乃』先生ですっ」
　千夏ちゃんが綾乃先生の名前を口にした、次の瞬間。
　——カシャンッ。
　和泉くんの手からスプーンが滑り落ちて。
「和泉くん？　スプーン落ちて……」
　足元に転がったスプーンを拾い上げようと、テーブルの下に手を伸ばそうとした時。
　ふと違和感を感じて和泉くんの顔を見上げたら、呆然とした表情を浮かべる彼の姿が目に映って。
　目を見張り、大きな衝撃を受けている和泉くんを目にして、私まで驚いてしまった。
　時が静止したかのように硬直してしまった和泉くんに疑問を抱いていると、美崎先輩までもが「……マジかよ？」と動揺したそぶりで窓の外を凝視していることに気付く。
　みんなの視線の先を追うと、木陰のベンチに座り、生徒に囲まれながら楽しそうに食事している綾乃先生の姿が見

えて。
　窓際席に座る私達がじっと中庭を凝視していたせいか、ふとこっちの視線に気付いた綾乃先生が顔を上げて、私達と目が合うなり、ニコッと微笑んで手を振ってくれた。
「……教室に戻る」
　ガタンッと勢い良く椅子を引いて立ち上がり、和泉くんが顔を強張らせたまま食べかけのカレー皿を残して学食から出ていってしまう。
　若干顔色が青ざめて、呆然としているように見えたのは、私の気のせいだろうか。
　和泉くん……？
　急に様子がおかしくなった和泉くんを心配していると、微妙(びみょう)な空気を読み取った美崎先輩が話題を変えるかのように「ところで、そういえばさ～」と明るいテンションで違う話をしはじめて。
「あ、和泉が残してったカレーはそのままそこに置いといていいよ。あとで俺が下げとくから。それと、アイツのことは心配しなくても大丈夫だから」
　オロオロしながら和泉くんを追いかけようか迷っていると、美崎先輩に優しく諭され、言葉に詰まった。
「けど……」
「唯ちゃんが追いかけてったところでどうにもならないから。わかるよね？」
　表面こそ人当たりのいい笑みを浮かべているものの、言葉の端々から棘(とげ)を感じるのは気のせいだろうか。

「……はい」
 テーブルの下でぎゅっと両手を握り締め、唇を引き結んでうなずき返すと、美崎先輩は満足したように「お利口さんだね」と言って微笑み、みんなとの雑談を再開させた。
 会話の内容は主に、最近の私と和泉くんのやり取りについて。
「それにしても、唯ちゃんてば本当和泉の忠犬っぽいよね〜。校舎で見かける度にパタパタ小走りで駆けてきてさ、ほっぺた赤くさせて嬉しそうに学校であったこと報告してるんだもん」
「あははっ、忠犬って。でも、普段から引っ込み思案の唯が精いっぱい頑張って川瀬先輩に話しかけに行く姿ってジーンとくるものがありますよね。親心的な？」
「ちょっ、美崎先輩、千夏ちゃん!?」
 話題の中心に上がったことが恥ずかしくて、必死に「そんなんじゃないよ」と言って否定しつつも、頭の中は別のことを考えていて。
 ……和泉くん、急にどうしちゃったんだろう？
 いなくなった空席を見つめて、誰にも気付かれないようにコッソリため息を零す。
 この時の私は、どうして和泉くんの様子がおかしくなったのか全く見当がついていなかったんだ……。

点と線

「今日の日直当番は、ええと青井さんかな?」
「はい」
　4時間目の授業中、担任の鈴木先生に名指しされて返事をすると、
「授業が終わったら、さっき行った小テストの答案用紙を2階の資料室まで運んで下さい。僕は職員室に用事があるので、美和先生に提出物を渡しておいてくれればけっこうですので」
　と、雑用を頼まれて、昼休みの時間を削ることになってしまった。
　なので、千夏ちゃん達には先に学食でお昼を食べていてもらい、2階の資料室までひとりで答案用紙のプリントを運ぶことに。
　——コンコン。
　資料室のドアをノックしてから室内に足を踏み入れると、資料棚の前でファイルの整理をしていた綾乃先生と目が合い、ニッコリ微笑まれた。
「ご苦労様。鈴木先生の授業で回収したプリントかしら?」
「は、はい。鈴木先生は職員室で用事を済ませてからここに来るそうなので、先に資料室にいる綾乃先生にプリントを渡しておいてくれればいいって……」
「了解。ところで、青井さんはもうお昼を食べた?　まだ

ならここで一緒に食べていかない？　実は、余分にお弁当を作りすぎちゃって量をあまらせてたところなのよ」
「え、えっと……」
「あ、もしかしてお弁当だった？」
「いえ。今日は学食だったので……けど、どうして私に？」
　手に持っていたファイルをパタンと閉じて、窓際のパソコンデスクの前に向かう綾乃先生。
　首を傾げて彼女のうしろ姿を眺めていると、どうやら鞄からお弁当箱を出しているみたい。
　袋から出てきたのは、大きめのランチボックスに入ったサンドイッチとおかず、それから小分けのプラスティック容器に入ったフルーツの盛り合わせだった。
「天気が良かったらみんなと外で食べようと思って大目に用意してきたんだけれど、今日はあいにくの雨模様でしょう？　教室で食べるにしても、その場にいる生徒全員には配れない量だし、どうしようか迷っていたところなの」
　窓の方を向き、灰色の濁り空から降り続ける雨を指差して、残念そうに肩をすくめてみせる。
「早くみんなと打ち解けたくて、口実づくりに持ってきたのはいいけど……よく考えてみれば、ほかの先生方に見つかったら注意されちゃうわよね。そういう意味では雨が降っててくれてよかったのかも」
「綾乃先生……」
　日和高校に訪れてから今日で２日目だけれど、はたから見ても大勢の生徒達から好かれる人気者なのに。

綾乃先生は綾乃先生なりにクラスメイトひとりひとりと距離を縮められるよう努力していたことに気付かされ、誘いを無下に断れなくなってしまった。
「……あ、あの、私でよければ」
　千夏ちゃん達にはスマホで連絡して、今日は別の場所で食事することを伝えよう。
　本当はここにみんなを読んでご馳走になりたいけど、あんまり資料室に押し寄せて騒ぐのもどうかと思うし、たぶん、もうすでに学食でごはんを食べはじめてるよね？
　おずおずと綾乃先生からの誘いを受け入れると、綾乃先生はとびきり嬉しそうに瞳を輝かせ、すぐさまパソコンデスクの上を片付け椅子を用意してくれた。
「わたしの我儘に付き合ってくれてありがとう」
「いえ、こっちの方こそ私なんかでよければ……その、ありがとうございます」
　お弁当が広げられたデスクの前に座ると、綾乃先生も私の隣に椅子を用意してから席に着き、ふたりで「いただきます」してから食事しはじめた。
　ランチボックスの中からラップにくるまれたサンドイッチを抜き取り、小さく口を開けてパクリと頬張る。
　新鮮なトマトとレタス、薄切りベーコンが挟まったクリームチーズサンド。
「ん……！　おいしい」
　ひと口食べるなり、口元に手を添えて感想を述べると、綾乃先生が「本当に？　よかった」と安心したように胸に

手を当てて安堵の表情を浮かべた。
「実はね、普段からあまり自炊しないから、作ったはいいものの味に自信がなくて……。ちゃんとレシピの手順どおり調理したけど、みんなの口に合わなかったらって、ちょっぴり不安になってたのよ」
　ほらね、と綾乃先生が両手を広げて絆創膏が貼られた指を見せてくる。
「慣れないことするから包丁で指を切っちゃって。駄目よねぇ、いい格好したい時だけ張りきるから」
「そんな……本当にすごくおいしいですよ。むしろ、私ひとりが食べるなんてもったいないです」
　それに、苦手な料理に挑戦してまで、まわりの生徒達と打ち解けようと頑張ってくれて。
　実習期間はたった2週間かもしれないけど、綾乃先生なりに私達と距離を縮めようと一生懸命なんだ。
「……綾乃先生はすごいなぁ」
　入学したての頃、まわりから距離を置いて殻に閉じこもっていた私とは大違いだ。
「すごい？」
「はい。私はすぐ人の顔色をうかがってビクビクする癖があるから。相手の反応を気にしすぎて、思考が停止しちゃうというか……臆病なんです。自分でも心底うんざりする」
　ちょっとずつ改善してきたとはいえ、今も親しい人以外には警戒心が強くて。
　みんなと遊びに行っても、受付カウンターやショップの

店員さんに話しかけられただけで動揺してしどろもどろになってしまう。
「そうねぇ……。青井さんは見た感じ、少し人見知りっぽいものね。慣れてない相手だと目を見て話すのも緊張するでしょ？」
「う。そのとおりです」
「クスクス。やっぱり。こうして話してる今もなかなか目を合わせてくれないものね」
「……ごめんなさい」
「いいえ。謝らなくていいのよ。それに、青井さんは自分のことを臆病だって言うけど、そうならとっくにわたしの誘いを断って教室へ戻ってるだろうし、自分のことを話したりなんかしないと思うわ」

　どうぞ、とおかずを取り分けるための紙皿とお箸を手渡され、小さく会釈をしながら受け取る。
　その際、綾乃先生のほっそりした指先が触れて。
　シャンプーか香水らしき甘いバニラの香りが鼻孔をくすぐり、同性相手に胸が高鳴ってしまった。
「わたしはね。お互いを知るために大切なのは、目と目を見て話すだけじゃなく、心と心で触れ合う努力をすれば自然と距離が近づいていくんじゃないかなって思っているの。目や耳で感じる『見るもの』や『言葉』にとらわれず、心の内側から出てきた感情に素直に身を委ねていれば、自分の気持ちも見えてくるというか」
　綾乃先生が優しく微笑みかけてくれるから、私も苦笑し

返し、目を合わせて笑い合う。
「……なんて偉そうなこと言っておいて、当のわたし自身も人間関係ではいろいろと壁にぶつかってばかり。昨日も今日も生徒達に受け入れてもらえるかどうか、内心ヒヤヒヤよ？」
「ぜ、全然そんなふうに見えないですっ」
「ふふ。そう見えてたのならよかった」
　こんなに綺麗で堂々としてるように見えるのに、綾乃先生も人付き合いのことで悩んだりするなんて正直意外。
　だけど、対人関係で悩んでるのは自分だけじゃないんだってわかったらなんだか安心して、少しだけ肩の力が抜けたような気がした。
　私は私のペースで。
　焦らず、ゆっくりと前に進んでいけばいいんだって。
　そう言ってもらえたような気がしたから。
「あれ？　そういえば、そのタンブラーって……」
　綾乃先生と食事しながらのんびり雑談を交わしていると、綾乃先生が使っている「ある物」が目に入って。
　これ、和泉くんがバイトしてるコーヒーショップのロゴマークが入った白いタンブラーだ。
「ああ、コレのこと？　前に地元のコーヒーショップでもらった景品なのよ。昔から人との待ち合わせや勉強する時によく利用してたお店でね、しょっちゅう通ううちにポイントがたまってみたい」
　日和高校が母校ってことは、この近くに住んでたってこ

とだよね？
　……てことは、もしかすると。
「綾乃先生の実家って緑が丘の近くですか？」
「そうそう！　緑が丘の駅前にあるコーヒーショップ。全国チェーンのお店だけど、その店に行かないと飲めない味みたいなのがあってね。近くに寄るとついつい立ち寄っちゃうのよ」
　やっぱり、和泉くんのバイト先だ。
「……緑が丘といえば、担任の鈴木先生に伺ったんだけど、青井さんは今か――」
「ああ、遅れてすまない。提出物のプリントを届けてくれてありがとう。っと、ふたりで仲良くランチ中かな？」
　綾乃先生が私に何か言いかけた直後、資料室のドアが開いて。たった今名前が出たばかりの鈴木先生が中に入ってくると、両手に抱えた教材用の段ボールを床に置きながらニッコリ話しかけてきた。
「え、ええ。よければ、鈴木先生もいかがですか？」
「いえいえ、せっかくですが用意してきたお弁当があるので遠慮させていただきますよ。けど、お気持ちはありがたく頂戴します」
「……そうですか」
　鈴木先生に断られて、綾乃先生の顔が少し寂しげに見えたのは気のせいかな？
　ふたりのやり取りを眺めながら、その時に感じた違和感。それは、点と線が繋がりはじめるきっかけにすぎなかった

んだ。

　その日の放課後。
　どこにも寄らず真っ直ぐ家に帰宅すると、恵美さんがリビングのソファに座って何かをじっくり眺めていた。
「ただいま、恵美さん。何見てるんですか？」
　恵美さんのそばに近付き、ひょっこり上から顔を覗かせる。すると、私が帰ってきたことに気付いた恵美さんが顔を上げ、テーブルの上に積まれた数冊のアルバムを見てクスリと笑った。
「あら、おかえり唯ちゃん。さっき、たまたま押入れを整理してたら懐かしいものを見つけてね。和泉が小さい頃のアルバムを眺めてたのよ。唯ちゃんも一緒に見る？」
「……みっ、見たいです」
　和泉くんのちっちゃい時の写真！
　そんなの絶対かわいいに決まってる。
　コクコクとうなずく私に、恵美さんは隣に座るよう促し、クスクス笑いながら１冊のアルバムを手渡してくれた。
　パラパラとページをめくると、５～６歳くらいの小さな和泉くんが王子様の格好をしている写真を見つけて瞳を輝かせる。
　真っ白なフリルブラウスに、黒のかぼちゃパンツと白タイツ、背中には赤いマントを羽織っていて、頭に王冠を乗せている。
　この頃から整った顔立ちをしていて、まさに誰もが認め

る美少年って感じ。
「かっ、かわいい。天使みたい……っ」
「これは幼稚園のお遊戯会の時の写真ね。和泉が『白雪姫』の王子様役だったんだけど、あの子ってば昔っから人前ではクールというか、感情があまり表に出てこない子でね。白雪姫に甘いセリフを贈る場面でも、真顔で演技するから、保護者席で見守りながらヒヤヒヤしちゃった」

　ラブシーンなのに無表情で甘いセリフを読み上げるかわいらしい王子様の姿を想像したら思わず噴き出してしまって。

　この頃からすでにクールな性格だったんだな、とか。

　今と変わらない部分を見つけてほっこりしてしまう。

　ほかには、小学校低学年くらいの和泉くんが庭で飼い犬らしきチワワとじゃれていたり、抱っこしてる写真が何枚も続いていて。
「前にワンちゃんを飼ってたんですか？」
「和泉が小学校に入学した年だったかしら？　ロングコートチワワを買って家で世話してたんだけど……去年の暮れにね、病気で亡くなってしまったのよ。アイちゃんって名前の雌犬で、家族の中ではとくに和泉に懐いてたのよ」
「そうだったんですか……」
「亡くなった時は悲しかったけれど、最期は家族みんなで看とれて本当によかった。少し人見知りが激しくて、臆病な性格だったけれど、心を開いた相手にはとことん甘えてくるかわいい子でね。主人も私もメロメロで。和泉なんか寝る時まで毎日一緒の布団に入ってたのよ」

「ふふ。よっぽど仲良しだったんですね」
　アルバムの中の和泉くんとチワワのアイちゃんを見れば、どれだけ大切な家族だったのかひしひしと伝わってくる。
　ひとりっこの和泉くんにとってアイちゃんは兄妹のような存在だったのかもしれない。
「そういえば、こっちのアルバムに……あったあった！ 見て、唯ちゃん。この時のこと覚えてる？」
「え……？」
　恵美さんが指差したのは、別のアルバムに貼られた１枚の写真。
　ひとつの毛布にくるまり、壁に背中を預けて眠(ねむ)る小さな男の子と女の子。
　ふたりの手はしっかりと繋がれていて、長い髪の女の子が男の子の体によりかかるように肩に頭を乗せて熟睡(じゅくすい)している。
　あどけない寝顔を浮かべる子ども達。
　それは────。
「和泉くんと……私？」
　幼い和泉くんと私がどうして一緒に写っているの？
　身に覚えのない私はぱちくりと目を瞬(またた)かせ、恵美さんの顔を凝視する。
「ちっちゃかったから、唯ちゃんは覚えてないかしら？」
「私、子どもの頃に和泉くんと会ったことが……？」
　嘘。こんな小さい時に和泉くんと会ってたなんて知らなかった。

目を丸くして驚く私に、恵美さんはクスクス笑いながら当時のことを教えてくれた。
「唯ちゃんのお母さん、雪(ゆき)さんとわたしは学生時代からの親友でね。彼女がデザイナーとして駆け出しだった頃に、唯ちゃんをうちで預かったことがあって、その時に遊び疲れて寝てしまったふたりをコッソリ撮影(さつえい)したものなのよ」
「ぜ、全然覚えてないです……」
「ふふ。唯ちゃんが３歳か４歳くらいの時だもの。記憶がなくて当然だわ。でも、和泉の方はぼんやり覚えてたみたい。つい最近、この話をしたら『あの時の子どもって唯だろ？　昔の面影(おもかげ)ですぐわかった』って言ってたのよ」
「え？」
「あの子もひとりっこでしょう？　だから、自分より年下の女の子をどう扱(あつか)ったらいいのかわからなくて当時は困惑したって。ママがそばにいなくてぐずりだす唯ちゃんにお気に入りの絵本を読み聞かせたり、子ども向けのアニメ映画を見せたりして一生懸命あやしてたわ。そのおかげか帰る頃には相当懐いていて、今度は反対に『お別れしたくない』って大泣きしちゃって、和泉の服をつかんで離さなかったのよ。それがこの時の写真ね」
「ほ、本当だ……」
　恵美さんが次のページを開くと、小さな私が和泉くんの洋服の裾をつかんで大泣きしている写真が貼られていて、カーッと赤面してしまった。
　和泉くんはなんともいえない表情で私の頭を撫でている。

恵美さんに当時のエピソードを聞かせてもらいながら、アルバムを眺めていると。
「……ただいま。って、ふたりで何してんの？」
　パタン、とリビングのドアが閉まる音がして、声のした方に振り返ると、スクールバッグを肩に下げた制服姿の和泉くんが立っていた。
「いっ、和泉くん！」
　とっさにアルバムを閉じて胸に抱えていると、私達が何を見ていたのか察したらしい和泉くんが眉間にしわを寄せて深いため息を吐き出した。
　こ、怖い。真顔で沈黙してるけど明らかに怒ってる。
　和泉くんのバックに黒いオーラを感じて震え上がる私とは対照的に、恵美さんはケロッとした態度で「押入れ整理してたら出てきたから、唯ちゃんにも見せちゃった♪」なんて悪びれもせずに陽気に笑っている。
　悪意がないだけに何も言い返せないのか、ぐっと言葉を呑み込んで脱力してるみたい。
「あ、あのねっ、和泉くん！」
「……何？」
「今、恵美さんから昔の写真を見せてもらって、当時の話を聞かせてもらってたんだけど……こ、この時、たくさん迷惑をかけてごめんなさいっ」
　アルバムを広げ、小さい頃の写真を指して謝ると、なぜだか和泉くんと恵美さんにきょとんとされて。
　それから、ほぼ同時に噴き出されて、今度は反対に私が

首を傾げてしまった。
「あははっ。もう、唯ちゃんてば。そんな小さい時のことを真剣に謝るなんて本当ピュアな子なんだから」
「えっ、えっ……？」
　恵美さんにぎゅっと抱きつかれ、ぱちくりと目を見開かせる。和泉くんは和泉くんで顔を横にそむけて、口元を手で覆いながら小刻みに肩を震わせてるし。
　私何か変なことしちゃったのかな？
　急に不安になってオロオロしていると。
「……バーカ」
　和泉くんが私の頭に手を置き、無造作に髪をわしゃわしゃ撫でてきた。
「！」
　優しく細まる目元と、ほんのわずかに持ち上がった口角。
　ほんの一瞬の、不意打ちの笑顔に瞳が奪われて。
　鼓動が波打って、ますます頬が赤くなってしまった。
　気のせいかも、だけど。
　ここ最近、以前よりも和泉くんの表情が和らいだような気がするのは、同居人として打ち解けてきてくれたからだったりするのかな？
　そうだったら……嬉しいな。
「そういえば、和泉。今日はバイトがお休みでしょう？ せっかく家にいるなら、あとで唯ちゃんの勉強も見てあげなさいよ」
「え、恵美さん!?」

「……まあ、べつにいいけど」

突拍子もない恵美さんの思いつきにぎょっとしていると、和泉くんがサラリと承諾してくれて、急きょ私の勉強を見てくれることに。

「……昨日、深夜まで起きてて寝不足だから部屋で仮眠とってくる。めし時になったら適当に起こして」

恵美さんにひと言お願いして、2階に繋がるらせん階段をタンタン……と上がっていく和泉くん。

「じゃあ、和泉も帰ってきたことだし、夕飯の買い出しでも行ってこようかしら。あとで片付けるから、好きなだけアルバムを見てていいわよ」

恵美さんが「よっこらしょ」とつぶやきながら、テーブルに手をついて立ち上がり、リビングの入り口にある電話台の引き出しから車の鍵を取り出して玄関先に向かう。

ひとり、その場に残された私は、部屋に戻ろうかどうしようか迷い、もうしばらくだけ和泉くんの昔のアルバムを眺めさせてもらうことにした。

「これは……中学の入学式かな？」

校門前に立てかけられた『入学おめでとう』の立て看板を背景に、学ラン姿の和泉くんがカメラから視線を逸らして真顔で棒立ちしている。

この頃からすでに背が高くて大人びた容姿をしてたんだなぁ、と関心しながらページをめくっていると、ヒラリと1枚の写真が絨毯の上に落ちて。

写真を拾い上げた私は、そこに写っている人物を見て思

わず目を見張ってしまった。
「これって……」
　和泉くんと、綾乃先生——？
　今とほぼ変わらない見た目の和泉くん。
　だけど、学ランを着ているから、中２か中３の頃なのかな？
　家具の位置が微妙に違うけど、写真に写っている場所は川瀬家のリビングで、和泉くんと綾乃先生はソファに座って仲良さそうに談笑している。
　誰かがコッソリ隠し撮りしたものらしく、ふたりはカメラの存在に気付いてないみたい。
　普段は無表情の和泉くんが綾乃先生の方を向いて心から嬉しそうに笑っている。
　今にも笑い声が聞こえてきそうな、和やかなツーショット写真。
　細部までよく見てみれば、リビングテーブルには高校の合格通知を広げていて、そのお祝いをしているのではないかと推測された。
　おそらく、撮影したのは川瀬夫婦のどちらかだろう。
　ふたりは……もともと知り合いだったの？
　素朴(そぼく)な疑問を抱きつつも、写真の中で綾乃先生に笑いかける和泉くんを見ていたら胸の奥がもやもやして、複雑な心境に陥ってしまう。
　はじまりは小さな点と点。
　その点が１本の線に結びついていくことになるなんて、予想もしていなかった。

期待と不安

「……で、ここに助動詞を入れて、和訳を『〜しなければならない』にする、と。あとは、単語の意味を繋げて、Q1に対する質問の答えを書き込めばOKだから」
「そっか。だから、ここはこうなって……」

 来月頭に行われる期末テストに向けて、早めの試験勉強を開始した私は、学校から帰宅するなり、すぐさま隣の部屋を訪れ、和泉くんから勉強を教わっている。

 恵美さんから聞いて発覚したんだけど、和泉くんの成績は常に学年トップクラスで、運動神経も抜群なことから成績表もほぼオール5に近いらしい。

 昔から、教科書を1回読めば、内容をほぼ暗記してしまうという天才型。

 一方、私は寝る間を惜しんでガリ勉したり、週5で塾に通いつめて、やっといい点数を取れていたレベルなので、本来はそこまで頭の出来がいい方じゃないんだ。

 なので、こっちへ越してきてからは塾に通わなくなった分、授業の内容についていくのに必死で。

 毎日夜遅くまで予習と復習を繰り返していて、最近は寝不足が続いていたりする。

 進学塾を辞める代わりに、成績は落とさない——っていうのが、お母さんと交わした約束だったから。

 根を詰めて勉強していたら、私の体調を気遣った恵美さ

んが和泉くんにコッソリと相談を持ちかけてくれて。
　コーヒーショップのアルバイトが休みの日にだけ、週に何度か勉強を見てもらえることになったんだ。
　和泉くんの教え方はどれも的確でわかりやすく、そのおかげで以前よりもだいぶ肩の力を抜いて生活できるようになったと思う。
　本当に和泉くんには感謝してもしきれないよ。
「出来たら教えて」
「は、はいっ」
　ローテーブルの上に勉強道具を広げ、正面に向かい合って座りながら、和泉くんが過去問を参考にして自作してくれたプリントを解いていく。
　どうしても解き方がわからないものだけヒントをもらい、自力で答えを導き出しているんだけれど。
　ちらっと顔を上げる度にメガネ姿の和泉くんが視界に入って、いちいち胸がキュンと締め付けられてしまうんだ。
　グレーのUネックシャツから覗く白い首筋と綺麗な鎖骨。シャープペンシルを握る、骨っぽくてゴツゴツした長い指先。
　自分とは体つきが全く違う、和泉くんの"男の子"の部分に意識が向いてしまって、勉強にうまく集中できない。
　テーブルに片肘ついて、私がプリントに答えを記入し終わるのを待ってくれている和泉くん。
　手元をじっと見られているような気がして額に汗がにじむ。
　普段ならスラスラ解ける問題も、変に相手を意識しすぎ

たせいかうまく頭が回らなくて混乱してるし。
　私の馬鹿。
　これが最後の問題なんだから集中しなくちゃ。
「で、出来ました……」
　全部の回答を埋めて、おずおずと解答用紙を差し出す。
　和泉くんはすぐさま答えが合っているか確認してくれて、赤ペンで丸をつけてくれた。
「ん。全問正解」
　真顔で採点していたにもかかわらず、和泉くんの字で100点と書かれた横に花丸マークが付けられていることに気付き、ぷっと噴き出す。
「……何笑ってんの？」
「だって、和泉くんが花丸マークを書くなんて意外だったから、かわいいなって」
　かわいいと言われたことが不服だったのか、和泉くんが眉間にしわを寄せてムッとした表情を浮かべる。
　でも、本心で怒ってるわけじゃないってわかってるから、ちっとも怖くなんてないよ。
「和泉くんも自分の勉強があるのに、わざわざ私のために時間を割いてくれてありがとう。おかげで助かりました」
　太ももの上に手をついて深々と頭を下げると、和泉くんは首の裏に手を添えて小さく咳払いをした。
「べつに、大したことしてないし。もともと唯の頭がいいのと、呑み込みが早いから教えるのにも苦労しなかった……から、頭下げんな」

「ふふっ。和泉くん、照れてる」
　褒められ慣れてないのか、照れくさそうに視線を逸らす和泉くんを見て苦笑する。
　前まではわからなかったけど、一緒に生活をするようになってから、些細な表情の変化から和泉くんの気持ちをだいぶ読み取れるようになったみたい。
　はじめは無愛想な彼にどう接していいか迷ったけれど、今は違う。
　見たことない顔を見る度に新しい発見があって。
少しずつ心を開いてくれてる証みたいで、とっても嬉しく感じるんだ。
「……いつも勉強頑張ってるし、今度のテストが終わったら、どっか遊びに連れてってやるよ」
「！」
「よく考えてみれば、うちに来てから一回もふたりで出かけたことないし、部屋でDVD鑑賞ばっかってのも飽きるよなと思って」
「いっ、いいの？」
「そのかわり、必ずテストでいい点取れよ。……まあ、その調子なら楽勝だと思うけど？」
　ふっと口端を吊り上げ、イタズラっぽく笑う和泉くん。
　や、やったー!!
　両手で万歳したくなる気持ちをぐっと抑え、首をブンブン大きく縦に振って「ぜっ、絶対頑張る!!」と力強く返事をする。

だって、こんなスペシャルご褒美があるなんて、ちっとも想像してなかったから。
　ただ単に気晴らしで外に行こうと誘ってくれてるだけかもしれない。ぷらっと近所を歩いておしまいかも。
　けど、和泉くんといられるなら、どこだって構わない。
　どうしよう。嬉しすぎてにやけが止まらないよ。
　高校生の男女がふたりで出かけるってことは、これってつまり『デート』に近いのかな、なんて。
　私を誘うことに深い意味はないと知りつつも、恋する気持ちは正直で、小さな期待を抱いてしまいそうになる。
「どこ行きたいか適当に考えといて」
「うんっ」
　満面の笑顔でうなずく私に、和泉くんも手の甲を口元に当てながら「ふ」と短く笑ってくれて。
　目と目が合った瞬間、ふたりして同時に噴き出してしまった。

＊　＊　＊

「へぇーっ、よかったじゃん！　もうどこに行くか決めたの？」
「えへへ。まだ悩んでる最中なんだけど、遠出でもいいよって言ってくれたから、いろいろ雑誌見て探してるところだよ」
　週明けの月曜日。

朝、教室に登校するなり、さっそく千夏ちゃんに金曜日の出来事を報告したら、まるで自分のことのように手放しで喜んでくれた。
「唯が嬉しそうだとあたしまでつられて嬉しくなっちゃうな〜♪」
「ありがとう、千夏ちゃん」
「美希と朱音にも早く報告したいよね。ふたりとも家が近いからって遅刻ギリギリの時間帯に学校にくるから」
「あはは。始業チャイムの３分前に滑り込みで学校に来ることが多いもんね」
　今日は千夏ちゃんが日直当番の日なので、ふたりで職員室まで日誌を取りに向かっている最中。
　わいわい話しながら廊下を歩いていると、ちょうど１年の階に上がってきた綾乃先生が大勢の生徒達に囲まれている姿を目にして、千夏ちゃんと目配せし合った。
「相変わらずの人気者だねぇ〜。ついこないだ来たばっかりなのに、あと数日で教育実習期間もおしまいかぁ」
「うん……。そう考えるとなんだか寂しいね」
「あ。綾乃ちゃん、うちらの存在に気付いたっぽいよ！」
　おーいと千夏ちゃんが大きく手を振り返し、私もペコリと会釈する。
　綾乃先生もにこやかに手を振り返してくれて。
　人当たりが良くて優しい彼女は、つくづく素敵な女性だなぁ、なんて憧れを抱きつつ……、つい先日、偶然見つけてしまった昔の綾乃先生と和泉くんのツーショット写真が

頭をよぎる度、複雑な心境に陥ってしまう。
　綾乃先生に向けて屈託のない笑みを浮かべていた和泉くん。
　ポーカーフェイスのイメージが強い彼だけに、あの写真はとっても衝撃的で。ふたりの関係性が気になるものの、なんとなく質問するのもためらわれて疑惑を抱いたまま。
　教育実習生として綾乃先生がやってきた日、学食の中から綾乃先生を目にした和泉くんは明らかに動揺していて、不自然な態度を取っていた。
　そのことが心のどこかで引っかかっていて。
　うかつに聞いてはいけない気がして、あれから１週間近く経った今も何も聞きだせずにいる。
「じゃあ、日誌もらいに行ってくるね」
　２階の職員室前に着くと、千夏ちゃんは申し訳なさそうに顔の前に片手を立てて職員室の中に入っていった。
　どうやら、日誌を取りに行く以外に、担任に部活のことで相談があるそうで、話が長引くかもしれないとのことだった。
　鈴木先生は千夏ちゃんが所属する陸上部の顧問なので、部活の日程について確認したいことがあるみたい。
　職員室の近くをプラプラ歩き、近くの窓辺に立って外の景色を眺めていると。
「ゆ～いちゃんっ」
「!?」
　うしろから誰かに肩を叩かれ、びくりと肩を跳ね上がら

せてしまった。
「みっ、美崎先輩？」
「あはは。ドッキリ大成功〜」
　楽しそうに顔の横で手を広げてはしゃぐ美崎先輩。
　彼がココにいるということは……と、きょろきょろ辺りを見回すも、該当する人物は見当たらず、がっくり肩を落としてしまう。
「もしかして、和泉もいるんじゃって期待した？　そこまであからさまに残念がられると傷付いちゃうな〜」
　言葉とは裏腹のおちゃらけた口調から冗談だと察して、苦笑いをしながらうしろに後ずさりする。
「コラコラ。逃げない、逃げない。何も取って食おうってわけじゃないんだからさ。頼むからおびえないでよ。ね？」
「……はい」
　私と視線を合わせるためか、美崎先輩が背を屈めて下から顔を覗き込んでくる。ビクビクしつつも、あまり警戒するのも失礼なのでコクリと小さくうなずいた。
「唯ちゃんて和泉と俺の前じゃ全然態度違うよね。校舎内で和泉を見つけると、小型犬みたいにしっぽ振って駆けつけてくるのに、懐いてる飼い主以外には警戒心半端ないっていうか」
「こっ、小型犬？」
「うん。和泉も前に言ってたよ。唯ちゃんは小学生の頃に飼ってたチワワに似てるって。だから、ついつい昔を思い出して、チワワに接してたように唯ちゃんの頭を撫でちゃ

う時があるんだってさ」
　ガーン……。
　異性として以前に犬として扱われていたなんて。
　ショックすぎて放心してしまう。
　言われてみれば、確かに和泉くんに頭を撫でられる回数がけっこう多いような……？
「でも、それ聞いて納得したよ。どうりで女嫌いの和泉が唯ちゃんだけはかわいがるわけだ、って」
「え……？」
　女嫌いというキーワードに反応して、すかさず顔を上げる。
　美崎先輩は腕組みしながら壁に背をもたせかけ、意味深な笑みを浮かべていて。
「──ねぇ。唯ちゃんはさ、和泉のこと好きなの？」
　不意打ちの問いに思考停止して目が丸くなる。
　朝の登校の時間帯で騒がしい校舎内。
　生徒達のざわめきが人通りの少ない職員室前の廊下にも響き渡っていて、誰かの笑い声がうっすら耳をかすめた。
「……っ、あ、の」
　美崎先輩の質問に答えられず、顔を真っ赤にさせてうつむく。
　ブレザーの下に着ているカーディガンの裾を握り、なんて返事をすればいいか躊躇していると。
「ふはっ、その反応じゃバレバレだって」
　美崎先輩がお腹を抱えて笑い、挙動不審気味にテンパる

私の手首をつかみ上げて自分の方にグイッと引き寄せた。
「……和泉は無理だよ？」
　耳元でボソリと囁かれた低い声音に体が硬直して。
「アイツにはずっと忘れられない女がいるから」
　毒をかぶせられたように目の前が真っ黒に染まって。
「これは忠告だよ。ほかの子達と違って、唯ちゃんは和泉の家に暮らしてるからね。中途半端に親しくなって、勝手に期待して、最終的にボロボロに傷付くのは君なんだから」
　思考が麻痺して、頭の中がマーブル状に渦巻きだす。
「どうせ、知り合って２か月そこらじゃ好きになりたての頃でしょ？　それならまだ間に合うよ。唯ちゃんは和泉を諦めて、ただの同居人として家族のように生活していけばいい。……本当はかわいい女の子の恋心を応援してあげたいんだけど、ごめんね？」
　表面こそニコニコした人当たりのいい笑みを浮かべているものの、美崎先輩の目の奥はちっとも笑ってなんかおらず、本能的に恐怖を感じて背筋が凍る。
　一方的に畳みかけるような話し方をされて、ひと言も反論する隙を与えてもらえない。
　私の意志なんてまるで無視して、美崎先輩は「君のためだよ、唯ちゃん」と妖しく微笑んでくる。
「……急に、そんなこと言われても」
　震える声でつぶやいたものの、その声は予鈴チャイムの音にかき消されて。
「コレ、俺の連絡先。何か知りたいことがあったらいつで

も連絡してよ。その代わり、和泉には内緒だよ？」
　ワイシャツの胸ポケットからメモ書きされたノートの切れ端を取り出し、私の手に握らせてくる美崎先輩。
「じゃあね」
　すれ違いざまに肩を叩かれ、ビクリと肩が跳ね上がる。
　遠ざかっていく美崎先輩の足音を聞きながら、廊下の床をぼんやり見つめていると。
「唯、お待たせ！」
　美崎先輩と入れ替わりに千夏ちゃんが職員室の中から出てきて、ハッと我に返った。
「どうしたの？　顔色悪くない？」
「う、ううん。なんでもないよ。それより、チャイムが鳴っちゃったから、急いで教室に戻ろうよ」
　無理矢理笑顔をつくり、急ぎ足で階段の方へ歩きだす。美崎先輩に渡されたノートの切れ端を千夏ちゃんにバレないようにコッソリとカーディガンのポケットにしまい、小さく息を漏らした。

刺繍と成長

「教育実習生として日和高校へやってきてから２週間、短い期間でしたが、みなさんとたくさん交流出来て嬉しかったです。今回、学ばせていただいた経験を糧にして、近い将来に本物の教職員として働けるよう頑張ります。１年Ａ組の生徒のみなさん、本当にありがとうございました！」

　黒板をバックに壇上に立った綾乃先生が最後のあいさつをしてお辞儀をすると、クラス中から拍手喝さいが起きて和やかなムードに包まれた。

　綾乃先生が日和高校へ来てから２週間。実習期間を終えた彼女は、今日でこの学校から去っていく。

「綾乃ちゃんがいない学校生活とかマジで想像したくねーよーっ」

「美和先生のアドレス教えて下さーい！」

「俺も俺も!!」

　一部の男子達から熱狂的な支持を集めていただけに、別れを名残惜しく感じる人も多く、寂しそうな女子や、冗談半分で口説く男子とみんなの反応はそれぞれで。

　ナンパ行為に対しては「コラ、お前達」って呆れ気味に注意していた担任の鈴木先生も、綾乃先生がどれだけ周囲の生徒達から好かれていたのか実感しているのだろう。

　帰りのHRは通常よりも長引き、うちのクラスだけチャイムが鳴ったあとも誰ひとりとして帰ろうとしなかった。

綾乃先生のあいさつが終わると、今度はクラスメイトからひとりずつお別れのひと言を贈ることになって。
　廊下側の最前列に座る人達から順にあいさつが始まり、真ん中ら辺で千夏ちゃんの番がやってきた。
「たった２週間かもしれないけど、あたしは綾乃ちゃんのことが大好きだったよ」
　カタンと椅子をうしろに引いて立ち上がり、満面の笑みを浮かべて語りはじめる千夏ちゃん。
「綾乃ちゃんの授業はすっごくわかりやすくて、馬鹿なあたしでも理解できるレベルでした。いつもクラスのみんなに優しくしてくれて、おまけに美人で性格もいいとかどんだけ完璧なのって突っ込みたくなるくらいだったんだけど」
　肩をすくめておどける千夏ちゃんに、どっと笑いが起きる。
「誰からも愛される綾乃ちゃんだからこそ、教師になる夢を叶えてほしいなって思います。これからも応援してるよ！」
　千夏ちゃんが両手でガッツポーズをつくって明るくエールを送ると、綾乃先生も拳を固めて「頑張るわね」と笑顔で応えてくれた。
　はじめはしんみりしていたお別れ会も徐々に明るい雰囲気に変化していって。
　私の順番が回ってきたのは終盤頃。前の人のあいさつが終わり、いよいよ……となったところで緊張感がピークに達して、話す前から顔が真っ赤になってしまった。

「次は、青井さん」
「はっ、はい」
　鈴木先生に名前を呼ばれて、おずおずと椅子をうしろに引いて立ち上がる。
　クラスメイトの視線を一斉に浴びて緊張感は高まるし、汗もだらだら流れて止まらないけど、最後のあいさつなんだからしっかりしなくちゃ。
　胸に手を当てて小さく深呼吸。それから、真っ直ぐ顔を上げて、壇上に立つ綾乃先生を見据(みす)えて口を開く。
「……わ、私は綾乃先生と出会って、自分から人の輪に飛び込んでいく勇気を教わりました。一日も早くまわりの人達に溶(と)け込めるよう努力する綾乃先生の姿を見て、自分も『もっと頑張らなくちゃ』って。素直にそう感じたんです」
　2週間の間に綾乃先生とふたりきりで会話したのは、たった1回だけれど。
　資料室で話した内容や、綾乃先生のお手製弁当。
　そのどれもが印象的で……。
「『心と心で触れ合う』。綾乃先生が私に教えてくれた言葉を胸に、私も自分なりに少しずつ変われるよう努力していきます。綾乃先生、本当にありがとうございました」
　臆病な私を頭ごなしに否定することなく、やんわりと前を向けるようアドバイスしてくれた綾乃先生に心から感謝の気持ちを込めて、深々と頭を下げた。
　綾乃先生は穏やかな表情を浮かべながら、
「こちらこそ。青井さんと一緒に食べたランチ、とっても

楽しかったわ。素敵な思い出をありがとう」
　と優しく微笑んでくれて、じんわり胸が熱くなった。
　クラスみんなのあいさつが終わると、綾乃先生は「実は、みなさんに……」と言って、教卓の下から事前に用意していたと思われる大きな紙袋を取り出した。
「お世話になったお礼に何かお返しがしたくて……。既製品(きせいひん)と比べたらイビツな部分も目立つけど、気持ちを込めて手作りさせてもらいました」
　ひとりひとりの席を回り、プレゼントを手渡ししていく綾乃先生。
「どうぞ」
「……あ、ありがとうございます」
　自分の席までやってきてくれた綾乃先生にお礼をして両手でプレゼントを受け取る。
　みんなと同じようにその場で綺麗に包装された包み紙を開けてみると、中から無地の白いハンカチが出てきて、隅っこに「Y」と手縫いで刺繍されているのに気付いた。
　文字の部分にはピンクのバラと緑のツタが装飾されていて、イニシャルは白い糸で立体的に縫われている。
　イニシャルの下には「from A」とちっちゃく刺繍されていて、綾乃先生からの贈り物だと一目でわかるようになっている。
　あれ？
　これと似たデザインをどこかで見たような覚えが……。
　手にしたハンカチを眺めて、きょとんと首を傾げる。

手作りの一点物だから、そんなことあるわけないのに。
「下の名前をイニシャルにして刺繍させてもらいました。大したものじゃないけど、よければ使って下さいね」
　ニッコリと微笑み、綾乃先生が最後にもう一度だけ深くお辞儀をする。
　別れを惜しんで涙ぐむ人。感謝の言葉を贈る人。笑顔で送り出す人。いろいろな気持ちを胸に宿しながら。
　綾乃先生に全員で拍手を送り、温かなムードの中で最後のあいさつをし、教育実習生の彼女にお別れを告げたんだ。

＊　＊　＊

　綾乃先生が日和高校を去ってから約２週間後。
　感傷に浸る間もなく本格的なテスト週間が始まり、あっという間に期末テスト本番を迎えた。
　私は和泉くんが定期的に勉強を見てくれたおかげもあってか、返却された答案用紙はほぼ満点の成績で、無事に学年１位を取ることが出来た。
　放課後、学年順位の結果が貼り出された掲示板の前でほっと胸を撫で下ろしていると、一緒にいた千夏ちゃんに「すごいじゃん!!」とバシバシ背中を叩かれた。
「唯、学年トップだって！　あたしなんて、ぶっちぎりで補習組だよ！」
「……千夏。アンタは人の成績見てはしゃぐ前に自分の成績をなんとかしなさいよ」

「高木ちゃんも全力で挑んだ結果がコレだったんだろうから、美希もあんまり落ち込ませること言うんでないの」
「ち、千夏ちゃんが赤点取った科目、私があとで教えてあげるね！　美希ちゃんと朱音ちゃんも協力して、千夏ちゃんの勉強を見てあげようよ」

　赤点を取ってもケロリとしてる千夏ちゃんに呆れ返った様子の美希ちゃん。
　そんなふたりの仲裁に入り「まあまあ」となだめる朱音ちゃん。
　私は3人に協力を仰ぎながら、千夏ちゃんの補習をなんとかしてあげようと声かけし、再テストが実施されるまで交互に勉強を見てあげることに。
　みんなでわいわい話していると、いつの間にか私達の背後に長身の男子生徒ふたり組が腕組みしながら立っていて。
「へぇ〜。学校一の美少女が学年一の才女とかすごいじゃん。天は二物を与えずっていうけど、神様は不公平だね〜」
「……そんなの、コイツが人より何倍も努力したからに決まってんだろ。結果だけ見て勝手に印象付けんな」

　聞き覚えのある声に「まさか」と思いつつも勢い良く振り返ると——。
「い、和泉くん！　それに美崎先輩も……!?」

　学年の違うふたりがなぜだか1年の階に来ていて、テストの順位表をまじまじと眺めていた。
　女子人気ナンバー1と2の登場に、その場にいた女子生徒全員が振り返り、辺りは騒然。

遠巻きにふたりを眺める子達の多くが顔を赤面させて、友達同士でコソコソ耳打ちし合っている。
「やっほ～♪　うちの和泉がねぇ～、唯ちゃんのテスト結果が気になって仕方ないって言うから、一緒についてきてあげたんだよ。和泉ってば、唯ちゃんに対してだけ特別過保護だから」
「……うるさい黙れ。っていうか、お前が無理矢理俺をココに連れてきたんだろ。勝手に話を盛るな」
　美崎先輩が和泉くんの肩に腕を回そうとすると、その腕を即座に払って美崎先輩をきつくにらむ。
　眉間にしわを寄せて不機嫌オーラを醸し出す和泉くんに対して、美崎先輩はなんのダメージも受けていないのか「そんなに照れるなってぇ♪」と和泉くんの肩を肘で突きながら茶化すほどの余裕ぶり。
　これには普段クールな和泉くんも苛立ちを隠せないのか、短く舌打ちして怒りをあらわにしている様子だ。
「馬鹿には付き合ってられない。……それよりも」
「わっ」
　——グイッ。
　人混みから避けるためか、和泉くんが私の手首をつかんで廊下の真ん中を歩きだす。
　その光景を目撃した一部の女子達から黄色い悲鳴が上がり、周囲のざわめきはいっそう大きなものに。
　帰宅の時間帯だけに廊下に出ている生徒の数も多く、大勢の視線を一身に浴びて顔中が真っ赤に染まってしまう。

どどど、どうしよう。

めちゃくちゃ恥ずかしい……けど、人前で和泉くんに手を引かれてちょっぴり嬉しく感じている自分がいる。

慌てて後方を振り返ると、千夏ちゃん達は３人揃ってニヤニヤしていて。

こっちに向かって口パクで「ファイト〜」とエールの言葉を贈りながら、それぞれ片手でガッツポーズをしたり、お見送りをするようにヒラヒラ手を振っていた。

「い、和泉くん……っ」

「…………」

和泉くんの名前を呼びかけるものの返事は一切なく、無言のまま階段を上がっていき、立ち入り禁止と表示された黄色い立て看板を避けて屋上の方へと上がっていく。

そして、屋上へと続くドアのある踊り場に誰もいないことを確認すると、そこでやっと立ち止まり、私の方を向いてくれた。

ドアの隙間からわずかな日差しが差し込む程度で、日陰にある踊り場は全体的に薄暗く、掃除が行き届いていないためか埃っぽい匂いがする。

「あ、あの……どうして和泉くんが１年生の階に？」

ドキドキしながら上目遣いで訊ねると、和泉くんは無造作に首の裏を押さえて「……それは」と言い淀み、言葉の途中で黙りこくった。

よほど言いづらいのか、めずらしく躊躇したそぶりを見せる和泉くんに、小首を傾げて「それは？」とオウム返し

のように言葉を繰り返す。
　数秒の沈黙が続いたあと、和泉くんは私の手首をつかんだまま床の上にしゃがみ込み、深いため息を吐き出した。
「えっ、えっ……？」
「……俺は唯のテストの結果がどうなったのか気になるって言っただけで、わざわざ１年の階まで確認しに行くつもりはなかったんだ」
「えっと、和泉……くん？」
「なのに、美崎が唯のところに行きたいって騒ぐから、仕方なくついてくことになって……」
「今に至る、とか？」
　和泉くんの前にちょこんとしゃがみ込み、小首を傾げて質問する。
　すると、気まずそうに視線を逸らしつつも、和泉くんは正直にうなずいて、私の前髪をわしわし撫でてきた。
「……正解」
　ふっと口角を上げて、目元を細める和泉くん。
　ただでさえ破壊力抜群の笑顔なのに、至近距離で目にした分、胸のドキドキも最高潮に達してしまって。
　頭のてっぺんから爪先まで一気に熱が広がり、卒倒しかけてしまった。
「あのままさっきの場所にいたら何かと目立つと思って移動してきたんだけど、かえって失敗したかもな……」
「あ、あはは……。それは確かに」
　ここに来る途中、大勢の生徒から注目を集めていたこと

を思い出して口元を引きつらせる。
　人気者の和泉くんに手を引かれて歩く光景ははたから見てどんなふうに映ったんだろう？
　もしかしたら、面白くなく感じる人もいて、一部の女子から陰口をたたかれているかもしれない。
　今までの経験上、ロクなことにならないのは明らかで、本来なら恐怖に顔を青ざめて震えているはずなのに。
　どうしてか、今はちっとも怖くないんだ。
　多少の憂鬱さは感じても、変におびえたり、ビクビクしたりせず、どこか楽観的に『なるようになる』って構えてる。
　だって、好きな人と一緒にいることをやましく感じる必要性なんてないから。
　何か悪いことをしたわけじゃないなら、堂々としていればいい。
　今までは人目を気にしすぎて、こんな単純なことに気付けずにいた。
「……さっきのことでいろいろと噂する人がいるかもしれないけど、私は平気だよ。同じ家に住んでるってバレたとしても、最初から学校側は事情を把握してるわけだし、何も心配することなんてないと思う」
　ムンッと小さくガッツポーズをつくる私に、和泉くんが目をぱちくりさせて面食らった表情を浮かべている。
　私のことだから「どうしよう、どうしよう」って頭を抱えて取り乱す姿を想像されてたんじゃないかな？
　でもね、大丈夫だよ。

「少し前までなら慌ててたかもしれないけど、今はもう平気なの。……少なくとも、和泉くんや、千夏ちゃんに美希ちゃんに朱音ちゃん、みんなは私のことを理解してくれてるから、ほかの人にどう思われようと関係ないよ」

　えくぼを浮かべてはにかみ、「えへへ」っと人差し指で頬を掻く。すると、つられたように和泉くんも苦笑して、穏やかな表情を浮かべてくれた。
「……なんか、短期間でかなり成長してんじゃん」
「え？」
「いや、なんでもない。それよりも、約束してた例のアレ、どこに行きたいか考えておけよ」

　ゆっくりと立ち上がり、ズボンのポケットに両手を突っ込んで階段を下りだす和泉くん。

　最初の言葉が聞き取れず、もう一度言ってほしくて「今の……」と質問しかけたものの、頭の中はそれ以上に和泉くんと交わした『約束』のことでいっぱいになっていて。
「す、すっかり忘れてた……」

　テストが終わったら、ふたりでお出かけする約束をしてたことを思い出し、熱くなった頬を押さえる。
「……心臓、壊れちゃうよ」

　和泉くんのことを考えるだけで、ほら。

　ドキドキうるさくて、ぎゅっと胸が締めつけられる。

　息苦しくて、うまく呼吸が出来ないよ。

　校内に鳴り響く、下校のチャイム。各階から聞こえてくる、賑やかなざわめき。

テストが終わってこんなに嬉しく思ったのははじめてで。
　満点以外は完璧じゃないと認めてくれなかったお母さんと違って、和泉くんは私が勉強に取り組む姿勢を「頑張ってる」と認めてくれた。
　そのご褒美に、好きな場所に連れていってくれると約束しただけ。
　だから、駄目だよ。
　勝手に期待して自惚れたりしちゃ駄目。
　……駄目、なのに。
　今は、ただただ嬉しくて気持ちが舞い上がってしまう。

　この時、初恋に浮かれていた私は重要なことを見落としていたんだ。
　恋愛は常に楽しいわけじゃなく、本気で好きになればなるほど苦しくなって、どうしようもない感情に振り回されていくということに……。

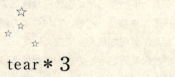

tear * 3

洋服とコーヒーショップ

　テスト明けから早くも数日過ぎた７月はじめ。
　梅雨が終わり、何もしてなくても額に汗をかいてしまうほど高い気温が続く夏に突入した。
　学校の制服も半袖の夏服に衣替えしてすっかり夏。
　授業中は常にクーラーがついているわけじゃないので、みんな汗だくになりながら下敷きやうちわで顔を扇ぎ「あつーい」と不満を零している。
「ちょっと聞いてよ！　今さっき別のクラスの友達が職員室に行ったら普通にクーラーついてて涼しかったんだって。こっちは暑さで参りそうなのにマジ最悪〜。化粧も溶けるっつの」
　２時間目の授業が終わり、次の体育の授業に向けて千夏ちゃん達と校舎を移動していると、美希ちゃんが気だるげに前髪を掻き上げながらため息交じりに愚痴を零した。
「確かに。年々、温暖化が進んで気温も上昇してるんだから、常備とは言わずとも熱中症にならない程度には涼しくしてほしいよね」
　ワイシャツの襟元をつまんでパタパタさせながら同意する朱音ちゃん。
「でもさー、次の時間プールでラッキーだったじゃん。あたし、昨日からプール授業が楽しみすぎて眠れなかったんだけど！」

ひとりハイテンションな千夏ちゃんは、水着やバスタオルが入ったビニール素材のバッグを振り回してはしゃいでる。
「わ、私は憂鬱で眠れなかったかも。ほかのスポーツなら人並み程度にできるんだけど、水泳だけは昔海で溺れかけて以来、カナヅチで……」
　私は胸に抱えたビニールバッグをぎゅっとつかみなおし、どんよりと表情を曇らせながら、みんなと一緒に温水プールに繋がる１階の渡り廊下を歩いている。
　すると、前方から歩いてきたふたり組の女子生徒とぱちりと目が合って。
　視線がぶつかるなり、鋭い目つきでにらみつけられ、すれ違いざまにわざと肩をぶつけられてしまった。
「１年のくせに調子乗ってんなよ」
「ちょっとかわいいからって勘違いしてんなっつーの」
　ボソッとつぶやかれた悪意たっぷりの言葉に胸がズキリと痛む。
　……最近、多いなぁ、こういうの。
　和泉くんに手を引かれて歩く姿を目撃されて以来、あからさまな嫌がらせはされてないけど、時々今みたいに暴言を吐かれることが増えた。
　食堂で話してる場面を見られた時からごくたまに陰口を言われることはあったんだけど、以前にもまして回数が増えたというか……。
　時々だけど、捨てアドらしきメールアドレスから誹謗中

傷の内容が届くことがある。
　おそらく、クラスの連絡網で使用するために記入したアドレスを見て送ってきてるんだろうけど。
　どこで個人情報が流出したのかわからないので犯人の捜しようがないし、人に相談するにも内容が重たくて言いずらい状況。
　頻繁に続くようなら連絡先を変えてみる手もあるし、もうしばらくは様子見で証拠を保存しておこうと思う。
「ちょっと、今の誰？　上履きの色見たら２年生だったんだけど」
　私の隣にいた千夏ちゃんには今の悪口が聞こえていたらしく、憤慨した様子でうしろを振り返り、すれ違ったふたり組の背中をキッとにらみつける。
「ち、千夏ちゃん！　私は何も気にしてないから。だから、そんなに怒らないで。ね？」
　今にも飛びかからんばかりの勢いで先輩達に噛みつこうとする千夏ちゃんをなだめ、猛獣を押さえ込むように「どうどう」と言い聞かせる。
　だけど、今の先輩達の行為に対して気分を害しているのは千夏ちゃんだけじゃないらしく、美希ちゃんと朱音ちゃんまで眉根を寄せてご立腹の様子だ。
「アタシ、今の人達知ってるよ。川瀬先輩にしつこく付きまとって『彼女にして』って騒いでたけど、まったく相手にしてもらえなくて、最終的に『ウザい』ってキレられて号泣してたの前に見たもん」

「それうちも聞いたことある。ハッキリ失恋してるんだから、川瀬先輩と親しい女子に八つ当たりしてくるのやめてほしいよね。うちらがそばにいる時は全力でガードするから、青井ちゃんも何かあったらすぐに言うんだよ？」
「美希ちゃん、朱音ちゃん……」
　みんなが本気で心配してくれてることに感動して、落ち込んでいた気分が一気に吹き飛んでいく。
「ありがとう。みんな、大好き」
　嬉しさのあまり半泣きで微笑んだら、千夏ちゃんが「唯、かわいい～！」って叫びながら私のことをハグしてくれて。
　美希ちゃんは「ギャル系のグループにはわりと顔利くから任せときな」って親指で自分の顔を指差しながらニヒルな笑みを浮かべ、朱音ちゃんは「誰に何言われても青井ちゃんは青井ちゃんの恋を頑張るんだよ」って私の頭を撫でながら力強いエールを送ってくれた。
　ほんの数か月前の私なら想像もつかなかった夢のようなシチュエーションに、左目からポロリと涙が零れ落ちて手の甲で拭い取る。
　本音はね、平気そうにしてても正直ちょっぴり不安で。
　人に悪意を向けられるのは怖いし憂鬱にもなる。
　だけど、もうひとりじゃないから。
　ほんの少し前までの臆病だった私に伝えたい。
　もう大丈夫だよ。
　そこまでおびえなくても、私には素敵な友達がいるよ。
　誰かに悪口を言われて塞ぎ込む暇があるなら、目の前に

いる人達をもっと大切にして、みんなと笑って過ごせる時間を1分1秒でも増やしていきたい。

　暗いことを考えるよりも、明るいことを考えて楽しく過ごした方が絶対に幸せだから。

　背筋を伸ばして、深呼吸。

　顔を上げたら真っ直ぐ前を向いて。

「急ごう！　早く着替えないと、もうすぐ予鈴が鳴っちゃう」

　3人をまとめてハグするように抱きつき、ニコッと微笑みかけた。

＊　＊　＊

「うーん……。どれがいいのかなぁ」

「あたし的には、あえて普段着てないジャンルの服を唯に着せてみたいんだよな〜。かわいいから、絶対なんでも似合うし！」

　高校に入って初のプール授業が行われた日の放課後。

　今日は、たまたま部活休みだった千夏ちゃんと隣町にある大型ショッピングモールを訪れ、ふたりでアレコレ意見を出し合いながらティーン向けの洋服屋さんを何件も覗いている。

　テスト期間もあったので、学校帰りに遊ぶのは久しぶり。

　友達とお店に来てるだけで気分が浮き足立ってしまう。

「それにしても、唯の方から洋服屋さんに行きたいって言う

のめずらしいよね。いつもは学校近くの駅前でみんなとカラオケするか、ファミレスでダラダラするかって感じだったから、唯とふたりで出かけるのってけっこう新鮮かも」
　ファッションブランドの店舗が数多く入った大型ショッピングモール。
　どうして急にそんなところへ行きたいと言いだしたのかというと……。
「じ、実は……今週の日曜日に和泉くんと出かけることになって。それで、その、当日着てく洋服が欲しいなって」
「おっ。それって前に話してたテスト勉強のご褒美にってやつっしょ？　ってことは、週末初デートじゃん!!」
「ち、ちがっ、デートなんかじゃ……」
　かあああぁぁ……っ。
　千夏ちゃんが変なことを言いだしたせいで耳のつけ根まで赤くなり、両手で顔を覆い隠す。
「えーっ、だってふたりっきりで出かけるんでしょ？　ならもう立派なデートじゃん。よーし、そうと決まったら気合入れて勝負服選ぶぞー！」
「ちょっと違うけど……うっ、うん!!」
　1階のエスカレーター付近で現在地の看板を確認しながら、どういうコンセプトの格好にするか相談し合う。
　メンズやレディースを合わせるとかなりの店舗数なので、短時間で全部を見て回るのは不可能だと判断し、どのショップに向かうか的を絞ることにしたのだ。
「まずはメインの洋服！　で、肝心なのが靴。当日履いて

く予定の靴ってどんなやつ？　鞄や靴に合わせた方がコーデしやすいからさ」
「今のところミュールにしようかなって思うんだけど……」
「ふむふむ。ミュールなら、生足出した方がいいよね。てことはココとココと……よし、バッチリ！　さっそく行くよ」

　千夏ちゃんに手を引かれ、エスカレーターに乗って２階に移動する。

　平日の夕方にもかかわらず、大勢の人が詰めかけるショッピングモール内。

　１階は主にフードコートやファストフード店、輸入物の食材や生鮮食品を扱うスーパー等のフード系のお店が目立ち、ほかにもブックストアやペットショップ、キッズ向けの洋服店やファンシー雑貨の店舗が並んでいる。

　これは入り口からエスカレーターを上がるまで見てきたほんの一部で、フロア内はまだまだ広く、奥の方にもいろんなお店が入ってるみたい。

　２階は女性向けのファッションブランドがほとんどで、10代向けから大人向けまでオールジャンルの洋服や小物類が取り揃えられていて、千夏ちゃんが言うように、どの店に行くか厳選して回らないと時間が足りなくなりそう。

　店頭に飾られるディスプレイはどれもかわいくて、ついつい目移りしてしまう。
「うーん。まずは洋服全体のテーマかなぁ。同じ家に住んでるってことは、毎日私服を見られてるわけだし、普段と

はひと味違う路線で意表を突きたいよね。唯はお嬢様っぽいワンピのイメージが強いから、ちょっとセクシー路線というか」

　ショップに入るなり、ブツブツつぶやきながら洋服を吟味しはじめる千夏ちゃん。ギャル系の服を取り扱ってる店に入るのははじめてで、なんだかやけにそわそわする。

　大音量で流れる洋楽のポップミュージック。黒いタイルの床に紫の壁紙。マネキンに飾られた洋服はどれも肌の露出が多めで、棚に並んだ商品も原色系の派手な物が多いみたい。

　客層的にもギャルっぽい子達が目立った印象。

　同じ制服姿でも、今にも谷間が見えてしまいそうなほど胸元が全開になった白シャツ、太ももがあらわになったミニスカート、まつ毛がバシバシの厚化粧、明るく染めた髪に巻き髪とかなり気合いの入った格好をしている。

　どどど、どうしよう……。

　千夏ちゃんはうっすらナチュラルメイクをしてるみたいだけど、私ひとりだけすっぴんだよ。

　明らかに浮いてて気まずいよぉ。

　半泣きで千夏ちゃんにヘルプを求めようとしたら。

「すみませーん！　これと色違いのホットパンツってありますか？」

　千夏ちゃんは近くの棚で品出ししていた小麦色の肌をしたギャルっぽい店員さんを呼び出し、慣れた様子でハキハキ質問しだした。

「こちらでしたら色違いはこの２種類になりますねぇ～。よくみなさんが手に取っていかれるのは、どのコーデにも合わせやすいライトブルーのデニムなんですけど、白もけっこう人気が高いですねぇ～」
「じゃあ、例えば、コレと組み合わせるなら、インナーはどういうのがオススメですかね？」
「そうですねぇ。それでしたらぁ～」

　キャッキャッと盛り上がるふたりをよそに店内の端っこでポツンと立ち尽くす私。

　す、すごい。あんなに堂々と店員さんと会話してる。

　よくよく考えてみれば、お母さんがファッションブランドを経営しているため、物心ついた時から当たり前のように自社ブランドの服を着せられていたから自分で洋服を買いに行ったことがなくて。

　与えられた服をそのまま着ているだけだった私にとって、目の前で交わされるふたりの会話はちんぷんかんぷん。

　勉強ばっかしてたせいでファッションに疎く、洋服の専門用語が出る度に頭にハテナマークが浮かぶ。

　……こんなのお母さんに知れたら「将来、跡継ぎになる自覚がないのか」って叱責されそう。
「唯！　コレとコレ持ってあっちで試着してきて！　はいっ」

　店員さんと相談し合った末に厳選して選ばれた服を手渡され、あれよあれよという間に試着室へ。

　着替え終わって試着室のカーテンを開けると、まるでマネージャーのように千夏ちゃんが真剣な顔つきで顎に手を

添えながら考えるポーズをしていて。
「うん。じゃあ、次はコレね。終わったらコレも。ひと通り終わったら、次は向かいのショップね」
　と、時間が許す限りギリギリまで納得いくコーデを探求するべく、瞳にメラメラと炎を揺らめかせながら、次なるプランを練ってくれているようだった。
　その言葉どおり、千夏ちゃんが私用にイメージするアイテムをゲットするため次々といろんな店に行って試着を繰り返し、やっとのことで全身コーデを揃えることが出来た。
「千夏ちゃん、今日は本当にありがとう……！」
　レジで会計し終えるなり、両手にショップの袋を提げた私は、店の外で待っていてくれた千夏ちゃんに深々と頭を下げてお礼する。
「いいのいいの。いい気分転換になったし、あたし昔から人のコーディネート考えるの好きだから。とくに唯みたいにかわいい子はやりがいがあって燃えるんだよね〜。実は、前からトータルコーデしてみたかったし♪」
「千夏ちゃん……。近いうちに必ず、絶対お礼するからね！このご恩は一生忘れないよ!!」
「あははっ、一生って大袈裟な——って、あ！　ちょっと待って。最後にココだけ覗いていってもいい？　あたしが一番好きなブランドなんだ」
　２階のフロアを歩いていると、ある店の前で千夏ちゃんがピタリと足を止める。
　つられて横を見ると、「tear」というお店の看板が目に

入り、そこがお母さんのブランドショップだと気付き、ドクリと胸が騒いだ。
「あ〜、夏物の新作出てるーっ。雑誌でチェックはしてたんだけど、実物は超かわいいなぁ。ガーリー系なら『tear』がダントツ人気だよねぇ〜」
「そ、そうなんだ……」
　動揺していると悟られないよう、無理に笑顔をつくり、手に持っている紙袋の持ち手をぎゅっと握り締める。
　まさか、ここにも「tear」が出店されてたなんて。
　ライトブルーの壁紙に、パールホワイトの床。
　ガーリーテイストの服が豊富で、中高生向けの人気ティーン誌では毎号特集されるほど有名なブランド。
　その人気は「デート服に選ぶならココ！」と言われるほど。
　淡いパステルカラーやレースを使用したデザインが特徴的で、それらを手がけているのが私のお母さんだ。
「そういえば、唯の私服っていっつも『tear』のだよね」
「う……うん」
「やっぱり！　あたしさ〜、自分のキャラ的にも普段はスポーティーとかカジュアル系の服着ることが多いんだけど、本当はこういうガーリーテイストなものにも憧れが強くてさ。「tear」はちょっち値段が高いから、あんまり手ぇ出せないんだけど……でも、すっごく理想の洋服で憧れてるんだ」
　キラキラと瞳を輝かせて、ちょっぴり恥ずかしそうに照

れ笑いする千夏ちゃん。
　お母さんが作った洋服をこんなに愛してくれる人がいるなんて……。
　身内のことなので不思議な感覚がする反面、なんだか私まで嬉しくなって口元がほころんでしまう。
「ここだけの話だけど、将来『tear』で働くのがあたしの目標なんだ。大好きな洋服に囲まれて、その商品をお客さんにオススメして……その光景を想像するだけでワクワクするの。店員の募集(ぼしゅう)は18歳以上にならないと応募出来ないから、今はサイトやショップを眺めてるだけなんだけどね」
　店内に羨望(せんぼう)の眼差しを向ける千夏ちゃんはなんだか輝いて見えて、同時にチクリと棘のようなものが胸を刺して、違和感に首を傾げる。
　どうしてだろう。千夏ちゃんがお母さんのブランドを好いていてくれてとても嬉しいはずなのに。
　千夏ちゃんと同じくらい娘の私が「tear」を愛しているかと聞かれると自信がなくて、そのことに罪悪感を抱いてしまったんだ。
　将来、お母さんは自分のブランドを私に継がせるつもりでいて、海外でのグローバル展開を視野に入れ、子どもの頃からいろんな知識を身に付けさせてきた。
　高校を卒業したあとは、日本トップクラスの名門大学に進学し、海外留学を経験させて帝王学を徹底的に学ばせる。
　そして、お母さんが現役を退くと同時に私を代表取締役に就任させて跡取りにさせる算段だ。

自分が立ち上げたブランドを守るためと、ひとり娘に安定した職を与えるためと言えば聞こえはいいけど——実際はどうなんだろうか。

　ファッションに疎い私が肩書きだけトップの地位についてもなんの意味もない気がする。

　それに……今まで『夢』見ることを許されず、敷かれたレールの上だけ歩くよう指示されてきた私にとって、千夏ちゃんが語る『夢』はとてもまばゆく聞こえて。

　なんだか、とてつもなく自分自身が空っぽに思えてきてむなしくなった。
「さっき、美希と朱音にも報告入れておいたんだけど、ふたりとも唯の改造計画にかなりノリ気だったよ。明日は３人でデート用のヘアアレンジとメイクの仕方を教えるから、楽しみにしてて。あたしがトータルコーデ担当で、美希はメイク担当、朱音はヘアアレンジと人気のデートコース調べておくって。あ、それじゃあ、電車来たからまたね！」
「ばいばい、千夏ちゃん」

　帰りの電車の方向が違うので、駅の改札口で千夏ちゃんと解散して２番線ホームへ。外はすっかり日が暮れていて、スマホで時刻を確認すると夜８時を回っていた。
「わっ。いっけない」

　恵美さんから何件か着信が入っていたことに気付き、慌てて連絡する。

　３コール目で電話が繋がると『もしもし、唯ちゃん？帰りが遅いから心配してたのよ』とかなり心配した様子で

今どこにいるのか訊ねられた。
「ご、ごめんなさい。すっかり連絡するのを忘れてて……。今、駅のホームで電車待ちしてて、これから帰るところです」

しょんぼりして謝る私に、恵美さんが電話越しに安堵の息を漏らす。

『隣町にいるってことは、こっちの駅に着く頃には９時頃になるわよね？ その時間帯なら和泉のシフト上がりにかぶるから、駅から出たら真っ直ぐあの子のバイト先まで行って一緒に帰ってきてちょうだい。和泉にわたしの方から知らせておくから。ね？』
「で、でも、和泉くんに迷惑がかかっちゃうので……」
『そんなこと気にしないで大丈夫。それよりも、女の子が夜道をひとり歩きする方が危険だもの。また何かあったらすぐに連絡してちょうだい』

――ということで、急きょ和泉くんのバイト先を訪ねることに。
「いらっしゃいませ。ご注文はお決まりでしょうか？」
「え、えっと、その、キャラメルマキアートをひとつ」

ガチガチに緊張しながら店員さんに注文し、レジで会計を済ませながら周囲の様子をうかがう。

どうやら、レジの方にはいないみたい……。

商品を受け取り、なるべく人目につかないよう奥の方に移動し、カウンター席に端っこに座る。

この時間帯だから当然だけど学生服を着ているのは私し

かいなくて、ほかは仕事帰りの会社員や、大学生らしき人達がポツポツいる程度で店内は比較的空いていた。
　今日の和泉くんのシフト上がりは９時頃だったはず。
　店内に姿が見当たらないということは、すでに退勤してスタッフルームで着替えてる最中なのかも。
　恵美さんと電話したのが８時頃だから、とっくに連絡がついてるよね？
　行き違いの可能性もあるので、念のために居場所を伝えておこうとカウンターに置いた鞄からスマホを取り出そうとした時。
「……あれ？」
　目の前のガラス窓に映る店内。
　その中に見覚えのある女性を見つけて。
　スタッフルームのドアに一番近い席に座り、ドアが開く度に顔を上げて出てきた人を確認している──綾乃先生。
　ナチュラルブラウンのロングソバージュ。
　ノースリーブのマキシワンピースにヒールの高い靴。
　学校にいた頃は毎日薄化粧でオフィシャルな装いをしていたせいか、少し濃い目のメイクと私服姿でまた違った印象を感じる。
　そりゃ、ちゃんとした職場と外じゃ雰囲気が変わるに決まってるよね。
　もしかしたら、綾乃先生によく似たそっくりさんかもしれないし。まだ本人だと決めつけるには早いというか。
　でも、あの顔立ちと背格好は確かに……。

綾乃先生と思(おぼ)しき女性は煙草を口にくわえているようだ。

薄く開いた唇から紫煙を吐き出し、時折じれた様子で煙草の先を灰皿に押し付けている。

よく見ると灰皿には吸い殻が溢れていて、飲み干したコーヒーカップがテーブルの脇に置かれている。

綾乃先生本人かどうか確かめに行きたいけど、気さくに話しかけられる雰囲気じゃないよね……？

彼女の方をチラチラ気にしつつ、どうしようか迷っていると。

——ガチャ……ッ。

スタッフルームのドアが開き、高校の制服を着た和泉くんが中から出てきた。

「和泉……っ」

ガタンッ！

和泉くんが出てくるなり、彼女はテーブルに両手をついて立ち上がり、血相を変えて彼に詰め寄る。

「お願い和泉、話を聞いて！」

まるで逃がさないとでもいうように和泉くんの腕をがっしりつかみ、懇願(こんがん)の眼差しですがる綾乃先生によく似た女性。

「……なんで待ちぶせしてんの？」

対する和泉くんはうんざりした表情でつかまれた手を振り払い、ツカツカと店の入り口から外に出ていく。

「待ってっ」

そのうしろ姿を懸命に追いかける彼女を見て、あの女性は綾乃先生だと確信した。

脳裏をよぎったのは、以前偶然目にした１枚の写真。
　今より幼い中学生の和泉くんと綾乃先生のツーショット写真。
　見てはいけないものを見てしまったような気がして心臓がドクドクする。
「どうしてふたりが……？」
　疑問を口にしながらも体は勝手に動いていて。
　飲み終えた空容器をゴミ箱に捨てて、急いで店をあとにする。
　店外に出たふたりを追いかけるように周囲を探っていると、コーヒーショップの裏口からヒステリックに叫ぶ女性の声が聞こえてきて、ピタリと足が止まった。
　おそるおそるそばに近付き、相手から姿が見えないようゴミステーションの隅に隠れてしゃがみ込む。
　ちらりと裏口のドア近くを覗くと、和泉くんと綾乃先生が予想どおりそこにいて、明らかに修羅場っぽい険悪なムードを漂わせていた。
「ねえ、どうして何度も連絡してたのに会ってくれようとしなかったの？　教育実習で和泉の高校へ行った時も、わたしの存在に気付いていたのに避けていたでしょ!?」
　和泉くんの腕を両手でつかんで、必死の形相で問う綾乃先生。そんな彼女を今まで見たことがないくらい冷たい眼差しで見下ろし、沈黙を貫く和泉くん。
「確かに、和泉の気持ちを踏みにじるようなことして先に姿を消したのはわたしだけど……あれにはちゃんとワケが

あって」
「──ワケ？　ほかに本命の男がいたの隠して人を弄んでたアンタにどんな理由があるっていうんだよ」
「そんな言い方……」
「実際そうだろ。アンタは好きな男に相手してもらえないのが不満で、たまたまそばにいた俺にちょっかいかけた。暇つぶしの遊び相手としてな。でも、結局アンタは本命のことが忘れられなくって、簡単に俺を切り捨てて目の前から姿を消した。……何か間違ったことでもあるか？」
「……違うの。違うのよ」
　今にも泣きそうな顔で首を振る綾乃先生に、和泉くんは軽蔑の目を向けたまま深い息を吐き出す。
　本命の男……？
　年下に手を出してポイ捨て、って一体なんのこと？
　いまいち会話の内容がつかめず、ただならぬ空気に緊張感が増していく。
「わたしは……あの頃もちゃんと和泉のことを大切に思っていたわ。それに、あの人はわたしのことなんてなんとも思ってなかったし、相手にすらされてなかった。だから」
「『二股じゃないから許して下さい』って？　──ふざけんなよ」
　綾乃先生を険しい顔でにらみつけて短く舌打ちする。
　地を這うような低い声。普段のポーカーフェイスが崩れて、怒りをあらわにした和泉くんを見て、ゾッと鳥肌が立ったのは、彼が真剣に怒る姿を目にしたのがはじめてだから。

「二股じゃないっていうなら、なんで実習先にうちの高校を選んだ？　アイツに会いたいからじゃねぇのかよっ」
「そ、れは……」
　語気を荒らげる和泉くんに、綾乃先生はビクリと肩を震わせうろたえている。
　まずいことでも突かれたのか、挙動不審になった彼女に、和泉くんはイラついたように髪を掻きむしり、綾乃先生につかまれた腕を乱暴に振り払った。
「どうせ、また昔みたいに相手とうまくいかなかったからこっちにすり寄ってきたんだろ？　得意だもんな、そういうの。前は馬鹿正直にアンタの言葉を信じてたけど、もう騙されねぇよ」
「和泉、お願い。話を聞いて……」
「アンタと話すことなんて何もない」
「和泉……」
　生気の抜けたような呆然とした表情でその場に立ち尽くす綾乃先生。
　和泉くんに否定されたことがよほどショックだったのか、瞳から溢れ出る涙を拭いもせず、和泉くんの背中を見つめている。
　やばい。こっちに和泉くんが向かっていることに気付いた私は反射的に背を向け、駅前通りの人混みに紛れたところで猛ダッシュした。
　何、今の。何、今の。何、今の。
　頭の中がぐるぐる混乱する。

和泉くんと綾乃先生が知り合いだったことにも、ふたりがピリピリと張りつめた空気の中話していたことも、その会話内容が普通じゃなかったことにも、全部。
　あそこまで感情をむき出しにした和泉くん、はじめて見た。
　綾乃先生も取り乱した様子で和泉くんに泣きすがっていたし、ふたりは一体どんな関係なの？
「……っ、はぁ」
　バタバタと足音を立ててネオンの中を駆け抜ける。全力疾走（しっそう）しているせいで喉がぜえぜえ鳴って呼吸が苦しい。
　さっきの光景を思い出すと胸がズキズキ痛んで、なぜだか涙が溢れそうになってしまう。
　誰にも入り込めないふたりの空気に圧倒されたから？
　それとも私の知らない和泉くんを見てショックだった？
「……なんで？」
　ボソリとつぶやき、ガードレールに片手をついてしゃがみ込む。額からどっと汗が噴き出て、背中に張り付いたシャツが気持ち悪い。
　道路を行き交う車のクラクションと排気音がどこか遠くに聞こえて。
　——思い、出した……。
　瞬間、点と線が繋がるように、先日から引っかかっていた「ある物」が頭に思い浮かび絶句する。
『本当は変わりたいから、心の中でいろいろ葛藤してるんだよな』
　受験会場に向かう途中の駅で私を介抱（かいほう）して、優しく励ま

してくれた和泉くん。
　あの時、名前も名乗らずに去っていった彼は「I」と刺繍された無地の白いハンカチだけ残して去っていった。
　そして。
『お世話になったお礼に何かお返しがしたくて……。既製品と比べたらイビツな部分も目立つけど、気持ちを込めて手作りさせてもらいました』
　教育実習の最終日、綾乃先生がクラスのみんなに配った刺繍入りハンカチ。
　あれもイニシャルの部分を手縫いしていて、下の方に小さく「from A」と刺繍されていた。
　よくよく思い返してみれば、和泉くんのハンカチにも白い糸で刺繍されていた気がする。
　先日もらったものと違って、無地の白いハンカチに白い糸で刺繍されていたから目立っていなかっただけで、どちらも同じ筆記体とデザインが施された手作り品だった。
「そんな……」
　証拠を確かめるように、スクールバッグをガソゴソ漁り、ポーチの中から綾乃先生にもらったハンカチを取り出す。
　綾乃先生に励ましてもらった日から、密かに彼女に憧れていた私にとって、コレは大事なお守りのようなもので。
　毎日持ち歩けるようポーチの中に入れて、自信をなくしそうな時にコッソリ眺めて勇気をもらっていた。
　和泉くんのハンカチは返すタイミングをはじめに逃してしまったせいで、今も私の手元に保管したまま、綺麗にア

イロンをかけた状態で引き出しの中に眠っている。
　どうしてすぐ返せなかったかというと、あのハンカチを和泉くんから直接渡された記憶がなくて、ひょっとしたら違う人が体調不良の自分に差し出したものである可能性もあったから。
　……でも、違った。
　2枚のハンカチにはお揃いの刺繍が施されていて、それを作成した人物は両方共綾乃先生だったから。
　思わぬ繋がりに気が動転して頭がおかしくなりそうだ。
　ガードレールのそばでぼんやりしていると、通りがかった人とすれ違いざまに肩同士がぶつかって。
「——っと、悪い悪い。……って、唯ちゃん？」
「美崎、先輩？」
　顔を上げたら、他校の女子と腕組みしている美崎先輩と目が合って絶句した。
「誰〜？　知り合い？」
「うん。ちょっとね。てゆーか、悪いんだけど用事出来たから、ひとりで帰って」
「はっ!?　何それ、ちょっとっ」
「じゃあね〜」
　綺麗目系のギャルに断りを入れて、スタスタと私の目の前まで歩いてくる。
　置き去りにされた彼女は憤慨した様子で背を向け、人混みの雑踏(ざっとう)に紛れていく。
「い、いいんですか……？　彼女にあんな態度取って」

「いいのいいの。そもそも彼女じゃないし」
「でも、腕を組んで……」
「はは。お子様の君にはわからないと思うけど、世の中には都合よく割りきったお付き合いの仕方ってもんもあるんだよ。例えば、体だけの関係とかね」

　スッと私の頬に手を伸ばし、美崎先輩が妖しく瞳を細める。本能的に身の危険を察した私は、すぐさま顔を背け「やめて下さい」と震える声で拒絶した。
「あ〜らら、怖がらせちゃったかな。和泉に触られると嬉しそうなのに、こっちにはあからさまな拒否反応とかけっこう傷付くなぁ〜」
「……ご、ごめんなさい。そんなつもりじゃ」
「まあ、いいや。それよりも、今にも泣きそうな顔してどうしたの？」

　ガードレールに腰かけ、声のトーンを和らげて質問してくる美崎先輩。何も言えずうつむいていると、私の鞄からスマホの着信を知らせるバイブが震えて、ビクリと肩を跳ね上がらせてしまった。
「あ……」

　おそるおそるスマホを確認すると、画面には和泉くんの名前が表示されている。

　どうしよう。電話に出なくちゃいけないのに、先ほどの光景がよぎって変に躊躇してしまう。
「それ、和泉からの電話じゃないの？」
「…………」

「もしかしなくてもワケあり?」
　着信に応じない私を不審に思ったのか、美崎先輩が探りを入れてきて。
　なんとも言えず、画面を見つめたまま黙り込んでいると、横からひょいっとスマホを奪われ、勝手に電話に出られてしまった。
「あっ、もしもし、和泉〜? オレオレ。お前の唯一無二（ゆいいつむに）の親友・美崎くんだよ〜」
『……は?』
　スマホを取られたことに唖然としていると、通話口から和泉くんの不機嫌そうな声が聞こえてきて。
『なんでお前が唯の携帯に出るわけ?』
　声だけでわかる。和泉くん、めちゃくちゃ怒ってるよ。
　ごもっともな意見に真っ青な顔で震えていると、美崎先輩が人差し指を唇に当てて内緒のポーズを取り、私に黙っているよう促した。
　口パクで『俺に任せて』って言ってる……?
　信頼していいものか迷ったものの、今通話を代わって「状況説明しろ」と言われても困るので、コクコクうなずいて返事すると。
「なんでって、俺の隣で唯ちゃんが寝てるからだよ。ちなみに、俺んちじゃなくて、俺が女の子とよく利用する休憩場所ね」
　……美崎先輩が利用する休憩場所、ってどこのことだろう?

カラオケ、は歌うところだし。
　部室——、って部活には入ってないんだっけ。
　美崎先輩の顔をきょとんと見上げていると、通話口から『お前殺されたいの？』と和泉くんの冷たい声が聞こえてきて、あまりにも低い声のトーンに背筋が凍りついた。
「ははっ。冗談かどうかは本人に聞いて確かめてみてよ。それより、泊まりになるかもしれないから、そっちの両親に適当なアリバイつくって伝えておいてよ。じゃあ」
『おい待て。美崎っ——』
　————プツッ。
　話の途中で通話を切り、ニッコリ微笑む美崎先輩。
「あ……あの、いいんですか？」
「いいのいいの。ってことで、保護者に話もつけたし、ゆっくり出来る場所に移動しようか」
「え？」
「和泉に会いたくないんでしょ？　その理由の相談に乗ってあげるよ」
　グンッと強引に手を引かれ、ネオンに輝く街並みを歩きはじめる。
　駅前のタクシー乗り場までUターンすると、慣れた動作でタクシーを捕まえ、運転手に行き先を告げて。
　着いた先は、先輩がひとりで暮らす高級タワーマンションだった。

過去と繋がり

「どうぞ。適当にくつろいでて」
「……お、お邪魔します」
　おずおずと家の中に上がり、美崎先輩についてリビングに向かう。
　コの字形のカウチソファに座るよう促され、ちょこんと腰を下ろすと、美崎先輩が「飲み物取ってくるね」と言ってキッチンに歩いていった。
　一体全体どうしてこんなことに……。
　よくわからないうちにタクシーに乗せられ、先輩がひとりで暮らす高級タワーマンションに連れてこられた。
　ひとり暮らしと判明したのは、どこに行くのか訊ねた時に美崎先輩がそう答えていたから。
　家族は海外に暮らしていて、美崎先輩だけ日本に残って生活してるらしい。
　タワーマンションの上階にある部屋なので、全面ガラス張りになったリビングの窓からは夜景が一望出来る。
　都心にある私の実家もかなり広かったけど、美崎先輩の家はそれよりも更にグレードアップした感じ。
　御曹司という話は小耳に挟んでいたけど、ここまでとは思わなかった。
「この部屋ってもともと家族と住んでたおうちなんですか？」
　そわそわと辺りを見回しながら質問すると、対面式のカ

ウンターキッチンからペットボトルを２本持って出てきた美崎先輩が「ううん」と首を横に振った。
「違うよ。日和高校に進学する時、適度に通いやすい場所ないかな〜って探してて。そしたら、ココを見つけたから、実家の荷物を移動させて越してきたんだ」
　どうぞ、と微笑み、ペットボトルを手渡される。
「あ、ありがとうございます……」
「いえいえ。普段自炊しないから、冷蔵庫に適当なものがなくてごめんね。週に何度かホームヘルパーを雇ってるんだけど、次に来るのは明後日なんだ。だから、それまで買い置きが何もなくて」
「は、はぁ……？」
「そこまで食にこだわりないせいか、食材の買い出しってめったに行かないんだよね。買うとしても飲み物ぐらいとか？　もし、お腹空いてたらデリバリーするから遠慮せず言ってね」
　隣に座り、自然な動作で私の肩に腕を回してくる美崎先輩。至近距離で見つめられた私は激しく動揺して、とっさに彼の体を突き飛ばしてしまう。
「な、ななな、何するんですかっ」
「このくらいで真っ赤になっちゃってかわいいね〜」
　うしろ手をついた状態でソファの端っこまで後ずさると、私の反応がよほど面白かったのか、美崎先輩が声を上げて笑った。
　か、からかわれた……。

悔しいやら、恥ずかしいやらでなんとも複雑な心境。
「女の子には無理強いしない主義だから安心して。そもそも女に飢えてないから、取って食うような真似しないよ」
　疑いの目を向けると、美崎先輩は「安心して」と言わんばかりに両手をうしろに隠してニッコリ笑った。
　信用、してもいいのかな？
　半信半疑で眉間にしわを寄せいぶかしんでいると。
「あとで中学時代の和泉のアルバム写真見せてあげるから機嫌直して。ね？」
　甘い誘惑に乗せられ、コロッと態度を急変。
「みっ、見たいです！」
　瞳をキラキラ輝かせて興奮する私に、
「本当、和泉が言うように面白い子だね君は」
　と言って、美崎先輩がこらえきれず噴き出した。
　和泉くんが言うようにってどんなふうに聞かされてるの？
　気になって仕方ないものの、何も聞き返せない。
「じゃあ、そろそろ本題に入ろうか？」
　目尻に浮かんだ涙を指先で拭い取りながら、美崎先輩がナチュラルに話題を切り替えてきた。
　表面こそ穏やかに笑ってるものの、目の奥が真剣そのもので、口を割るまで絶対に離してくれなそう。
　簡単に人に話せる内容じゃないよね……？
　でも、和泉くんと仲いい美崎先輩なら、綾乃先生との繋がりも何か知っているかもしれない。
「じ、実は——」

さんざん悩んだ末に、先ほど目にした光景を事細かく伝えると、少しずつ美崎先輩の表情が硬く強張っていくのがわかった。
「……なるほどね」
　すべての話を聞き終え、美崎先輩が顎先を手で撫でつけながら目を細めてうなずく。話の途中から険しい顔つきになっていたので、よくない話題だったのかもしれない。
「あ、の……、やっぱり今の話聞かなかったことにして下さい。仮にも教育実習生の先生とお友達が意味深なやり取りをしてたなんて、美崎先輩の立場からしても複雑だと思うので。って、全部話したあとに、ごめんなさい……」
　しょんぼりと肩を落とし、謝罪の意味を込めて深々と頭を下げる。
　言ったそばから後悔するぐらいならはじめから話すべきじゃないのに。いくら動揺してたからって軽率だった。
「唯ちゃん、顔上げて？　てゆーか、君が謝る必要はどこにもないでしょ」
「でも……」
「ただ、そうだねぇ」
　八の字に眉を下げて落ち込む私に、美崎先輩は含みを持たせた口調で何か言いかけ、途中で言葉を止めた。
「これから耳にすることは絶対に人に話したら駄目だよ？」
　ソファの背もたれに腕を回し、まるで内緒話をするように私の耳元へ唇を寄せてくる美崎先輩。
　すかさず身を引こうとするも、その前に彼の口から発せ

られた言葉に思考が真っ白に染まってしまった。
「和泉と綾乃ちゃんはね、前に付き合ってたんだよ。要するに元恋人同士ってわけ」
　ドクン、と心臓が鈍く波打ち、頭の中が空っぽになっていく。
　和泉くんと綾乃先生が元恋人同士？
　ふたりは前に付き合ってた、ってこと……？
「和泉が中２の時、綾乃ちゃんが家庭教師としてやってきてね。お互いのことをいろいろ知るうちに惹かれ合って、和泉が高校に受かったタイミングで付き合いはじめたんだ」
「家庭教師、って……生徒と先生の関係なんじゃ」
「うん。でも、年も近いし、あれだけの美人だからね。俺らの年頃って年上にけっこう憧れてたりするし、和泉も大人っぽい容姿をしてたから、とくに違和感はないんじゃないかな？」
「…………」
「もともと和泉は翻訳家を目指してたんだけど、綾乃ちゃんも前までは通訳を志望してみたいでね。外国の本だとか、吹き替えや字幕なしの映画だとか、趣味の話が合って、相手に興味を持ちはじめたらしいよ」
　そんな昔からの繋がりがあったなんて……。
　ショックで言葉を失い、呆然としてしまう。
　そりゃ、私と和泉くんが出会ってからの月日は短いし、彼にいろんな過去があるのは当然のことで、アレコレ詮索して落ち込む方が間違ってる。

そもそも、あれだけ美男美女で性格まで優しいふたりだもん。そんなの好きにならない方がおかしいよね。
　頭では理解してるのに。
「……そんなに泣くほどショックだった？」
　美崎先輩に言われて、はじめて涙が流れていることに気付いた。
　自分でも無意識のうちに溢れ出ていたらしく、太ももの上に置いた両手やスカートの生地にパタパタと熱い水滴(すいてき)が跳ね落ちていく。
「最近、うすうすと勘付いてはいたけど、唯ちゃんて和泉に惹かれてるでしょ？」
「な、んで……」
　千夏ちゃん達には打ち明けても、ほかの人には誰にも話してないのに。
「『なんで見抜かれてるの？』って驚いた顔してるけど、君の態度見てたらバレバレだよ。和泉を見つけるとしっぽ振った犬みたいに瞳を輝かせてそばに寄ってくるんだもん。話してる最中なんて、ずっとニコニコして、和泉のことが好きで好きでたまらないですって顔してるもんね」
「……っ」
　う、嘘っ。そこまであからさまに態度に出てたの？
　想像するだけで恥ずかしくて、火が点いたように顔が熱くなってしまう。
　両手で頬を押さえながら動揺していると、美崎先輩に髪の毛をひと房つかまれ、毛先に唇を押し当てられた。

「本当にかわいいなぁ、唯ちゃんは」
「みっ、美崎先輩、何して……!?」
「何って、軽いスキンシップ。目の前にかわいい女の子がいて手を出すなって方が無理でしょ」

　再び距離を詰められ、あわあわしながら後ずさる。
　けど、狭い空間の中で逃げられるわけがなく、手元にあったクッションを盾代わりに顔の前に突き出した時。
　ピンポーン、と静まり返った部屋にインタホーンの音が響いて。
「ちぇっ。いいとこだったのに」
　無造作に髪を掻きむしりながら立ち上がり、チラリと私に視線をよこす。
「ねぇ、唯ちゃん。さっきの話だけど、どうしてふたりが別れたのか教えてあげるね。原因は──」
　三日月形に目を細めて、不敵な笑みを広げる美崎先輩。
　背を屈めて私の耳元へ唇を寄せると、衝撃的な事実をひそりとつぶやき、玄関の方に歩いていった。
　な、なんだったの今のは。
　身の危険を感じて心臓がバクバクいってる。
　ぐったり脱力して胸に手を当てていると。
　───ダンッ!!
　玄関先から激しい衝突音が響いて、ぎょっと目を見開かせた。
　何事かと慌てて廊下に出ると、そこには美崎先輩の胸ぐらをつかみ上げ、壁際に押し付けている和泉くんがいて。

ここまで走ってきたのか、和泉くんの額からは大量の汗が噴き出していて、前髪やシャツが肌に張り付いている。
　ぜえぜえと荒い呼吸を繰り返し、ものすごい気迫を漂わせていた。
「……ふざけるなよ、美崎」
　冷ややかな眼差しで相手をにらみつけ、胸ぐらをつかみ上げた手にギリギリと握力を加えていく。かなりの力が加わっているらしく、美崎先輩の表情はとても苦しそう。
「ちょっ、マジ切れすんなって。本当にまだ手ぇ出す前だから。何もしてないって」
「そういう問題じゃない。普段お前が遊んでるような女とアイツを一緒にするな」
「わーっ、悪かったって!!　ちょっとからかって遊んでただけだって。さっき電話で話した内容も全部嘘だし、偶然駅前で会って唯ちゃんが具合悪そうにしてたから家で介抱してただけだから。ねっ、そうだよね、唯ちゃん？」
　和泉くんには両手を上げて降参のポーズを取りつつ、私には話を合わせるよう相づちを打ってくる。
「は、はいっ。体調を崩して困ってたら、たまたま美崎先輩が通りかかって、それで……えっと、その、家で休ませてもらうことに……」
　美崎先輩の話に乗っかって嘘の説明をするものの、とっさの状況に目を泳がせてしどろもどろしてしまう。
　案の定、疑わしい目でじーっと見られてるし。
　うう。これ絶対探りを入れられてるよ。

「う、嘘じゃないから……信じて、くだ、さい？」

　言い訳すればするほど疑わしそうに目を細める和泉くんに内心ひやひや。室内はクーラーが効いて涼しいはずなのに、嘘をついてる罪悪感で変な汗が噴き出てくる。

　これ以上発言したら墓穴を掘る気がして、口を閉ざしてうつむく。

　見るからに様子のおかしい私に、勘の鋭い和泉くんが何も気付かないわけがなく、美崎先輩と私の顔を交互に見比べると「ハァ」と深いため息をついて、胸ぐらをつかんでいた手を放した。

「——とりあえず、そっちの『言い分』は耳に入れておくけど。今後、二度と唯のことをお前の部屋に連れ込んだり、振り回すような真似するなよ」

　美崎先輩を一瞥して、グイッと私の手首をつかんで自分の元へ引き寄せる和泉くん。

　よほど警戒してるのか、美崎先輩をにらむ目つきは見たことがないぐらい鋭いもので。

「帰るぞ」

「うっ、うん」

　有無を言わさず強引に手を引かれ、マンションの部屋から連れ出される。

　ドアを閉める直前、一度だけうしろを振り返ったら、美崎先輩は口パクで「またね」とあいさつしながら、口元をニンマリと歪めて笑っていた。

　美崎先輩の部屋を出てエレベーターに乗り込むと、和泉

くんは私の手首をつかんだまま真顔で「なんで美崎についていった？」と背筋が凍るような冷たい声で質問してきた。
「夜中に男の部屋に上がる意味、ちゃんとわかってんの？」
「……いっ」
　つかまれた手首に力を込められ、痛みに顔をしかめる。
　どうしよう。和泉くん、本気で怒ってるよ。
　なんて答えればいいのかわからず、困り顔で沈黙してしまう。
「前から気になってたけど、アンタは異性に対して無防備すぎる。もう少し警戒しろよ」
「……ご、ごめ……なさ……」
　じわり。泣くつもりなんてないのに、涙腺に熱いものが込み上げそうになって、慌てて唇を引き結ぶ。
　拳を固めて、下唇を噛んで、小刻みに肩を震わせながら必死で涙をこらえていると。
「……悪い。泣かせるつもりじゃなかった」
　ハッとしたように正気を取り戻した和泉くんに優しく頭を撫でられ、大粒の涙が一滴頬を滑り落ちていった。
　さっきまで張りつめていた空気が穏やかな元の空気に戻ったことを感じてほっと安堵したせいだろうか。
「唯がバイト先に寄るから家まで送り届けるよう連絡きて、シフト後にしばらく店で待ってたけど連絡こないから心配してた。唯の携帯にかけたら、なぜか美崎が出るし、意味不明なこと言ってたから、アイツが行きそうな場所を必死になって探し回って……無事に見つかって安心した」

「和泉くん……」
「アイツ、女遊び激しくて有名だから。本気なら止めないけど、個人としてはあまりオススメできない」
「ち、違うよ!?　私、美崎先輩のことはなんとも思ってないし、本当に何もされてないから」
「『何かされた』のかって質問されたわけでもないのに、必死になって弁解したら『何かされた』って言ってるようなものだって、気付いてる？」
「あっ……」

　失言に気付き、慌てて手で口元を押さえる。
　私の馬鹿。せっかくうまくごまかせそうだったのに、自ら墓穴を掘って……。
　なんて言い訳したらいいのかあれこれ迷っていると。
「言いたくないならぼかしていいけど、なるべく正直に答えて。アイツに何かされた？」
　真剣な目で見つめられて、ぐっと言葉に詰まる。
　和泉くんの瞳には心配の色が垣間見えて。
　もとはといえば、私が約束した場所から勝手に逃げ出して、美崎先輩の家までのこのこついていってしまったせいで、たくさんの迷惑をかけてしまったのに。
　学校帰りにバイトに直行して相当疲れてただろうに、全身汗だくになるまで走り回って探し出してくれて、どれだけ心配させたんだろう。
　軽はずみな自分の行動を深く反省する。
「……隣同士でソファに座ってた時に、少し距離が近いか

なって思ったのと、髪の毛を触られたぐらいで本当に何もなかったよ。でも、それも普段の美崎先輩を見てたら納得の範囲内っていうか、女の人とスキンシップをとるのが当たり前って感じの人だから、特別な意味とかはないと……思う」
「…………」
　事実を探るようにじっと凝視されて心臓がバクバク。今のは嘘じゃないし、なるべく本当のことを話したつもり。
　チン、とエレベーターが1階に着いて、左右に扉が開く。
　和泉くんに手を引かれたままエントランスホールをあとにし、高層マンションが連なる住宅街を歩きだす。
　街灯の明かりを頼りに歩く夜道。
　私に歩幅を合わせてくれているのか、和泉くんの歩くスピードはゆっくりしてて。
　彼の横顔をチラリと見上げ、すぐさま目を逸らす。
　繋がれた手に神経が集中して頬がじんわり熱くなる。
「……アンタに何もなくてよかった」
　ぽつりと漏らされた、小さな声。
　安堵の色をにじませた和泉くんの本音。
「久々に本気で焦った」
　額の汗をシャツの袖口で拭いながら、安堵の息を漏らす彼を見て、どうしようもないくらい鼓動が跳ねた。
　この人のことが本気で好きだと思った。
　自覚したら、それだけで無性に泣きたくなった。
「和泉くん」

繋いだ手にぎゅっと力を入れて、舗道の真ん中でピタリと足を止める。
　振り返った彼に深々をお辞儀すると、心からの謝罪と感謝の気持ちを込めて「ごめんなさい」と「ありがとう」を伝えた。
「もう勝手なことしない。これからはきちんと連絡するし、和泉くんを困らせたりしないから、だから……嫌いになったりしないで」
　人に嫌われたくないと思っても、心のどこかで仕方がないことだけ諦めていた。
　だけど、目の前の彼には嫌われたくない。
　好きになって、なんて高望みなこと願わないから。
　隣で普通に接してくれるだけでいいの。
　上目遣いに潤んだ瞳で懇願してたことすら気付かないくらいに必死だった。
　こんな泣きべそかいてお願いするなんて子どもじゃないんだから、相手も呆れ返るに決まってる。
　でも、これが正直な気持ち。言葉にしないで後悔するより、本音を伝えた上で後悔したかった。
　同じ後悔でも、きっとあとから感じる重みは違うはずだから……。
「嫌ってたら、こんな必死こいて探し回ったりするかよ」
　ふ、と口元をゆるめて、和泉くんが苦笑する。
　柔らかく細めた瞳には、今にも泣きそうな私の顔が映っていて。

彼の左手が頬に触れて、ぴくりと反応する。
　目尻に浮かんだ涙を指先で拭い取ると、和泉くんは呆れたように苦笑して、コツンと額同士を合わせてきた。
「唯が無事で本当によかった……」
　短く吐き出されたため息。
　震える呼吸に、どれだけ心配されていたのか実感する。
　まぶたを閉じたら、ぽろぽろと涙が溢れ出て止まらなくなった。
　和泉くんのことが好きすぎて、溢れる気持ちを抑えきれない。
　悲しいわけじゃないのに、温かな涙が流れ出ることをはじめて知った。

『ねぇ、唯ちゃん。さっきの話だけど、どうしてふたりが別れたのか教えてあげるね。原因は、綾乃ちゃんが二股かけて、和泉を裏切ってたからだよ。厳密にいえば、二股というより心の浮気かな？　彼女はね、長年想い続けてる本命がいたのに、片想いの相手に振り向いてもらえないからって、年下の和泉を利用して気持ちを弄んでいたんだ。さんざんハマらせておいて、裏では本命と連絡取り続けてさ。そっちとうまくいったら、和泉のことは簡単にポイ捨て。ひどい話でしょ？』

　——偶然知ってしまったふたりの過去。
　それは、私が想像していた以上にとても複雑だった。

ご褒美とデート

「失敗しませんように……」
　前髪は横分けして額を出し、ヘアアイロンで毛先を緩く巻いて、形が崩れないスプレーで固定する。
　妹の髪形をいじるのが趣味だという朱音ちゃんにレクチャーしてもらったかいもあってか、なんとか無事にヘアスタイルを整えることが出来た。
「美希ちゃんから教わった手順どおりにメイクして、っと」
　ドレッサーの丸椅子に座り、鏡を見ながらメイクを開始。
　普段からすっぴんで過ごしているので手順をなかなか覚えられず困っていた私に、美希ちゃんが付きっきりで特訓してくれた大人っぽいメイク。
　童顔の私をイメチェンさせるべく、美希ちゃんがいろいろ試して「髪形と服装に合わせるならコレだね」と選んでくれた化粧品は、驚くほど童顔の私を大人っぽく変身させてくれた。
「千夏ちゃんに選んでもらった洋服、すっごく大人っぽいなぁ……」
　着こなし方がおかしくないか鏡の前でくるりと回って最終チェック。
　先日、ショッピングモールの買い物に付き合ってもらった時に千夏ちゃんがセレクトしてくれた洋服は、ちょっぴりセクシーなギャル服。

フラワーレースのノースリーブブラウスに、ダメージデニムのショートパンツ。耳元にはティアドロップの形をしたゴールドのイヤリング。普段はつけない香水もして。
　肩にアイボリーカラーのオフショルダーバッグをかけて、玄関先でストラップ付きのミュールを履けばコーディネートは完成。
「よっ、よし！」
　両手でガッツポーズをつくり、鏡の前で気合入れする。
　今までガーリーテイストな服やお嬢様系のワンピースしか着てこなかったせいか、こんなに肌を露出した格好をするのははじめてで、なんだかすごく恥ずかしい。
　でもでも、今日のために千夏ちゃん達が協力して選んでくれた全身コーデだもん。きっと大丈夫。
「へ、変じゃないよね……？」
　若干の不安が込み上げ、腕組みをして部屋中をぐるぐる歩き回っていたら、コンコンとドアをノックされて。
「支度出来た？」
「いいい和泉くん!?」
　ビクンッと肩が大きく跳ね上がり、すかさず時刻を確認すると10時をとっくに過ぎてて青ざめた。
　どうやら支度に手間取りすぎて時間をオーバーしてしまっていたらしい。
「ごごごめんね和泉くん！　今すぐ出るから──って、ひゃあっ」
　いつの間に部屋の中に入ってきたのか、ドアに背もたれ

している和泉くんとバッチリ目が合って、あまりの衝撃に悲鳴を上げてしまった。
　和泉くんは耳に指を入れてうるさそうに顔をしかめている。
　うっ、嘘。ドアが開く音も、人が部屋に入ってきた気配も全く感じなかったのに。
　まだ心の準備ができていなかったので、あわあわ取り乱していると。
「……いつもと雰囲気違う？」
　和泉くんがスッと目の前に立ち、顎に手を添えてまじまじと全身を凝視してきた。
　かあああぁぁっ。
　顔が真っ赤に染まって恥ずかしさで泣きたくなる。
　和泉くんのために頑張って用意したコーデなのに、いざ本人に見られるとどうしようもないくらい緊張して、のぼせ上がったみたいに頭がクラクラする。
「へ、変……だよね？」
　両手で頭を抱え込み、泣きそうな顔で問いかける。
　潤んだ瞳で上目遣いにじっと見つめると、意外そうに目を丸くされて。
「普通にいいと思うけど？」
「え？」
「かわいい、っていうよりは……綺麗な感じ？でいいんじゃないの」
「！」

まさか、和泉くんに褒めてもらえるとは思わず、予想外の反応に耳たぶの付け根まで赤くなった。
　嬉しいような、照れくさいような。
　手で前髪を押さえながらもじもじしてると、
「今日の行きたい場所、決まった？」
　と、心なしか表情を和らげて質問され、「うんっ」と笑顔でうなずいた。

＊　＊　＊

　雲ひとつない快晴の空。
　外の気温は高いものの、ほどよい風が吹いているので、お出かけするにはちょうどいい天気。
　今日は、テストを頑張ったご褒美に水族館へ連れてってもらえることになった。
　場所は都心にあるため、電車を乗り継いで目的地まで移動中。日曜のせいか車内は大変混雑していて、人がぎゅうぎゅう詰めの状態。
　息をするのもやっとな密閉空間の中、扉の近くで肩を縮こまらせていると。
「……悪い。少しの間我慢して」
　和泉くんが私の顔の横に両手をついて、人混みに押し潰されないよう身を呈してかばってくれた。
　うわぁ、顔が近いよ。
　不可抗力とはいえあまりの至近距離に胸が落ち着かない。

同じくらい、ガードされてることに申し訳なさを感じていると、ガクンッと急ブレーキがかかって。
　その反動で前につんのめった和泉くんが私の体に覆いかぶさり、ピッタリ密着した状態に。
　どどど、どうしようっ。
　こんなに密着してたら心臓の音がバレちゃうよ。
「ご、ごめんね和泉くん」
「……いや、この状況はどう考えてもこっちが謝るべきだろ」
「へ？　なんで……？」
「なんで、って」
　困ったように口を閉ざす和泉くん。
　きょとんと首を傾げて視線を横に向けると、今にも唇が触れてしまいそうな至近距離に和泉くんの顔があることに気付いて、ボンッと顔から火を噴いてしまった。
　おまけに、彼の足が私の股の間に入っていて、いわゆる股ドンの体勢になっていることも判明し、目をぐるぐる回してパニック状態に陥ってしまう。
　心の中でわーわー叫んでいる間にも乗客は更に増え続けて、その状態のまま20分以上過ごすハメに。
　その結果、目的地の駅にたどり着く頃には緊張がピークに達して失神しかけていた。

「なんだかその……不可抗力とはいえ、いろいろ悪かった」
「う、ううん。満員電車で身動き取れないくらい混雑して

たし、あの場合は仕方ないっていうか……。むしろ、私の方こそお礼しなくちゃいけない立場だから、えっと、あまり気にしないでね？」
　駅の改札口を出て、水族館に向かう道中。
　電車内での一件を気にする和泉くんを必死でフォローし、なんとか機嫌を取り戻してもらうことに成功。
　普段は淡々として落ち着き払ってるのに、意外と失敗を引きずるタイプだったみたいで。
　そのことを指摘すると、ぐにっと頬をつままれ「うるさいよ」って不機嫌そうな顔で怒られてしまった。
　でもね、和泉くん。
　耳たぶが赤くなってるように見えるのは私の気のせい？
　照れ隠しなのかそっぽを向く和泉くんがかわいくてクスクス笑ってしまう。
「ふふ、ごめんなさい」
「……顔とセリフが一致してないけど？」
　大型デパートが連なる混雑した駅前通り。
　ココから徒歩10分の場所に目的地の水族館があるんだけど、はじめていく場所なので道に迷わないよう地図アプリでルートを確認しながら向かっていると。
「ねえねえ、あの男の子超カッコ良くない？」
「本当だ。めっちゃスタイルいいし、タレントか何かとか？」
「隣にいる子も顔ちっちゃ！　てゆーか、普通にイケメンすぎでしょ」
　ショーウインドウの前ですれ違った通行人からヒソヒソ

声が聞こえてきて。

　やけに視線を感じるなと思ったら、道行く女性達が振り返りざまに熱い眼差しを和泉くんに送っていることに気付いて驚いた。

　みんなうっとりした顔つきで頬を染めてるような……？

　当の本人は女性達の熱視線を気にすることなく、スマホで調べた地図と目の前の道路を見比べながら素知らぬ顔で先を歩いてる。

　……やっぱり和泉くんてカッコいいんだなぁ。

　毎日顔を合わせてるせいか感覚がマヒしかけてたけど、周囲の反応を目にする度に改めて実感させられる。

　白Tシャツに前開きの黒ベスト、カーキ色のチノパンにスニーカーというラフな格好なのに、彼が着るだけで特別オシャレに見えてくるから不思議だ。

　首から下げた革紐のネックレスも似合ってるし、基本的に何を身に付けてもさまになるというか、そこらの芸能人よりよっぽどカッコイイと思う。

　どこにいても目立つ彼の隣に並ぶには不釣り合いだってわかってるけど、今だけは特別な気分を味わっていたい。

　綾乃先生の姿が脳裏をかすめて胸がちくりと痛む。

　ふたりで出かけたからって変な勘違いを起こしたり、自惚れたりもしない。

　ただ好きな人と過ごす幸せな思い出を増やしたいだけ。

　決して欲張らないから……。

　どうか、今日一日が楽しい時間のまま終わりますように。

「わーっ、見て和泉くん！　あっちにカクレクマノミがいるよっ」

「……あんまり急いでコケたりすんなよ」

　水族館に着くなり、大はしゃぎでフロアを回る私を和泉くんが少し呆れ気味に注意してくる。

「綺麗……」

　天井の高さまである水槽(すいそう)の前に立ち、水の中でスイスイ泳ぐ魚達を眺めて感嘆(かんたん)の息を漏らす。

　薄暗いフロアには水槽の照明だけが青々と光っていて幻想的な雰囲気に包まれている。

　館内を移動していくと、色とりどりのLEDで照らす円柱水槽や水槽の背面等に設置された鏡像によってクラゲと光のアートを楽しめる空間もあって。

　トンネル水槽の回廊では見上げると上空を泳ぐ巨大サメに圧倒され、屋外のペンギン広場ではよちよち歩きで行進するペンギン達の愛らしさに癒された。

「もうすぐイルカショー始まるけど、そろそろ移動するか？」

「うんっ」

　すっかりご機嫌の私は満面の笑みでうなずく。

　イルカショーが行われる特設ステージに移動すると、場内は家族連れのお客で賑わっていて、私と和泉くんは前方の空いている席に座って鑑賞することにした。

『みなさん、こんにちは〜♪　○○水族館へようこそっ』

　13時ジャストにショーが開始するなり、特設ステージに司会進行役お姉さんとトレーナーが数名現れ、軽快なBGM

が流れだす。
　子ども達は今か今かとイルカの登場を待ちわび、イルカが出てくるなり会場中から拍手が沸き起こった。
　圧巻の連続大ジャンプにワッと歓声(かんせい)が上がり、玉入れが成功する度にパチパチ手拍子。
　トレーナーを背中に乗せてスイスイ泳いだり、水中でくるくる回りながら一緒にダンスしたり、阿吽(あうん)の呼吸で動く彼らに場内は大盛り上がり。
　どよめきの連続に見てる側まで気持ちが高まっていく。
「すごいね、和泉くんっ」
「ああ。生ではじめて見たけど、普通に感動するな」
　その言葉どおり、和泉くんの瞳は子どもみたいにキラキラ輝いていて、イルカ達が大技を繰り広げる度に、膝の上に置いた拳をグッと握り締めている。
　本人は無意識なのか、視線はステージをじっと見つめたまま。めずらしく無邪気な一面を垣間見れたことが嬉しくて母性本能をキュンとくすぐられてしまった。
　興奮してる和泉くんもかわいいな。
　……なんて、本人に指摘したら恥ずかしがってむくれちゃいそうだけど。
　ほのぼのしながらイルカショーを眺めていると。
　―――ザバンッ……!!
　大ジャンプをしたイルカの水しぶきが最前列中央に座る私達の方に降りかかってきて。
「きゃっ」

頭から水しぶきを浴びた私は短い悲鳴を上げて両手で顔をガードした。
　だけど、時すでに遅し。
　全身びしょ濡れの状態で隣の和泉くんを見たら、彼も髪の毛先から水滴をぽたぽたしたたらせていて。
　無言のまま目を合わせた瞬間。
「——ふっ」
　和泉くんが先に噴き出して。
「ふふふっ」
　つられるように私も笑ってしまった。
「……なるほどね。こうなるってわかってたから、最前列なのに人が座ってなかったわけだ」
「あはは。ふたりして濡れちゃったね」
　水滴で額に張り付いた前髪を手櫛（てぐし）で整えなおす。
　あっという間に楽しいひと時は終わり、イルカショーも終盤のあいさつに。
「髪の毛と化粧、崩れちゃった……」
　せっかくみんなにコーディネートしてもらったのに、もったいないことしちゃったな。
　でも、それ以上に楽しい思い出が増えたから、みんなも笑って許してくれるよね？
「唯」
「？」
　名前を呼ばれて振り返ると、和泉くんが着ていた黒ベストを上着の上に羽織らされて。

「少しの間、そこで待ってて。すぐ戻ってくるから」
　私を座席に残したまま、うしろの人達の邪魔にならないよう中腰で席を立って特設ステージから出ていく和泉くん。
　言われたとおりに大人しく待っていると、5分もしないうちに大急ぎで戻ってきた。
「コレ。外出たら、トイレで着替えてきて」
　お土産コーナーのショップ袋を顔の前にズイッと突き出され、きょとんとしながら中身を見ると、透明(とうめい)なビニールに梱包(こんぽう)されたTシャツとマイクロファイバータオルが入っている。
「わざわざ買ってきてくれたの？」
「……水に濡れてシャツがすけてることに気付かなかった？」
「へ？　……えっ!?」
　慌ててベストの下を確認すると、和泉くんに指摘されたとおり、ブラウスが水に濡れて下着がすけて見えてしまっている。
　だから、和泉くんは自分のベストを私に着させてくれたんだ。
「ご、ごめんなさい。あとできちんとお金払うね」
「そういうのいらないから。第一、今日は唯のご褒美に連れてきたんだし、費用もこっちで持つから気にするな」
「でも、そんなわけには……」
「バイトしてる俺と、親の小遣いでやりくりしてるアンタ。年上と年下。立場的にも素直に甘えておけよ」
　指先で額をトンッと小突かれ、反射的に目をつぶる。

「うっ……ありがとうございます」
　両手で額を押さえ、不本意ながらも渋々お礼をしたら、和泉くんは満足したようにニヤリと笑っていた。

　特設ステージを出た私達は公衆トイレに移動してそれぞれ個室で着替えなおすことに。
　まずはタオルで濡れた髪を拭き取り、バッグの中に携帯していたメイク落としですっぴんになってから着替えた。
　和泉くんが用意してくれたのは、中央部分にかわいいイルカのイラストがプリントされた黒Tシャツ。
　サイズはピッタリで着心地も良く、一目見て気に入ってしまった。
「……っと、あまりこの中に長居してちゃいけないよね」
　ほかの利用者のことも考え、髪の毛は個室を出てから鏡の前でセットしなおす。
　手早く櫛で整え、シュシュでポニーテールに結わえる。
　化粧を落としたせいで顔立ちがだいぶ幼くなってしまったけど、素顔の方がやっぱり落ち着くかも。
　そわそわしながらトイレを出ると、先に着替えた和泉くんが近くのベンチに座っていて、私の姿を見つけるなり自分の居場所を知らせるように頭上に右手を上げていた。
「和泉くん、お待たせ。……って、今発見したんだけど、このTシャツってもしかしてお揃い？」
「ゆっくり探す暇がなかったから、適当に選らんでかぶったっぽい」

サイズが違うだけで同じ黒Tシャツを着てる私達。
「どこのバカップルだよって感じだよな」
「ふふっ」
　和泉くんの口から「カップル」って単語が出てきたのがおかしくて笑ってしまう。
「ねえ、和泉くん。ペアルック記念にツーショット写真撮ろうよ」
「ペアルック記念ってなんだよそれ」
「いいからいいから。えっと、カメラモードに切り替えて……はいっ、こっち向いて」
　和泉くんの隣に座り、スマホを頭上に掲げてピースサインをつくる。
　カシャッとシャッターを切って撮影した画像を確認すると、和泉くんは無表情のままカメラを見つめていて。
　でも、よーく見てみると、私の方に肩を寄せてくれていたことに気付いて、嬉しさで胸がいっぱいになった。
　全てのフロアを回り終えた午後３時。
　水族館の中に併設されたレストランにやってきた私達はそこで遅めのランチタイムをとることにした。
　窓際席は巨大水槽に面しているため、魚を鑑賞しながら食事を楽しめる仕様になっている。
　お昼時を過ぎてから来店したおかげか、運良く窓際の席に案内してもらえてラッキーだった。
　店内の照明は薄暗く、クラシックジャズのBGMが流れていて、なんだかちょっぴり大人なムード。

「今日は水族館に連れてきてくれてありがとう。すっごく楽しかったよ」

ふたり分のメニューを注文したあと、先ほど見たイルカショーについて談笑しながら、ふと改まってお礼をしたら、

「こっちこそ。思いがけず楽しかったし」

と言ってもらえて、素直に嬉しくなった。

テーブルに片肘をついて、柔らかな眼差しで苦笑する和泉くん。

彼の笑顔を見ていたら、胸の奥が甘く締め付けられて。

「……実はね、昔、家族でこの水族館に来たことがあるの。両親が離婚する前、まだ家族みんなの仲が良かった頃」

今まで誰にも話したことない家族の話を打ち明けていた。

「お父さんの子どもの頃の夢がね、イルカショーのトレーナーになることだったんだって。水族館が好きで何度も見に行くうちに憧れるようになったみたい。でも、学生時代に足を怪我して、日常生活に支障はないけど、水中で泳ぐのは厳しくなって諦めざるをえなかった、って……」

小さい頃、家族3人で訪れた水族館。

お父さんの膝の上に乗せられ、抱っこされながら鑑賞したイルカショー。

本物のイルカを見て大興奮する私を見て、両親は微笑ましそうに目配せし合って笑っていた。

「その分、若い頃から夢を叶えるために努力し続けて成功したお母さんのことを尊敬してるって話してた。だから、唯にも自分の夢を見つけたら、その目標を叶えるまで諦め

ずに頑張ってほしいって。……でもね、両親が離婚して、家族がバラバラになってから、いろんなことが一気に変わっちゃったんだ」

　甘い物が好きだからケーキ屋さんになりたい。

　テレビアニメの魔法少女みたく私も変身してみたい。

　ちっちゃな頃は、単純な理由でキラキラした夢を描けていたのに。

　環境が変わるにつれて、自然と『自分の夢』を描くことが困難な状況に立たされていた。

「……離婚してから、お母さんは私に自分の会社を継ぐよう強要してくるようになって、必要な学歴や礼儀作法を叩き込むために毎日学習塾や習い事に通わされるようになったの。成績は常に満点で１番以外は許されない。付き合う友達も選別されて、お母さんにとってふさわしくないと判断されたものは全て排除されるようになった」

　昔と違って、いつもピリピリした様子で険しい表情のお母さん。

　私が精いっぱいの勇気を振り絞って自分の意志を伝えれば「反抗的だ」とみなされ、長時間ひどい言葉でなじられた。

　誰のおかげで豊かな生活が出来ると思っているのか。

　なんの取り柄もない娘のために安定した将来を約束してやろうと必死になっているのになぜ逆らうのか。

「『あなたは何もわかってない。まだ子どもだから親の苦労が何ひとつ伝わっていないのよ』って。上から押さえつけるように言われる度、どんどん話す気力をなくしていって。

そのうち、自分の意志を伝えるのが怖くなって臆病になってた……。お母さんの言うことさえ素直に聞き入れていればいい。その指示に従っている間は波風が立たず平和に過ごせる。その考え自体が『逃げ』だって理解してても、思考が麻痺してどうすることも出来なかったの」

　人形と変わらないと思っていた。

　自分の人生は誰のためのものなのか本気でわからなくなっていた。

「うちのお母さんは、施設育ちで苦労してきた人だから、娘の私には何ひとつ不自由な思いをさせたくないって気持ちが人一倍強くて、その気持ちは痛いほど伝わってるし、有難いなって感謝してる。ただ、その思いが強すぎるあまりにいろいろと厳しくなって。でも、それは私にも原因があるから仕方ないんだけれど……」

「原因って？」

「……お母さんと違って、私にはファッションの才能がないから。ううん。ファッションだけじゃない。勉強だって無理矢理知識を詰め込んで教科書を丸暗記してるだけに過ぎないし、運動だって人並みレベル。すぐ人の顔色をうかがうし、臆病で引っ込み思案で、常に自分に自信がない。人と比べて秀でた才能が何もないから、知識と教養を身に付けさせて、お母さんが用意した将来――会社の跡継ぎに収まるのが一番楽な道だってわかってる」

　……けど。

　だけど、本当はね。

「——でも、それじゃあ唯の個性が潰れるだけでもったいないだろ」

　テーブルクロスをじっと見つめて、下唇を噛み締めながら必死で泣くのをこらえていたら、和泉くんが私を労わるような優しい言葉をかけてくれて瞳が潤んだ。
「唯の人生は唯のものだし、なんの取り柄や才能がなくたって好きなことさえあれば人はそれだけで十分幸せなんだ。夢の入り口なんてきっかけは意外と単純で、趣味の延長だったりするし。やりたいことだって最初に興味が湧かなきゃ始まらないだろ？　それがいつ見つかるかなんて人それぞれなんだから焦ることもないし、自分を卑下する必要もないって俺は唯を見てて思うよ」
「……ふっ」

　膝の上で握り締めた手の甲にぱたぱたと大粒の涙が零れ落ちて目の前の視界がにじむ。

　どうしてかな？

　どうして、この人は私が欲する言葉をわかっているんだろう？
「まだ高1なんだし、ゆっくり好きなことを探して、何か見つけられたらラッキーぐらいの気持ちでいればいいんじゃないの？　焦る気持ちもわかるけど、人と比べてもしょうがないものってあるし」
「……うん」
「唯は唯のペースで進んでいけばいいよ。『親の言いなりになる』ってとらえ方に不満があるなら、『不景気な世の中

だし、自力で就職先が見つからなかったら、親に頭下げて会社で働かせてもらおう』とか、もっと気楽な方向に考えるようにしてさ。物は考えようっていうか。ある意味、これも将来の保険みたいなもんだし、実際にはその時どうなってるかなんて誰もわからないんだから。母親にきついこと言われてつらくなった時は、俺に愚痴ればいいんだし」
「それじゃあ、和泉くんに迷惑かけちゃうよ」
「迷惑かけていいんだよ。俺が迷惑だって思ってないんだから」
　——心が。
　心が、悲鳴を上げて。
　いろんなストレスやプレッシャーに押し潰されそうになる度に自分の気持ちを押し殺してきた。
　母親の顔色をうかがっていたのは、ひとつでも反抗的な態度を取れば失望して見捨てられるのではないかと恐れていたから。
　でも、和泉くんが言うように物事の視点を変えてみたらどうだろう。
　お母さんはひとり娘に跡を継がせるのが「夢」で、その目標のために躍起になっているのだとしたら？
　今までとは受け止め方が違ってくるんじゃないかな？
「……ありがとう。和泉くんの言葉を聞いて心がかなり楽になったよ」
　手の甲で涙を拭い取りながら微笑む。

私は私のペースでいいんだって。
お母さんのための私じゃない。
自分のための自分の人生なんだから。
そんな単純だけど大切なことに気付かせてくれて、本当にありがとう。

* * *

遅めのランチを終えて水族館を出たあと。
「来る途中で帰りに寄ってきたい場所があったんだけど、行ってもいい？」
という、和泉くんの希望で駅前通りの大型書店へ立ち寄ることになった。
私達が向かったのは、6階のフロアにある洋書コーナー。
「ここの本屋は洋書の品揃えが豊富だって前に雑誌で目にしたことがあったから一度来てみたかったんだ。フロア全体が洋書だから、わりとマニアックな物も見つかりやすくて穴場っていうか。新書でこれだけの数の本が揃ってるのを目にするとテンション上がるな」
天井の高さほどある本棚から1冊抜き取り、パラパラとページをめくる和泉くん。
子どもみたいに瞳を輝かせて、めずらしく興奮気味にまくし立ててるし、この場所に来れたのが相当嬉しかったみたい。
「私、図書委員だから返却作業してて気付いたんだけど、

和泉くんて図書室にある洋書をいつも借り出して読んでるよね。よっぽど好きなんだなって前から思ってたんだ」
「日本の文学とは違う世界観っていうか、子どもの時から何か惹かれるものがあるんだろうな。同じ内容でも翻訳家が違うだけで文章が変わるし。先に自分で訳して読んでから、すでに翻訳してある本を読みなおすと新たな発見があって面白いっていうか。言葉のニュアンスひとつでこんなに印象が変わるんだなってけっこう新鮮だったりする」

　普段が無口なだけに饒舌(じょうぜつ)になる和泉くんはとってもめずらしくて。好きな話題になるとお喋りになるんだなって、新たな一面を目にして胸がキュンとなる。
「和泉くんは翻訳家になるのが夢なの？」
　つい最近、美崎先輩がそのようなことを言っていたような……？
　何気なく質問してみたら、和泉くんの動きがピタリと止まって。うんざりした顔つきで「アイツ、また勝手に人のことバラしたな……」と眉間にしわを刻んでいる。
　あ、あれ？
　もしかして気軽に聞いちゃいけない内容だったとか？
「ご、ご、ごめんなさい。変なこと聞いたりして……」
「なんで唯が謝るんだよ？　どうせ美崎が聞いてもいないのにペラペラ喋ったんだろ」
「う。そのとおり、です」
　ごまかしても仕方がないので大人しく白状する。
　美崎先輩ごめんなさい。不穏なオーラを漂わせる和泉く

んの口から「週明け覚えてろよ」とボソリとつぶやいていたのは聞かなかったことにします。
「……昔、たまたま家に遊びに来た女の子に子ども向けの外国の絵本を読み聞かせてあげたら、その単語の意味は「bear」だから「クマ」じゃないのかって指摘されて。動詞だと「耐える」って意味になるから、訳し方はこっちで正しいんだって説明したら、納得いかなそうに首傾げててさ。そこからそれぞれ好きに解釈して発表し合ったら、同じ内容なのに全く違う話が出来上がって面白いなって思ったんだ」
「子どもの時って大体いくつぐらい？」
「5〜6歳の時かな？　俺が生まれてしばらくの間は海外で暮らしてたからか、物心ついた頃には日本語と英語の両方喋れて、どっちも読み書き出来てたから。インターナショナルスクールに通ってたし」
「うちもお母さんが教育熱心で０歳の時から英才教育を始めてたから、幼稚園の頃には海外アニメを日本語訳の字幕ナシで視聴してたり、外国の絵本を読んでたかも……って、ちょっと待って。今何か思い出しかけたような……？」
　和泉くんの話を聞いてるうちに頭に何かの映像がぼんやり浮かんで。
　子どもらしきふたりのシルエット。
　ふかふかのカーペットの上に寝そべり、１冊の本を共有して読みながらあーでもないこーでもないと身振り手振りのジェスチャー付きで盛り上がっている。

「確か、子どもの時に……」
　両手で頭を抱え込み、昔の記憶を必死で呼び覚ます。
　人物の顔を思い浮かべようとするものの、全体的に靄がかかっていて特徴をうまくつかめない。
　でも——かすかに覚えてる。
　綺麗な顔の男の子が幼い自分に絵本を読み聞かせてくれた記憶を……。
「親の都合で知らない人の家に1日預けられて……人見知りの激しい私が子ども部屋の隅っこで大泣きしてたら、その家の男の子が絵本を持ってきてくれて……」
　少しずつ、少しずつ。当時の記憶が甦ってきて。
　先日、恵美さんが見せてくれた昔のアルバム。
　その中に見つけた1枚の写真。
　子ども時代の私と和泉くんがひとつの毛布にくるまって一緒に寝ていたあの——。
「嘘……」
　ぼやけていたシルエットが徐々に輪郭を取り戻し、昔の「彼」と目の前の「彼」がリンクする。
　信じられない思いで目を見開くと、
「やっと思い出した？」
　イタズラが成功した子どもみたいに得意げな笑みを浮かべた和泉くんに、本の角で額をコツンと小突かれた。
「唯のおかげだよ」
「え……？」
「俺が翻訳家の仕事に興味を持ちはじめたきっかけ」

「私、そんな大それたことなんて何もしてないよ」
　恐れ多くて両手を左右に振って否定する。
　でも、和泉くんは静かに笑っていて。
「早いうちから外国語の勉強に取り組めたのも、高校に入ってすぐ留学資金を貯めるためにバイトを始めたのも、将来の目標があったからこそだし。行動に移せるきっかけをもらえて本当に感謝してる」
　クールな表情が崩れて、穏やかな眼差しで微笑む和泉くん。
　感謝だなんて……。
　夢のきっかけに自分が関係していたと聞かされ、驚きで瞬きを繰り返す。
　ちょっとした出来事が将来の目標に繋がることもあるよって、遠回しに伝えてくれてるんだよね？
　めったに自分語りをしないのに、たくさん話を聞かせてくれた理由。
　自惚れかもしれないけど、和泉くんの優しさだって信じてる。
「私こそ……、受験会場に向かえなくて絶望してた日に和泉くんと出会えたからこそ、高校では変わりたいって思うことが出来たんだよ」
　ハンドバッグの中からハンカチを取り出し、彼の前に差し出す。
　出会った日の記憶や、自分自身を変えたいと思えるきっかけをもらえた。
　あの日、第一志望の受験会場に向かう途中に和泉くんか

ら渡された思い出のハンカチを。
「……ずっと返しそびれててごめんね。私にとって大切なものだったから、返すタイミングがなかなかつかめなくて」
　和泉くんはハンカチに目を落としたままピクリとも手を動かさない。
　なぜなら、私の手にはもう1枚別のハンカチが握られているから。
　1枚は白地に「I」の刺繍が入った和泉くんのハンカチ。
　もう1枚も同じく白地に「Y」の刺繍が入った私のハンカチ。
　どちらも「from A」と隅っこの方に小さく刺繍されていて、イニシャルの部分が違うだけであとは全く同じ代物。
「これね、教育実習期間が終わった時に、綾乃先生がクラスのみんなにプレゼントしてくれたものなの」
　和泉くんの瞳に動揺の色が混じり、強張った顔で硬直する。先ほどまでの和やかなムードは吹き飛び、緊迫した空気に変化していく。
「……どうして綾乃先生がくれたのと同じ物を和泉くんが持ってるんだろうって不思議だった。でも、この前……和泉くんのバイト先へ寄った日、和泉くんと綾乃先生が路地裏で口論してたのを偶然目撃して、ふたりが知り合いだったことに気付いたの」
「この前って、まさか――」
　頭の回転が速い和泉くんはその言葉だけですぐにピンと来たんだろう。

どうしてあの日、あまり接点のない私と美崎先輩が一緒にいたのか。
　肯定を込めて無言のままうなずく。
　おそらく、今から質問するのはかなりプライベートな内容で、私には関係ないと怒らせてしまうかもしれない。
　でもね。今日１日で和泉くんの新たな一面を知って。
　彼の優しさに触れて、ますます気持ちが膨らんだ。
　好きになるほど胸が苦しくなって、訊ねずにはいられなかったの。
「……綾乃先生とどんな関係だったの？」
　人から聞いた情報よりも本人の口から真相を聞きたかったから。

泣き顔と願い

「……唯は軽々しい気持ちで詮索するような奴じゃないから、よっぽど気にして勇気出して質問してきたんだろ？」

重苦しい沈黙が続く中、先に口を開いたのは和泉くんだった。

「ただひとつ、先に答えて。美崎から何を吹き込まれた？」

「……っ」

逆に探りを入れられ、ギクリと固まる。

「最近、唯から物言いたげな視線を感じてたけど、今の話が本当なら俺と綾乃の言い合いを目撃したあとに美崎と合流したんだろ？」

「それ、は」

その話を蒸し返されるとは思わず、動揺で目が泳ぐ。

自分から切り出しておいて、美崎先輩の許可なく暴露してもいいものか迷ってしまって。

「自分から美崎に連絡してアイツの家に行ったの？　それとも、偶然遭遇してついてったの？　ハッキリ答えるまで俺も話せない」

もっとうまく聞き出す方法があったのに、自ら墓穴を掘って馬鹿にもほどがある。

美崎先輩に口止めされたわけじゃないけど、自分の知らないところで勝手に元カノとのエピソードを話されてたって知ったらいい気分はしないよね？

ふたりの信用問題にも繋がるし。
　そもそも、その話を聞かせてもらったのも私が知りたがっていたからで。
　なんで知りたかったのって聞かれたら、正直困る。
　だって、そんなの和泉くんが好きだからって告白してるのと同じだもん。
　でも──。
「わ、悪いのは、私だから」
　今、答えなかったら、和泉くんの口から本当のことを知るチャンスをなくす気がしたから。
「美崎先輩を責めないって約束してくれるなら、全部話す……」
　覚悟を決めて和泉くんをじっと見据える。
「……わかった。ひとまず場所を変えよう」
　和泉くんは観念したように肩をすくめ、帰り道に話すと約束してくれた。

「──綾乃と知り合ったのは中学の時。学校の授業とは別に英検の勉強がしたくて家庭教師を探してたら、たまたま親の知り合いに英検１級を取得してる人がいるって聞いて、人づてに紹介してもらったんだ。その時、うちにやってきたのが綾乃だった」
「…………」
　少し遠回りをして帰ろうと、あえて電車じゃなくバスで帰宅することにした私達。

車内には乗客の数が少なく、ぽつぽつと空席が目立つ。
　ふたり掛けの後部座席に座り、ほかの乗客の邪魔にならないよう小声で会話する。
「もともと綾乃は帰国子女でかなりの読書家だったから、日本ではそこまでメジャーじゃない作家の本とかもけっこう持ってて、お互いによくオススメの本を貸し借りし合ってたんだ。趣味が一緒で波長が合うから、隣にいるのが居心地良かったんだろうな。好きな作品が海外で実写化されたらふたりで映画を観に行ったり、家庭教師の時間以外にもプライベートで会う回数が増えるうちに自然と惹かれるようになってた」
「……そうなんだ」
「年下だし相手にされないだろうなって諦めてたけど、向こうはこっちの好意をとっくに見抜いてて。最初は誘導尋問みたいな感じで自分のこと好きか質問されて、否定しようと思ったのにそういう空気をつくらせてもらえないっていうか、逃げ場がなくて認めるしかなかった」
　当時を振り返っているのだろうか。切なげに歪められた和泉くんの瞳になぜだか私まで胸が苦しくなった。
　好きな人との思い出話なのに、どうしてそんなに苦しそうな顔してるの？
「腹くくって気持ちを伝えたら、予想外にも綾乃はOKしてくれて、周囲に内緒で付き合うことになった。一応、家庭教師としてうちに来てるから親バレはまずいだろうって話になって隠してたんだけど。……ガキなりに生意気だけど

幸せだったよ、綾乃と一緒にいられて」
　窓枠に片肘をついて自嘲気味な笑みを浮かべる和泉くん。
　幸せだった。
　過去形で表現されたその言葉はとても痛々しくて。
　美崎先輩から先に事情を聞いて知っていただけにズキリと胸が痛んだ。
「どうして……別れることになったの？」
「俺と付き合うずっと前から綾乃にはほかに好きな奴がいたからだよ」
「それって……」
「綾乃のアパートに泊まった日に偶然見つけたんだよ。アイツの部屋に飾ってある好きな男と撮った写真や、渡しそびれた手紙とか。相手との思い出にまつわる物を大事に取っといてたのを」
　窓の外は日が暮れだし、濃紺の空が広がりはじめている。
「思い出の物って、記念に取っておいてるとか……？」
　疑問に思ったことを訊ねると、和泉くんは苦笑しながら首を振り「違うよ」と否定した。
「綾乃と付き合いはじめたのは、俺が高校に入ってすぐの頃。クラスの担任が『鈴木明夫』だって判明した直後だった」
「鈴木明夫、って……今、私のクラスの担任の鈴木先生？」
　なんで急に鈴木先生の名前が出てきたのかわからず首を傾げる。
　そういえば、教育実習生としてやってきた日に綾乃先生

が話してた。
　かつて自分は鈴木先生の教え子だったのだと。
　もともとふたりは顔見知りの仲で……。
　その瞬間、信じがたい疑惑が浮上して。
　そんな……まさか。
「綾乃が学生時代から想い続けてたのは、ずっとソイツのことだった」
　愕然とする私を見て、勘の鋭い和泉くんは全てを察したのだろう。かすかに震えた手で額を押さえながら、口元を歪めて笑い、驚愕の事実を口にした。
「おかしいと思ったんだ。放課後になると校門前まで頻繁に迎えに来たり、担任のことをやたら聞いてきたり……。一応、あの人の母校でもあるから、職員室に訪問して顔見知りの先生方にあいさつして回ってるのかなって思ってたけど、全然違った。はじめから、綾乃の目当ては鈴木明夫との接点を見つけることで、俺はそのためのパイプ役でしかなかった」
　綾乃先生の教育実習期間中、一度だけふたりで昼食を取ったことがある。
　早く生徒達となじめるようにと大量の手作り弁当を持参してきた綾乃先生。
　あの時、資料室にやってきた鈴木先生に多めに作りすぎたからとお弁当を勧めてやんわり断られた綾乃先生は、どこか切なげな表情で。
　小骨が喉に刺さったような引っかかりを感じていた。

だって、まるで好きな人に断られたような寂しげな目をしていたから……。
「はじめは気のせいだと思った。っていうよりも、思い込もうとしてたっていう方が正しいかな。なんで鈴木のことをそんなに聞きたがるんだってもやもやして、でも、直接聞くのが怖くて見ないフリしてた。だけど——」
　つらい出来事を思い出しているのか、苦しそうに眉間にしわを寄せる和泉くん。
「……綾乃の部屋で見つけた日記帳には昔から今もアイツだけを想い続けてる内容が綴られてた」
　短く息を吐き出し、窓の外に目を向けながら語られた事実はとても残酷なもので。
「人の日記帳を無断で見るつもりはなかったけど、たまたま机の上に広げたまま出しっぱなしにしてあって……、窓の隙間から風が入り込んでページがパラパラめくれててさ。そういえば、高校の時から同じノートにずっと日記つけてるって言ってたの思い出して、これがそうかなって考えながら日記帳を閉じようとしたら、俺を利用して鈴木に近付こうとしてる罪悪感が書き込まれた文章を目にして頭ん中が真っ白になった」
　大好きな人の知りたくもなかった本音。
　自分をダシに使われ、想い人と接点を持とうとされる。
　愚劣な行為に、心は張り裂けそうなほど悲鳴を上げて。
「日記を遡ると、俺と付き合いはじめた当初から俺への懺悔と罪悪感にまみれた文章で埋め尽くされた。最悪なこと

に、俺の家庭教師をしてるって話を口実に鈴木に近付いて、鈴木と同じ英語教師を志望してるから相談に乗ってほしいって理由で休日にふたりで会ったりしててさ。俺が日記を読んでる間、綾乃はベッドで昼寝してて……悪いと思ったけど、勝手に携帯見させてもらったら、完全にクロ。着信履歴(りれき)もメールも鈴木とのやり取りで溢れてて、かなりイイ線までふたりの距離は近付いてた」

「そんな……」

「真相がわかったあとは、さすがにキレて綾乃のこと問いつめた。……心のどっかでは否定してほしいって願ってたけど、綾乃は泣いて謝るだけで。そんなアイツを見てたら一気に全部のことがどうでもよくなって、別れた」

　信頼していた人から裏切られた。

　その事実はどれだけ彼を苦しめ傷付けてきたのだろう。

　きっと、目に見えない和泉くんの心の傷はちっとも癒(い)えていない。

　なぜなら、隣に座る彼の表情が今でも「苦しい」って訴え続けているから。

　優しい和泉くんのことだから、本気の怒りをぶつける前に、つらい事実を呑み込んで自ら別れを告げたのではないだろうか。

　消化不良の思いは心の奥底でくすぶり続けて。

「……なのに、なんで今更、俺の前に現れたんだよ」

　ボソリとつぶやいた言葉の中にどれだけ……。

「もういいよ、和泉くん」

気が付いたら、無意識のうちに手を伸ばしていて、和泉くんを両手で抱き締めていた。
　彼の頭を抱き抱えるようにして、そっと肩口に額を押し当てる。
　ねぇ、和泉くん。
　やっとわかったよ。
　前に私が泣くのを我慢する癖を見抜いてくれたよね？
　涙が出そうになると眉間にしわを寄せて、唇を噛み、手のひらを握り締めていた。
　一瞬でも気を緩めたら泣き崩れてしまいそうだったから、平静を装うのに必死で。
　感情を押し殺し続けてるうちに、素直に泣けなくなってしまった。
　あの頃の私と目の前の和泉くんは全く同じ表情をしてるね。
「ずっとつらかったよね。苦しかったよね……？」
　いい子いい子するように彼の頭を優しく撫でて、耳元で囁いた。
「……もう、泣いてもいいよ」
　と。
　瞬間、和泉くんの肩がピクリと反応して。
　瞳から一滴の涙が溢れ、頬を伝い落ちていった。
　声も出さず、静かに涙を流し続ける彼の姿に心を打たれる。
　ああ。
　はじめて感じる、この気持ちはなんなのだろう。

いとしくて、胸の奥がきゅっと切なくなるようなほろ苦い感情。
　年上の男の子を「守ってあげたい」と思ったのは、母性本能をくすぐられたから？
　ううん、違う。それだけじゃない。
　私は和泉くんに素直に寄りかかって甘えてもらいたいんだ。
　普段感情を表に出さない彼が、心のままに泣ける場所を与えてあげたい。
　涙を流したあとに、少しでも心が軽くなれるように。
　でこぼこ道を走行し、カタカタ揺れる車内。遠くの空には白く輝く月が浮かびだし、夜の訪れを告げている。
「私は和泉くんの味方だから」
　私なんかじゃなんの力になれないかもしれないけど。
　困った時は、自分に出来る精いっぱいの力で和泉くんを支えるから。
「……つらくなったら、いつでも頼りにしてね」
　真綿を包むように優しく彼を抱き締めた。
　和泉くんはかすれた声で「ありがとう」とつぶやき、綺麗な涙を流していた。
　たくさん傷付いてきたから、他人の痛みにも敏感になっていたんだね。
　ずっと泣きたくて、でも泣けなくて。
　どれぐらいの間、本当の気持ちを抑えつけてきたんだろう。
　つらかったね。苦しかったね。

だから、もう我慢しないで。
泣いてもいいよ。
涙を流すことは悪いことじゃないから。
和泉くんと出会って、少しずつ感情を表に出せるようになってからわかったことがあるの。
泣くことってね、時には笑うことよりもストレス解消に繋がったりするんだって。
反対に言えば、涙をこらえたために体が発散しようとしていたストレスを抱えて、体にため込んでしまう原因にもなるらしい。
涙を流したあとにスッキリするのは、リラックス効果が得られるからだって、最近本で読んだんだ。
言われてみれば、感情のままに泣いたあとって気分が落ち着いてくるよね。
ストレスは万病の元っていうし、ストレスをため込みすぎるのは良くないと思うから、泣きたい時は素直に泣いた方がいいと思ったの。
ただ、時と場所によっては感情のままに行動できないから。
「そういう時は、頭の片隅でもいいから私の存在を思い出して。いつでも和泉くんのそばに駆けつけるよ。私が和泉くんの泣き場所になってあげるから」
そう力説したら、和泉くんはこらえきれないといった様子で小さく噴き出して。
「その時には頼りにしてる」
って、穏やかな眼差しで微笑んでくれたんだ。

嘘じゃないよ。本当だよ。
　私の100％で守るから。
「少し眠るわ」
　泣いたことでたぶん気分が落ち着いていたのか、和泉くんが私の肩に頭をもたせかけ、そのまま長いまつ毛を伏せて眠りに落ちる。
「おやすみなさい……」
　小声で囁き、私も瞳を閉じた。
　和泉くんから繋いでくれた手を握り返し、ぎゅっと力を込めて。
　心地よいバスの振動(しんどう)に身を委ねながら、彼の心の傷が一日でも早く癒えますようにと願っていた……。

犯人と保健室

　すっかり気温が高くなった7月中旬。
　夏休みを間近に控えた、ある日の放課後。
　図書委員の当番を終えて、図書室の鍵を職員室へ戻しに行くと、担任の鈴木先生が同僚の先生方に囲まれている姿を偶然見かけた。
「聞きましたよ、鈴木先生。この間の彼女と婚約したんですってね」
「相手は例の彼女だっていうじゃないですか。最初に話を聞いた時は非常に驚きましたよ」
「生徒達にはいつ頃伝える予定ですか？　なまじ顔見知りなだけに動揺する子も出てくると思うんですよ。なので、タイミングを見計らって慎重に報告するのが得策かと」
　これは、要するに……。
　会話の内容的に、鈴木先生の結婚が決まったってことなのかな？
　一見祝福ムードに見えるけど、苦言を呈するベテラン教師のセリフに引っかかりを覚えて首を傾げる。
　みんなに囲まれた鈴木先生は、困ったように頭を掻いて苦笑いしてるし。
　なんとなく盗み聞きしてるのがバレたらいけない気がして、扉の前に立ちつくしたまま中に入ることが出来ない。
　手のひらに置いた鍵に視線を落とし、どうするべきか困

惑していると。
「あ、あのっ、すみません」
　たまたま目の前を通りかかった用務員のおじさんに鍵を渡し、元あった場所に返却するようお願いして、職員室の前から去った。
　鈴木先生が婚約、って……。
　相手は誰なの？
　先日、水族館に出かけた帰りに和泉くんから聞かされた話を思い出し、複雑な心境に陥る。
　はじめて和泉くんの涙を目にした日から、約半月。
　あの日の泣き顔が嘘みたいに、和泉くんは相変わらずのポーカーフェイスで過ごしている。
　はためにはなんの変化も見えないけど、目に見えない形で徐々に変わっていったこともあって。
　お互いの本音をさらして以来、私達の距離はぐっと近付き、どちらかが言いだしたわけでもないのに暗黙の了解で登下校を一緒するようになり、帰宅してからもどちらかの部屋で他愛もない話をしながら過ごすようになっていた。
　今日も私の委員会の仕事が終わるまで図書室で読書していて、鍵を戻しにいって帰ってくるのを下駄箱の前で待ってくれている。
「聞き間違いかもしれないし、まだ黙ってた方がいいよね……？」
　教室まで鞄を取りに戻った私は、自分の机に手をついてポツリとつぶやき、眉間にしわを寄せて考え込む。

鈴木先生は和泉くんの元カノだった綾乃先生の想い人で、彼と接点を繋ぐために自分は利用されたのだと和泉くんは言っていた。

　はじめは半信半疑だったけど、和泉くんは決して憶測で物事を口にするような人じゃないし、手ひどい裏切りでも受けていなければあそこまで泣くのをこらえたりしないはず。

　教育実習期間中、好きな人のそばで働いていた綾乃先生はどんな心境で過ごしていたんだろう？

　先ほど耳にした話が間違ってなければ、教育実習生として綾乃先生がやってきた時には鈴木先生は誰かと交際してたことになる。

　まさかとは思うけど、そのことを知ってショックを受けたから、再び和泉くんと接触を計ろうとしたの……？

　バイト先の路地裏で揉めていた和泉くんと綾乃先生。

『どうせ、また昔みたいに相手とうまくいかなかったからこっちにすり寄ってきたんだろ？　得意だもんな、そういうの。前は馬鹿正直にアンタの言葉を信じてたけど、もう騙されねぇよ』

『和泉、お願い。話を聞いて……』

『アンタと話すことなんて何もない』

　あの時のふたりの会話から推察するに、何か話したい出来事があって綾乃先生は和泉くんに会いに行ったんじゃないのかな。

　若手で独身の鈴木先生。

　彼にひそかな想いを寄せる女子生徒は多くて、毎年卒業

シーズンになるとたくさんの生徒達からアプローチを受けてるそうだ。
　ただあくまでも教師と生徒なので、相手を傷付けないようやんわり断るのがセオリーらしい。
　そのうちのひとりには、かつて綾乃先生も含まれていたのだろうか。
　いや、綾乃先生の場合は過去の話じゃなくて、もしかしたら……。
　西日に染まる教室の中に佇んでいると、廊下からこっちに向かって歩いてくる複数人の足音が聞こえてきて。
「——やっぱりここにいた。机に鞄を置いたままだったから、アンタが教室に戻ってくるのを待ってたんだよ」
　ガラリと教室のうしろの扉が開くのと同時に、室内に足を踏み入れたのは、鋭い目つきで私をにらみつける女の先輩達だった。
　人数は3人。上履きの色から察して、和泉くんと同じ2年生だ。
　どこかで見覚えのある顔だと思ったら、時々、校舎内ですれ違う度に舌打ちしてくるギャル達だと気付いた。
「あのさぁ〜、うちらメールでさんざん忠告してあげたよねぇ？　川瀬和泉に近付くなって。なのに、なんで最近、ふたりで登下校してたりするかなぁ？」
「ランチだけでも目ぇつぶっててやってんのに、お前調子乗りすぎだろ。ちょっとかわいいからってうちらのことあんま舐めてると痛い目見るよ？」

「つか、何ビビってんの。こっちが脅してるみたいだからやめてくんない？　被害者ぶんなよ、ぶりっ子」

　まずい空気を察してうしろに一歩退く。

　前々から送られてくる中傷メールの犯人はこの人達だったんだ。

「ま、前から私に嫌がらせの連絡を入れてきてたのは先輩達ですか？」

　簡単に弱味を見せてはいけないと気丈に振る舞うものの、情けないことに声が震えてしまう。

　胸の前で手を組み、真っ直ぐ先輩方を見つめて問うと、3人は「プッ」と下卑た笑いを浮かべて私を嘲った。

「あははっ。だからなんだっつーわけ？　せっかく人が注意してやったのにガン無視してさぁ〜、それって覚悟出来てるってことだよね？」

「っ」

　リーダー格の女子が私に詰め寄り、ぐいっと胸ぐらをつかみ上げられる。

　とっさのことに驚き、息苦しさに眉をしかめるものの、茶髪の巻き髪ヘアーをしたギャルは怖い顔つきでギリギリと力を込めてきて。

「川瀬くんはみんなの川瀬くんなわけ。勝手に抜け駆けされると秩序が乱れて困るんですけど？」

「そんな……っ、和泉くんは誰かの『物』なんかじゃ……っいた」

　胸ぐらをつかんでいた手をパッと放すと同時に、今度は

髪の毛を思いきり引っ張られて短い悲鳴を上げる。
　けれど、夕方５時を回る校舎には人の気配がほとんどなくて、辺りはシンと静まり返った状態。
　助けを呼ぼうにも誰もおらず、危機的な状況に追い込まれてしまう。
「離して下さい……っ」
「はぁ？　１年が生意気に抵抗してんじゃねぇよ!!」
　──ドン!!
　肩を突き飛ばされて、床の上に倒れ込んでしまう。
　手の甲と膝に摩擦熱を感じて痛みに呻いていると、３人が一斉に私の体に蹴りを入れようとしてきてとっさに体を丸めた。
　恐怖で心臓がドクドク鳴ってる。背中に大量の汗が浮かび、じっとりとシャツに張り付いていく。
　……この、感覚、は。
　中学時代、一部の女子達から受けていたイジメを思い出し、ブルブルと全身が震えだす。
　あの頃の私は何の抵抗も出来ずにただやられる一方で。
　日に日にエスカレートしていく罵倒や暴力におびえ、家でも本音を話せず、どこにも居場所がなかった。
　今、この場で彼女達に屈したらまた『あの頃』と同じことを繰り返すだけなんじゃないの？
　人の顔色をうかがって、おびえて、そんな日々が嫌だったから変わろうって決意したのに。
　目尻に浮かびかけた涙をこらえ、奥歯をきつく噛み締める。

怖い——けど。
逃げたらまた『自分』に負けることになる。
「やめて下さい!!」
大声を上げて叫び、彼女達の蹴りを避けて立ち上がる。
「何？ 急に目の色変えちゃって……てか、なんでこっちにらんでるわけ？」
「和泉くんが好きなら好きでどうして正々堂々とぶつかっていかないんですか？ 彼女でもない私に危害を加えてる暇があるなら、本人に好きになってもらえる努力をすればいいじゃないですかっ」
体の内側からじわじわ湧いてくる、この熱い高ぶりの正体は怒り？
ここまでキッパリと物申したのははじめてで、まるで自分じゃないみたいだ。
先ほどのビクビクした態度から急変して、堂々とした振る舞いで一括（いっかつ）する私に先輩達はひるんだ様子を見せている。
「私に文句があるなら、わざわざ連絡先を無断入手して嫌がらせのメールを送りつけたり、集団で攻撃してくる前に1対1で話し合えばいいのに。質問してくれれば普通に答えるし、わざわざ波風立てる必要もないと思います」
キッと相手を見据え、リーダー格の女子の前に立つ。
何も悪いことしてないんだから怖がらなくていいんだ。
背筋をしゃんと伸ばして、真っ直ぐ前だけ見て、深呼吸。
「私は和泉くんが好きです。だから、1秒でもそばにいられたら嬉しいし、もっと仲良くなりたい。向こうにはなん

とも思われてないし、私が勝手に想ってるだけだけど……私にとって和泉くんと過ごす時間は特別だから。たとえ、私の存在が先輩方にとって目障りでも、人にとやかく言われて諦めるのだけは絶対に嫌です！」
「……っ、生意気な」
　憤り（いきどお）で顔を真っ赤にさせたギャルが拳を振り上げ、私に殴（なぐ）りかかろうとした──その時。
「暴力はい～けないんだ～いけないんだ～。先生にチクりはしないけど、女がリンチとか駄目でしょ。それも多勢に無勢で。君達、今最高にひどい顔してるよ？」
「美崎先輩!?」
　いつの間にそこにいたのか、教室のうしろの扉に背中をもたせかけながらこっちを眺める美崎先輩の姿が目に入って。
　驚きの声を上げると、美崎先輩はニッコリ笑って、ツカツカと私の方まで歩いてきた。
「み、美崎くん……っ」
「なんでココに」
「やだ。美崎くんにこんな場面見られるなんて」
　学校ナンバー2の人気を誇るイケメンの美崎先輩の登場に、ギャル達は顔を青ざめてうろたえだす。
　和泉くんに好意を寄せているならとくに、和泉くんと親しい間柄の彼が現れたことは衝撃なはずだ。
「あのさぁ、いくら唯ちゃんが芸能人顔負けの美少女で男にモテるからって僻（ひが）むのはみっともないよ？　君達には君達なりの魅力があるんだし、嫉妬で荒（あ）れ狂（くる）ってないで自分

磨きしたらどうなの。こーんな怖い顔した女と付き合いたいと思う男なんていないよ?」

　表面こそ愛想のいい笑みを浮かべているものの、美崎先輩の口から吐き出される言葉は辛辣(しんらつ)で、目の奥も鋭く光っている。
「こういうことしてるってバレたら和泉にガチギレされるだろうねぇ。アイツ、陰湿なことする奴大っ嫌いだから」
「お願いっ、川瀬くんには言わないで!!」
「ははっ、どの口がそんなこと言えるわけ? 集団で唯ちゃんボコろうとしていて調子良すぎでしょ。ねぇ、どうする唯ちゃん? 俺の父親、この学校に多額の寄付金納めてるから、俺の口添えでこいつら全員退学処分に追い込むことできるけど。名目上はそうだなぁ〜。校内での暴力沙汰だとインパクトが足りないから、さっき突き飛ばされた箇所の診断書取(と)って傷害罪で訴えようか。顧問弁護士も手配するし、唯ちゃんは何もしなくても平気だからね」

　イタズラを思いついた子どもみたいに瞳を輝かせてわくわくしている美崎先輩。

　サラリと口にしたのは耳を疑うような内容で。

　美崎先輩の冷酷な一面をはじめて目の当たりにしてゾクリと鳥肌が立った。

　退学、傷害罪と物騒なキーワードが飛び出してきたことに3人のギャル達もおびえ、恐怖でカタカタ震えている。

　美崎先輩が相当な資産家の御曹司っていうのは耳にしていたけど、息子の彼がそこまでの権力を手にしているな

んて……。
「や、やめて下さい。何もそこまでひどいこと……」
「あはは。甘いなぁ、唯ちゃんは。君のうちだって大手ファッションブランドを経営してて、入学時にけっこうな寄付金を納めてるはずだろ？　こんな一般人相手に情けをかける必要なんてないんじゃない？」
「!?　なんで家のことを……」
　川瀬家の人達しか知らない情報なのに、どうして美崎先輩が知ってるの？
　いや、今はその話をしてる場合じゃない。
　ハッと気持ちを切り替え、美崎先輩からギャル達をかばうように腕を広げる。
「アンタ、何して……」
「先輩達は早く行って下さい。美崎先輩には何も手出ししないよう私の方からきちんと説得します。それと……今後はこういうふうに恐喝するような真似はせずに、普通に話して下さい。お願いします」
　私の行動に目を見張るリーダー格の女子と、早くこの場を離れたくて彼女の服の袖をつかみながら教室の入り口へ向かおうとする取り巻きのふたり。
　彼女達にこの場を任せるよう目と目を合わせてしっかりうなずくと、リーダー格の女子が躊躇したように唇を噛み締め、取り巻きを連れて教室の外に逃げていった。
　確固たる態度で3人と向き合っていたものの、姿が見えなくなったとたんに膝から力が抜けて、へなへなと床の上

にしゃがみ込んでしまう。
　今更震えがきたのか、両手までわなわなしてる。
「……き、緊張したぁ」
　ドッドッドッと早鐘を打つ心臓。額から大量の汗が噴き出て、深いため息が零れ落ちる。
「大丈夫？」
　美崎先輩は私の前に屈んで下から顔を覗き込んでくる。
　どうやら、氷のような冷たい人格から元に戻ったみたい。
「大丈夫、です。……その、助けてくれてありがとうございます」
「いえいえ。近くの空き教室で後輩とイチャついてたら騒ぎ声が聞こえてきたから覗きに来ただけだよ。女同士の揉め事って面白そうだし、鑑賞しに来ただけだから気にしないで」
「……そ、そうですか」
　相変わらず不特定多数の女の人とふしだらなことしてるのかな……。
　呆れた目で見つつ、さっきの会話の中で疑問に感じたことをふと思い出す。
「なんで美崎先輩が私の実家のことを知ってるんですか？」
「さて、なんででしょう？」
「なっ」
「そのうちすぐわかるよ。そんなことより、傷の手当てしに保健室へ行こうか。肩貸すから、つかまって」
　返事をする前に美崎先輩の肩に腕を回させられて、その

まま保健室に連れていかれた。
　そのうちすぐわかるって……どういう意味？
「あれ？　職員会議で退席中だってさ」
　保健室の前に着くと、ドアノブの下に保険医の不在を報せるプレートがぶら下げられている。
「まあいいや。鍵は開いてるみたいだし、救急箱さえあればなんとかなるでしょ」
　ガチャッ。ドアノブを回して、室内に足を踏み入れると保健室の中は無人でガランと静まり返っていた。
　ひとまず、擦り傷で出血した膝を手当てするため、先に靴下を脱いでから簡易ベッドに腰かける。
　ばい菌が入らないよう水に濡らしたハンカチを傷口にあてがい、ある程度出血を抑えてから消毒することに。
「はい、染みますよ〜」
「っ」
　私の足元にしゃがみ、美崎先輩が消毒液を染み込ませた脱脂綿を膝に当ててくる。
　痛みに顔をしかめる私とは対照的に美崎先輩はなぜだかとっても楽しそう。
　傷口の染みをこらえていると。
「それにしても、さっきの唯ちゃん勇ましかったねぇ〜。思わず見直しちゃったよ」
「!!」
　まさか先輩方にタンカ切ってる場面を目撃されていたとは思わず、ぎょっと目を見開く。

「やっぱり和泉のこと好きだったんだねぇ」
「なっ」
　うんうんと納得したようにうなずく美崎先輩。
　私はわたわたと慌てふためき、真っ赤な顔で懇願する。
「あああああの……っ、お願いだから本人には絶対バラさないで下さい！」
　よりにもよって和泉くんの友達に知られるなんて。
　もし、うっかり私の気持ちをバラされたら……と想像しただけで顔からサーッと血の気が引く。
　美崎先輩のことだから面白おかしく誇張して本人に伝えそうだし。それだけは断固として阻止しなくちゃっ。
「大丈夫だよ。俺の口から話したりしないから、そんなに警戒しないでよ」
「ほ、本当ですか？」
「うん。それに、ふたりにくっついてもらったら俺が困ることになるからね」
「へ？」
「唯ちゃんてただ大人しくてかわいいだけの子かなって思ってたけど、意外と情熱的な一面もあるんだなって。いい意味でギャップあるっていうか。前から見た目は好みだったけど、中身はもっと気に入った」
「美崎……先輩？」
　意味深なセリフにきょとんと首を傾げていると、廊下の方から保健室に向かって走ってくる足音が聞こえてきて。
　———バン……ッ!!

大きな音を立てて保健室のドアが開き、ビクンッと肩が跳ね上がる。更にびっくりしたのは、中に入ってきたのが意外すぎる人物だったから。
「いっ、和泉くん!?」
　全速力で駆けつけたのか、額から汗を垂れ流し、ぜえぜえと苦しそうに肩で息をする和泉くん。
　私と美崎先輩の姿を見つけると、目が鋭く細まって。
　どこか怒ったような顔つきでツカツカと簡易ベッドの前まで歩み寄り、美崎先輩から私を引き離すようにグイッと腕をつかまれ、和泉くんの方に引き寄せられた。
「あはは。なんで和泉が不機嫌な顔してんの？　見てわかるとおり、傷の手当してただけだよ？」
　無実を証明するように顔の横に両手を広げて笑う美崎先輩。そんな美崎先輩を威嚇(いかく)しながら、和泉くんは「本当か？」と訊ねてきて。
　実際、何もされてないどころかここまで運んでもらって傷の手当てをしてもらったことを一生懸命説明し、あらぬ勘違いをされる前に誤解を解くことが出来た。
「えっと……どうして、和泉くんがここに？」
　というか、この体勢は一体……。
　美崎先輩から私を匿(かくま)おうとしているのか、まるでぬいぐるみのようにうしろからすっぽりと和泉くんの腕に包み込まれているのですが。
「美崎から連絡がきて、唯が２年の女子に怪我させられたって聞いて走ってきた」

「そうそう。実はね〜、さっきは黙ってたけど、唯ちゃんがボコられそうになってる現場を動画に収めておいたんだよね。ほら、何かしら物的証拠を残しておいた方が後々有利に事が運ぶでしょ？」

　ズボンのポケットからスマホを取り出し、美崎先輩が三日月形に瞳を細めてあやしい笑みを浮かべる。

　物的証拠、って……。

　何に使用するのか気になるような、聞いたらいけないような。

　って、それよりも！

「ど、動画って何を送って……!?」

　まさかとは思うけど、和泉くんへの想いを告げたところを撮られていたら非常にまずい。

　金魚みたいに口をパクパク開閉させてオロオロしていると、美崎先輩は口元に手を添えながらクスリと笑い、

「『あの場面』は送ってないから安心してよ」

　と小声で囁いてきた。

「あの場面って何？」

　意味深な会話を交わす私達にすかさず和泉くんが疑問を投げてきて、ぎくりと身を縮める。

「なっ、なんでもないよ！　本当になんでもないからっ」

　首をブンブン横に振って否定する。

　どうやら、美崎先輩が送った動画は、私が先輩方に立ち向かって自分の意見を口にした部分のみだったみたい。

　あの短時間で動画編集して和泉くんに送りつけただなん

て……やっぱり美崎先輩は油断も隙もない食わせ者だ。
「じゃあ、保護者が迎えに来たってことでひとまず退散するよ。和泉、彼女両膝怪我してるから、帰りはおぶってあげてね」
「……言われなくてもそうするつもりだ」
　和泉くんの肩に手を置き、ニッコリ微笑む美崎先輩に対して和泉くんは眼光鋭く一瞥して舌打ちする。
　美崎先輩が保健室から出ていくと、再び周囲が静まり返って。
　風通しを良くするために開けられた窓から生ぬるい夏風が入り込み、白いカーテンがパタパタ翻(ひるがえ)っている。
　さきほどの美崎先輩と同じように和泉くんが私の足元に跪き、怪我の具合を確かめてきて。
　私はベッドに腰かけ、シーツにうしろ手をつきながら彼のつむじを落ち着かない気持ちで眺めていた。
「……すぐ助けに行けなくて悪かった」
「そんな……和泉くんが謝る必要なんてないよ」
「いや、唯に危害を加えようとしてた奴ら、みんな同じクラスの女だったから。しつこく付きまとわれてたけど、全く相手にしないでスルーしてたから腹の底で不満をため込んでたんだと思う。そっちに矛先が向いたのも、直接俺にぶつけられないから、弱者に八つ当たりするためだろ」
「…………」
「俺がハッキリ断ってれば未然に防げたかもしれない。美崎が助けたのは癪(しゃく)だけど……大怪我する前に見つかってよ

かった」
「和泉くん……」
　責任を感じているのか、和泉くんは重い顔をしていて。
　自分を責めてほしくなかった私は、和泉くんの頭を彼がいつもしてくれるように優しく撫でて顔を上げるよう促した。
「あのね、和泉くんは何も悪いことしてないんだよ？　むしろ、被害者っていうか……ううん、被害者は大袈裟かな。先輩達も和泉くんに振り向いてもらいたくて必死だったんだろうけど、頑張る方向を少し間違えちゃっただけだと思うの」
　人を好きになるって難しいね。
　恋い焦がれているだけなら楽なのに、心に「欲」が生まれたとたん、醜い嫉妬に駆られてしまう。
　遠巻きに見てるだけならよかった。
　密かに憧れて慕っているだけなら、こんなに苦しまずにいられた。
　なのに、どんどん欲深くなって、相手に振り向いてほしいと願ってしまう。
　自分以外の誰かが親しくしていると嫉妬して、醜い感情に取り憑かれて。
　……私も綾乃先生の話を聞いてもやもやしたから、先輩達の気持ちも少しはわかる気がするんだ。
「集団で脅すような真似はよくないし、正直怖い思いもしたけど……。でもね、私、嫌なことは嫌だってハッキリ本人達に伝えられたよ。あのビビリの私がだよ？　だから、

これは名誉の負傷でもあるの」

　怪我した部分は痛いけど、あのまま先輩達に屈して自分の意見を呑み込む方が嫌だった。

　ほんの数か月前の自分からは想像もつかない進歩だと思う。

「……なんて、えへへ」

　人差し指で頬を掻きながらはにかむと、黙って私の話を聞いていた和泉くんが「馬鹿」と呆れたようにつぶやいて。

　それから、ゆっくりと立ち上がって、私の体を正面から優しく包み込んでくれたんだ。

「無理に笑わなくていいから、素直に甘えとけよ」

　耳元で囁かれた言葉に涙腺が刺激されて。

　駄目だな。泣くつもりなんてないのに。

　今更になってカタカタと小刻みに全身が震えだして3人に暴行をくわえられそうになった恐怖が襲ってきた。

「……本当は、ほんの少し、怖かった」

「うん」

「でも、前みたいに反抗もせずにやられる一方なのは嫌だったから」

「うん」

「私が私を強くしてあげなくちゃ、いつまで経っても変われないから……怖かったけど、頑張ったよ」

　震える手で和泉くんの背中にしがみつき、ぽろぽろと涙を零す。

　瞳から溢れた熱い滴が和泉くんのシャツに染み込んで、

泣くのをやめようとすればするほど余計に涙が止まらなくなる。
　だけど。
　和泉くんは抱き締める腕に力を込めて、泣きじゃくる私に言ってくれたんだ。
「……よく頑張った」
　って。
　片手で私の頭を優しく撫でながら。
「いつまでも昔のことにとらわれてる俺なんかよりも、よっぽど——」
「和泉、くん？」
　大粒の涙を瞳に浮かべながら顔を上げると、和泉くんが苦しそうに表情を歪めていて。
　昔のこと——というのは、おそらく綾乃先生との過去を指していて。
　バスの中で目にした彼の涙や、目の前のつらそうな姿にズキリと心が痛み、思わず「和泉くんも……」と励ましの言葉を口にしていた。
「和泉くんも変われるよ。絶対変われるから」
　悲しい経験がトラウマになって、変わろうとする今の自分の足かせになってしまうけど。
「あまり自分を追いつめないで」
　暗闇(くらやみ)に差す光。
　その光は誰の心にも本来宿っているものだから。
「困った時は、私がそばにいるよ」

くしゃくしゃな顔で泣き笑いする私に、和泉くんは瞳を和らげて「……そうだな」って小さくうなずいてくれた。

　変わらない。
　変わるわけがない。
　つらい現実はずっと続く。
　そう悲観してても何も変わらないから。
　はじめは、ほんの少しの勇気でいいよ。
　変わりたい、って心の中で思うだけでいい。
　そう決意した瞬間に、最初の一歩を踏み出しているんだから。

　鮮やかな夕日色に包まれた室内。
　ほんのりと薬品の香りがする保健室の中で。
　大好きな人の腕に包まれているうちに自然と恐怖は退いて、代わりに温かな感情で満たされていた。

婚約者と頼み事

　職員室で鈴木先生の婚約の話を偶然立ち聞きしてしまい、2年生の先輩達に囲まれ大変な目に遭った2日後の朝。
　教室に登校すると、驚くような出来事が私を待ち受けていた。
「おはよう、みんな……って、どうしたの!?」
　いつものように千夏ちゃん達のグループに交じると、自分の席に座っている朱音ちゃんが両手で顔を覆いながら泣いていて、千夏ちゃんと美希ちゃんが朱音ちゃんの肩や背中をさすってなだめていた。
「うっ、うぅ……」
　泣きじゃくって話せる状態じゃない朱音ちゃん。
　そんな彼女に代わって、千夏ちゃんが「実はさ……」と泣いている理由を教えてくれた。
「ちょっと前から担任の鈴木先生が結婚するかもって噂が流れてたんだけど……。昨日の夜ね、朱音が部活から帰る途中、鈴木先生が彼女らしき女の人と手を繋いで駅前通りを歩いてたのを目撃したみたいで」
　以前から、朱音ちゃんは鈴木先生に憧れていて、私達3人で彼女の恋を応援していた。
　教師と生徒。
　障害は多いけど、想うだけなら自由だもん。
　無事に高校を卒業出来たら告白したいなって照れくさそ

うにはにかんでいた朱音ちゃんの笑顔を思い出し、自分のことのように胸が痛む。
「朱音ちゃん……」
　なんて言葉をかければいいのかわからず、同情的な眼差しで見つめてしまう。
　人から聞くだけでもショックなのに、自分の目で目撃しちゃったなんてつらすぎるにもほどがあるよね。
　下手な慰めよりも黙ってそばに付いていてあげたい。
「ねぇ、みんな。ここだと変に注目を浴びちゃうし、もうすぐ朝礼だから保健室に移動しない？　朱音ちゃんを好奇の目にさらしたくないし……」
　私が提案すると、千夏ちゃんと美希ちゃんが力強くうなずき返してくれて。みんなで朱音ちゃんの姿を隠すように彼女を囲み、４人でそっと教室を抜け出した。
「……ごめんね、みんな。今朝、高木ちゃん達に昨日見たことを報告してたら、ああ、やっぱり現実だったんだって実感して、涙が止まらなくなっちゃって」
　話すうちにじわじわと瞳が潤みだし、言葉を詰まらせる朱音ちゃん。
　保健室に移動してきた私達は、泣きじゃくる朱音ちゃんを窓際のベッドに横たわらせ、その近くに３人で立っていた。
「ううん、気にしなくていいから。てかコレ、冷凍庫で見つけた冷却枕。しっかり目に当てて冷やしなよ～」
　冷凍庫から勝手に拝借してきた冷却枕を差し出し、心配そうな顔で目元を冷やすよう促す千夏ちゃん。

「そうだよ。今は気持ちを落ち着かせて、ゆっくり休みな。アリバイはこっちで適当に考えるから」

朱音ちゃんの頭を撫でながら、相手を安心させるように優しく言う美希ちゃん。

4人で相談した結果、どのみち怒られるなら1時間目の授業を休んで、あとから全員で職員室まで謝罪しに行くことに。

保険医は職員会議で不在だったため、戻ってきてから事情を軽く説明して、しばらくココに置いてもらおうという結論に至った。

「……実はさ、ショックを受けた原因がほかにもあって」

泣きやんで落ち着いてきた頃、朱音ちゃんがゆっくりと上体を起こして、私達3人の顔を順番に見てきた。

果たして自分の口から明かしていいものなのか、悪いものなのか……。

躊躇を感じさせる朱音ちゃんの口ぶりにじれた美希ちゃんが「口外しないから大丈夫だよ」と声をかけて。

さんざん悩み抜いた末に、朱音ちゃんが意を決したように話してくれた。

「鈴木先生と一緒にいた相手……美和綾乃先生、だったんだよね」

神妙な面持ちで朱音ちゃんが告白したのは、あまりにも衝撃的な内容で室内がシンと静まり返る。

「昨日、部活帰りにファストフード店に寄って先輩方と2階で食事してたんだ。で、食べ終わった食器を下げて、1

階に下りていったら、たまたまレジ前に並んでるカップルがいてさ……。男の方に見覚えがあるなって思ったら、私服の鈴木先生で、隣にいたのは間違いなく美和綾乃先生だった。ふたりとも手ぇ繋いでたし、親密そうな雰囲気だったから、付き合ってると思う」

鈴木先生が綾乃先生と……？

その光景を想像しただけで心臓がドクドクと鈍い音を立てはじめて。

嫌な予感にごくりと生唾を呑み込んでしまった。

だって……それじゃあ、つい先日、職員室で先生方が話していた鈴木先生の婚約者って。

「相手があんな美人じゃ太刀打ちできないっていうか……。それ以前に、生徒が先生好きなんておかしいよね？　本当、やんなっちゃう」

あはは、と空笑いしながらも、朱音ちゃんの瞳からはぽろぽろと大粒の涙が零れ落ちていて。

胸が苦しくなった私は、朱音ちゃんの体をぎゅっと包み込み「おかしくなんかないよ」と力強く訴えた。

「……ふっ、ありがと、青井ちゃん。高木ちゃんと美希も」

好きな人にはほかに好きな人がいた。

その事実はどれだけつらく苦しいものだろう。

「朱音ちゃん……、悲しい時は我慢しないで泣いてね。私達がみんなそばにいるよ」

朱音ちゃんを抱き締める腕に力を込めて、自分まで泣きそうになりながら「大丈夫だよ」って励まし続けた。

朱音ちゃんは「ごめん」って言いながら、気が済むまでたっぷり泣いて、そのうち泣き疲れて眠ってしまった。

　その日の放課後。
　図書当番の仕事を終えた私は、真っ直ぐ家に帰るか、それとも和泉くんのバイト先に立ち寄るか迷っていた。
　今朝、朱音ちゃんから聞いた話を和泉くんに伝えるべきかどうか……。
「どうしたらいいんだろう……」
　下駄箱から靴を取り出し、短い息を吐き出す。
　夕暮れのオレンジ色に染まる校舎。
　ほかに誰もいない昇降口の前で立ち尽くし、この先どうするか頭を悩ませていた。
　朱音ちゃんから話を聞いたあと、どうしても気になることがあった私は、図書当番の時に、校内のゴシップ情報に詳しい50代の顧問の先生に『ある質問』をしてみた。
『鈴木先生、今年の秋に婚約したんですよね？　この前、うちのクラスに教育実習しに来た美和綾乃さんと』と。
　人の噂話が大好きな丸山先生は、私が話を振るなり瞳を輝かせて『そうなのよっ』とうなずき、キョロキョロと辺りを見渡して図書室に誰もいないことを確認してから詳細を聞かせてくれた。
『ほらね、鈴木くんてあの容姿だから生徒からも人気が高いでしょう？　職員の中でも狙ってる人がいて、ってこれは内緒の話ね。バレたらこっちが怒られちゃうから。とも

かく、元教え子との婚約なんてドラマみたいよねぇ』
『そう、なんですか……』
『結婚はもう少し先だそうよ。彼女が大学を卒業して落ち着いてからって話してたもの。まあ、鈴木先生の性格上、元教え子との交際にはそれなりの覚悟と責任感があっての考えじゃないかしら』

　——っていうことは、近い将来、結婚の約束を見越した仲なんだ。

　人から話を聞かされたことによって、ふたりの婚約が事実であることを実感させられて不思議な気持ちになった。

　だって、綾乃先生は好きな人といられて幸せなはずなのに。

　そんな彼女が、どうして元カレの和泉くんに接触しようとしたの？

　私が和泉くんにこの話をしてどうなるものじゃないのはわかってるけど……。

　このまま黙って見知らぬフリを続けるのは心苦しくて。

　余計なお世話だというのは重々承知で、婚約の話を伝えに行くことにした。

　——なのに。

　いざ、コーヒーショップの前まで来たものの、店内に入れず、駅前通りをぐるぐる歩くハメに。
「……駄目だ。なんて話せばいいのかわかんないよ」

　結局、どんなふうに話を切り出せばいいのかわからず、一旦家に戻って考えることにした。

　こういう大事なことは勢いだけで動いちゃよくない気も

するし、きちんと頭の中を整理してから行動に移そう。
　女子生徒に人気が高い鈴木先生と、教育実習生の中でも群を抜いて人気者だった綾乃先生。
　ふたりの婚約話が明るみに出たら、学校中が騒然とするのは一目瞭然。
　そうなれば、必然的に和泉くんの耳にもその情報が入ることになる。
　人づてに聞いてショックを受けるより、事前に話しておいた方がいくらかでも心の準備が出来るのかな？
　でも、それはあくまで私の主観であって、当の本人がどう受け止めるかまではわからないし……。
「って、悩んでる間に、もう家のそばまで着いちゃった」
　今日は恵美さんが夜遅くなるって言ってたから、みんなが帰宅するまで留守番かな？
　家が見えてきたので、スクールバッグから鍵を取り出そうとしていると。
「青井さん……？」
　川瀬家の前に立っていたある人物に名前を呼ばれて。
　声のした方に顔を上げて絶句する。
　なぜなら、そこに──綾乃先生が立っていたから。
　門前のインターホンに指を伸ばしているということは、今から川瀬家に用事があったということだろう。
　アイボリーのシフォンブラウスに黒のパンツスタイルという大人っぽい私服姿の綾乃先生。
　どうして彼女がここに……？

疑問が顔に出ていたのか、綾乃先生は申し訳なさそうに頭を下げて訊ねてきた。
「突然お邪魔してごめんなさい。青井さんにお願いがあってここまで来たの」
「……どうぞ。家族の方は夜遅くまで仕事に出ているので、遠慮せずに上がって下さい」
　玄関先で立ち話をするのも悪いので、すぐ帰ろうとする綾乃先生を引き止め、リビングに通す。ソファに座るよう促すと、遠慮がちに腰を下ろしていた。
「飲み物は麦茶でもいいですか？」
「いえ、長居するつもりはないから気にしないでちょうだい」
「そうは言っても、綾乃先生がお客さんなことに変わりはありませんから」
　キッチンに立ち、冷蔵庫から取り出した麦茶のポットをグラスに注ぐ。
「どうぞ」
　コトン。テーブルの上にグラスを置き、綾乃先生の向かいの席に腰を下ろす。
　気まずい沈黙が流れて、壁時計の秒針がチクタク動く音だけが大きく響いて聞こえる。
「あの、どうして私に会いに……？」
　おそるおそる質問してみると、綾乃先生は困ったように眉を下げて、ごめんなさいとつぶやいた。
「青井さんが川瀬さんのお宅にお世話になっているって話

は学校の関係者から聞いて前から知ってたの。隠してたわけじゃないけど、川瀬さんのお宅で家庭教師をしていたことがあって、この家の方とは知り合いだったのよ」
「……前に、和泉くんから聞きました」
「そう……」
　和泉くんの名前が出た瞬間、綾乃先生の手がピクリと反応して。
　動揺を抑えるためか、無理矢理張り付けたような笑みを浮かべて、太ももの上で両手を握り締めていた。
　何か話そうと口を開きかけては躊躇したそぶりを見せる綾乃先生。どう話を切り出すべきか迷ってるみたい。
「和泉は今バイト中よね？」
「そう、ですけど」
「よかった。一応、鉢合わせしないように外からお店の様子を覗いてきたんだけど、姿が見えなかったから心配してたの。和泉はわたしに会いたくないみたいだから……」
　悲しそうに目を伏せる綾乃先生。その表情が綾乃先生との過去に苦しむ和泉くんと重なって見えて、胸が痛む。
「この前、和泉と揉めてたところを見られてしまったわよね」
「あ……」
「責めてるわけじゃないから安心して。外で揉め事を起こしたこっちに非があるし、むしろ、変な場面を見せて謝らなくちゃいけないのはわたしの方だから」
「あの場に私がいたって、いつ気付いて……」

「青井さんがあの場を去る時、靴音で誰かが見ていたことに気付いて。うしろ姿であなただってわかったの」

コーヒーショップの裏口で言い合いしていた和泉くんと綾乃先生。

ただならぬ様子のふたりに違和感を覚え、いけないとは知りつつも盗み聞きをしてしまった。

……まさか、気付かれていたなんて。

「ごめん、なさい……」

かあああっと頬が熱くなり、羞恥心でいっぱいになる。

「ううん。青井さんは謝らないで。それに、どこまでわたし達の話を聞いたかわからないけど……隠しても仕方がないから説明するわ。わたしと和泉は元家庭教師と教え子の仲であり、短い期間だけれど恋人同士でもあった。でも、わたしの『裏切り』で関係は破綻して別れてしまったの」

「……その話、和泉くんから少しだけ聞かせてもらいました」

正直に打ち明けると、綾乃先生は一瞬だけ驚いたように目を見張り、それから「和泉が……」と納得したようにうなずいた。

「じゃあ、わたしと鈴木先生のことも聞いてる？」

「はい。綾乃先生が秘かに想い続けていた男性の元にいって、自分の前からいなくなってしまったって。……和泉くん、悲しそうに話してました」

「…………」

「なんで、ほかに好きな人がいたのに和泉くんと付き合っ

たりしたんですか？　付き合うならどうして相手を裏切るようなこと……」
　痛いところを突かれたのか、綾乃先生がつらそうな表情で黙り込む。
　自分でもひどいことを言ってると思う。
　部外者の私には口出しする権利も責める筋合いもない。
　でも、和泉くんの涙を思い出したらやるせない気持ちになって。
「綾乃先生は、和泉くんを本当はどう思ってたんですか……？」
　綾乃先生の目を真っ直ぐ見据えて問う。
　質問した声は震えてしまい、眉尻も下がって、今にも泣きだしそうな顔になっていた。
「信じてもらえないかもしれないけど、本気で好きだったわ。……というよりも、本気で好きになろうと努力していた」
「っ」
「わたしね、今のあなたぐらいの年齢の時から、ずっと担任の鈴木先生に憧れていたの。在学中に告白もしたわ。けど、生徒だからってハッキリ断られた。高校を卒業しても諦めきれなくて、大学に入ってからもしつこく想いを告げたら、今度は未成年だから駄目だって。まったく相手にしてもらえなかったの」
　昔を懐かしむように遠い目をして、綾乃先生は自身の過去について語りはじめる。

当時、新任だった鈴木先生に想いを寄せていたこと。
　高校在学中も、卒業したあとも、子どもだからと真剣に想いを受け止めてもらえなかったこと。
「正直、２度目の失恋は心が折れて、本気で彼を諦めようとしたわ。連絡先を削除して、会いに行かないよう我慢して……そんな時に和泉に告白されて付き合うようになったの。でも、相手は誰でもよかったってわけじゃない。和泉の誠実な人柄や真っ直ぐな想いに気持ちを揺さぶられて、真剣にあの子と向き合っていきたいって思った。はじめは純粋に幸せだったのよ」
「じゃあ、どうして？」
「……和泉の担任が鈴木先生になったって知って、抑えていた感情が爆発してしまったの。和泉には悪いと思いつつも、和泉との会話の中で少しでも『彼』の話題が聞きたくて学校生活のことを訊ねたり、和泉を校門前まで迎えに行くフリして鈴木先生とバッタリ遭遇しないか期待したり。罪悪感に駆られつつも、無意識に鈴木先生を求めている自分がいた」
「…………」
「さすがに２回も失恋してたから、頭の中では冷静に現実を受け止めていたわ。それに、和泉を大切にしたい気持ちも確かにあったから……。いくら心の浮気といえども浮気は浮気だもの。よくないことだって自覚してたから、考えないようにしてた……けれど」
「我慢、しきれなかったんですよね？　結局、綾乃先生は

鈴木先生にコンタクトを取ってしまったし、彼のそばにいることを選んで、和泉くんを裏切った」

　当時の事情なんて全てわかるはずもないし、知った気になるつもりもない。

　だけど、和泉くんがどれだけ本気で綾乃先生のことを想っていたか知っていたから、自分のことのように許せなかった。

　だって、和泉くんは……。

「和泉くんは、今でも綾乃先生を引きずって苦しんでいるのに……」

　悔しさでみるみる目頭が熱くなる。

　泣くのをこらえるために必死で奥歯を食い縛り、潤んだ瞳で綾乃先生に強く訴えた。

「綾乃先生の中ではすでに終わった出来事でも、和泉くんの中ではまだ続いてるんです」

　今も癒えない傷に苦しんで葛藤してるのに。

「鈴木先生と婚約したって本当ですか？」

「……ええ」

　申し訳なさそうにうなずく綾乃先生。

　心のどこかで婚約の話が嘘であればいいと思った。

　じゃないと、いつか噂を耳にした和泉くんが傷付くことになるから。

「綾乃先生は、そのことを和泉くんに報告しようとしていたの……？」

　窓の外から蝉の鳴き声が聞こえてくる。エアコンをつけ

忘れていたため室内は蒸し暑く、額から汗がしたたり落ちた。
「……すみません。部屋の中、熱かったですよね」
　綾乃先生から目を逸らし、リモコンを操作してクーラーの電源を入れる。スイッチを押す指が震えて、気が付いたら涙が溢れていた。
「青井さんは和泉が好きなのね？」
　指先で涙を拭い取る私を見て、綾乃先生が気遣うような優しい声で聞いてきた。
「……的外れなこと言ってたらごめんなさい。でも、きっとそんな気がしたから」
「…………」
「今ね、いろいろと話を聞いてて思ったの。あまり人を寄せ付けない和泉が、そこまで人に自分のことを話すのはめずらしいから。よほどあなたのことを信頼してるのね……」
「そんな、こと」
「あるわよ。だって、一度は大切に想ってた人ですもの。それぐらいわかるわ」
　ずっ、と鼻を啜る音がして顔を上げたら、綾乃先生が大粒の涙を流して泣き笑いしていた。
　——実際のところ、私はかつてのふたりに何があったかなんて知らないし、憶測でしかないけれど。
　今、目の前で涙する彼女が、和泉くんを想って泣いてることだけは伝わってきて。
「……もう一度聞きます。綾乃先生が私にお願いしたいことってなんですか？」

おそらく、だけど。こうして会話する前とあとで私に頼みたい内容も多少は変化するはず。
　なぜなら、和泉くんから直接過去の出来事を聞かされていると知って、綾乃先生の顔つきが変わったのを見逃さなかったから。
「それは——」
　綾乃先生がゆっくりと口を開く。
　私はただ最後まで彼女の話を聞いて。
「……わかりました」
　その願いを静かに聞き入れた。

*　*　*

「唯、なんでココに？」
「もうすぐバイトが終わる頃かなと思って迎えに来たの。少し話したいことがあって……」
　夕日が沈み、星空が広がる夜９時。
　駅前のコーヒーショップにひとり訪れた私は、ちょうどレジカウンターに立っていた和泉くんに話しかけ、彼を驚かせていた。
　えへへ、と人差し指で頰を掻き、商品を注文がてらそろそろとレジの方に近付いていく。
「えっとね、キャラメルラテのショートをひとつ」
　ハンドバッグからお財布を取り出し代金を支払う。
　レジには和泉くんしか立っておらず、話しかけるには

ちょうどよかった。夜のせいか日中よりもお客の数は少なく、店内には静かなジャズミュージックが流れている。
「……普段から、あんまり夜道をひとり歩きするなって注意してるはずだけど？」
「大丈夫だよ。今日はひとりで来たわけじゃないから」
「？」
「あのね、仕事が終わって着替え終わったらコレを読んでもらえないかな？」
　すっと1通の手紙を差し出し、ニッコリ微笑む。
　淡い水色の封筒の表面には「和泉へ」と宛名が記入されていて、裏面には綾乃先生のフルネームが書いてある。
「……さっきね、綾乃先生がうちに来たよ。この手紙を和泉くんに渡してほしいってお願いされて、届けに来たの」
　手紙を受け取ろうとした和泉くんの手がピタリと止まり、意味がわからないとでも言いたげに首を傾げている。
「綾乃先生ね、どうしても自分の口から和泉くんに報告して謝りたいことがあるんだって。だけど、和泉くんは自分を拒絶しているから、代わりに手紙に謝罪文を書き綴ったって言ってた」
「何を、今更……」
「うん。本当に今更だし、都合がいいと思う。でもね、綾乃先生泣いてたんだよ。『和泉を傷付けて悪かった』って。『償えるならなんでもする』って、心から懺悔してた」
　そう。つい数時間前、綾乃先生が私に託した「お願い」とは、自分の気持ちを綴った手紙を和泉くんに届けること

だった。
　郵送で送ったら読まれる前に破られて捨てられるかもしれない。
　そう考えた綾乃先生は、川瀬家に居候している私に目をつけ、直接目の前で渡してもらえれば読んでもらえる確率が上がるだろうと踏んで、わざわざお願いしに来たのだ。
「今、店の外に綾乃先生がいるの。もし、和泉くんがその手紙を読んで、少しでも綾乃先生の話を聞く気になったら会いにいってあげて。反対に、どうしても無理だって思ったら私が断りに行く」
　綾乃先生が外にいると聞いて、入り口に視線を向ける和泉くん。いくら拒否していても、心の奥底では気になる存在に変わりないことを思い知らされ、胸がちくりと痛む。
「すぐそこの席にいるから、和泉くんの返事が決まったら教えて……？」
　半ば強引に手紙を押し付け、キャラメルラテを受け取って窓際のカウンター席に向かう。
　スツールに座り、テーブルに両肘をつくと、照明の光に反射して窓ガラスに映る自分が今にも泣きだしそうな顔をしていて、唇をきゅっと引き結んだ。
　これでいい。
　これでいいんだ。
　自分自身に言い聞かせながら、静かに目をつぶる。
『──過去の裏切りを許してほしいなんて思わない。ただ和泉に当時のことを謝罪して、心からお詫びしたいの』

鈴木先生との婚約を人から聞かされる前に自分の口から説明したいと綾乃先生はハッキリそう言っていた。
『今年の冬、和泉ときちんと話をするために都内で会う約束をしていたの。でも、待ち合わせ時間になっても和泉は現れなくて……、さんざん傷付けたんだもの。自業自得よね。でも、6月に教育実習生先で母校に訪れて、あの子の顔を見たら謝らずにはいられなくて、気が付いたら、いつも待ち合わせをしていた和泉のバイト先まで足を運んでた』
　相手が拒否してるのに一方的に謝りたいなんて、自分が話してスッキリしたいだけなんじゃないのか？
　接触することで余計に相手を傷付けるかもしれないのに。
　正直に思ったことを質問すると、綾乃先生は『そうね』と苦笑いしていた。
　でも、彼女の口から語られる言葉には後悔の念がたくさん詰まっていて、ひとつも嘘を言っているようには見えなかった。
　手紙を渡してほしいと頼まれた時、正直、どうしようか迷った。
　だけど。
『……今年の冬に会う約束をしてたって話してましたけど、それって何月何日頃だったか覚えていますか？』
　会話の中で引っかかりを覚えた私は、約束していた日時と都内のどこで待ち合わせしていたのか訊ね、返事を聞いて後悔した。
　なぜなら、ふたりが話し合う約束を交わしていたその日

は——、私が受験会場に向かう途中、駅で倒れて和泉くんに介抱された日だったから。
『もし、あの日に会えていれば、お互いに納得いくまで話し合ってきちんと別れ話をするつもりでいたの。けど、約束の時間を過ぎても和泉は来なかったし、連絡しても通じなかった。結果、自然消滅した形になって、消化不良のまま時間が過ぎてしまった……』
 私、が。
 あの時、私が駅で倒れていなければ。
 体調を無理して受験会場に向かおうとしなければ、和泉くんと綾乃先生は今みたいなわだかまりを抱える必要なんてなかったんだ。
 鈍器で頭を殴られたような衝撃にクラリと眩暈がする。
 川瀬家で暮らすようになって、和泉くんの生活サイクルを知るうちに前から少し気になってはいたの。
 週のほとんどがアルバイトで、たまの休日も部屋で読書したり、たまに図書館や映画館なんかの静かな場所に出かける程度で遠出しない。
 そんな和泉くんが、受験当日の朝、どうして都内の中心部にある私の地元の駅にいたんだろうって。
 母親の恵美さんに聞いても、昔から近場で買い物を済ます人だったし、都会の雑踏が苦手なのでめったに出かけないって言ってたから。
 何よりも……。
『……違います。違うんです、綾乃先生』

『青井さん？』
『和泉くんはその日、綾乃先生に会いに行ってたんです』
『青井さん、どういうこと？』
『実は——』
　綾乃先生が和泉くんにプレゼントしたイニシャルの刺繍入りハンカチを持っていたのが、彼女に会いに行こうとした証拠のように思えたから。
　たまたま手元にあったのがそのハンカチだっただけで深い意味はないかもしれない。
　だけど、和泉くんの性格上、あれだけ手ひどく自分を裏切った元カノの贈り物をなんの意味もなく持っていくようには思えなくて。
『そのハンカチは、和泉が高校受験に受かった時に、お祝いで私があげたものなの。……そう。仲違いしたあとも、ずっと捨てずに手元に取っておいてくれたのね』
　そうつぶやいた綾乃先生の瞳は若干潤んでいて、心なしか嬉しそうに口元をほころばせ、静かに涙を流していた。
　自分のせいでふたりが会えなかったという負い目や罪悪感。
　ほかにも、両者から事情を聞いて単純に放っておけなかった私は綾乃先生の願いを聞き入れ、自ら仲介役を買って出たのだ。
　そして、いざ行動に移してはみたものの、当の本人はどう感じてるんだろう。
　急にバイト先まで押しかけて、綾乃先生と話し合い出来

ないか決断を迫って、内心では余計なことするなって怒ってるかもしれない。
　今日のシフト上がりは夜9時って聞いてたし。
　さっき、社会人のアルバイトとレジを交代してスタッフルームに入っていったし、そろそろ着替え終わって出てくる頃なんだけど。
　店の奥からなかなか出てこない和泉くんにじれて、さっきから何度もうしろを振り返ってスタッフルームから出てこないか確認してしまう。
　今更とんでもないことをしてる実感がわいて急にハラハラしたり、胃がチクチク痛みだしたり、なんだか気持ちが落ち着かない。
　太ももの上でぎゅっと両手を握り、はーっと深いため息を漏らす。
　人のことなのに、まるで自分のことみたいに緊張してる。
　退勤時刻が過ぎても店の奥から出てこないってことは、今頃綾乃先生の手紙を読んで、どうしようか考えてる最中なのかも。
「……和泉くん、怒ってるかな」
　ポツリとつぶやき、キャラメルラテをスプーンでかき混ぜる。
　注文したはいいものの、ほかのことに気が集中して飲む気になれず、放置している間にすっかり冷えてしまった。
　ホイップクリームをスプーンですくい、ぱくりと口に含む。甘くて、甘くて、でもカフェインはほろ苦くて。

「勝手なことして嫌われちゃったかも……」
　自分自身で決めたことなのに、不安でしょうがない。
　いくら和泉くんのためを思ってしたことでも、当の本人が望んでいなければ迷惑でしかなくて。
　せっかく仲良くなれたと思ったのに、また一から振り出しに戻ってしまうかもしれない。
　そんな心配に取り憑かれていると。
「……誰も嫌わないから安心しろよ」
　うしろからポンと頭を叩かれて。
　ゆっくり振り返ると、そこには肩にスクールバッグをかけて、バイトのユニフォームから学校の制服姿に着替えなおした和泉くんが立っていた。
「いっ、和泉くん、今の独り言聞いて……!?」
「人に聞こえるような声で話してたそっちが悪い」
「うっ」
「どうせ唯のことだから、いつものネガティブ思考にハマってたんだろうけど。この程度のことで嫌うほど肝は小さくないから。……単純に、綾乃からの手紙読んでどうするか悩んでた」
　すっと目の前に差し出されたのは、先ほど渡した綾乃先生からの手紙。
　封筒には読まずに破ろうとした跡があって。
　どれだけ真剣に悩んで、和泉くんがこの手紙に目を通したのか伝わってきた。
「……どうするの？」

スツールに座ったまま、椅子を半回転させて和泉くんの方を向く。
　どんな決断を下すのか、今にも心臓が飛び出そうなくらいドキドキして。
　急に心細くなった私は、無意識のうちに和泉くんのシャツの裾をつまんでいて、真剣な表情で訊ねていた。
「和泉くんが嫌だったら私が綾乃先生に話をしてきちんと断ってくるよ。……その反対に、もしも、心に思うことがあるなら、直接本人に会って話した方がいいとも思う」
　ほかでもない和泉くん自身のために。
「どんなことがあっても私は和泉くんの味方だから」
　過去を引きずって後悔し続けるよりも、過去の傷を癒して前を向いてほしいから。
「だから、正直にどうしたいのか教えて……？」
　トラウマに向き合うのは怖い、けど。
　ほんの少しの覚悟と勇気さえあれば、大抵のことは克服できるんだって。
　私にそう教えてくれたのは、ほかでもない和泉くんなんだよ？
　見下ろされた状態で見つめ合うこと数秒。
　１秒１秒がとても長く、永遠に感じた時。
「綾乃と話してくるよ」
　和泉くんが、ふっと目尻を下げて。
「今までみたく逃げないで、アイツと向き合ってくる」
　ちょっぴり不安そうに。

同じくらい、何か決意した表情で。
「……アンタの背中押しといて、自分は逃げ腰とかカッコつかない上に説得力ないからな」
　和泉くんがくしゃっとした笑みを浮かべて、私の前髪を手のひらで軽く掻き乱した。
　その手がかすかに震えていることに気付いた私は、両手でそっと和泉くんの手を包み込んで「いってらっしゃい」と穏やかな眼差しで微笑んだ。
「……ん。いってくる」
　短く深呼吸して、和泉くんがくるりときびすを返す。
　その場に残された私は、和泉くんが店を出ていくまで彼の背中に温かなエールを送り続けていた。
　私に変わるきっかけを与えてくれた彼に、私も変わるきっかけを与えてあげたかった。
　背中を押すだけじゃなく、うしろから支えて見守っているから。
　頑張れ、和泉くん。
　きっと、綾乃先生に再び向き合おうと決意した瞬間に、和泉くんはまたひとつ強くなれたと思うから……。
　キャラメルラテをひと口飲んで口元をゆるめる。
　さっきは全然味がしなかったのに、今度はちゃんとおいしいと思った。
　不思議と和泉くんは『もう大丈夫』だって予感がした。

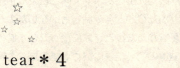

tear＊4

お母さんと食事会

　綾乃先生とようやく向き合えた和泉くん。
　ふたりがどんな話し合いをしたのかまでは聞かせてもらえなかったけど、家に戻ってきた時の様子を見てお互いに納得のいく結果に終わったのだなと感じられた。
　なぜなら、和泉くんの顔つきがとても穏やかだったから。
　長い間苦しんできたわだかまりが解けて気持ちも落ち着いたのか、憑き物が落ちたようにスッキリした顔をしていて。
　和泉くんの帰りを今か今かとリビングで待ち構えていた私は、玄関の方からドアが開く音がするなり、ワンコのように猛ダッシュで彼をお出迎えして和泉くんに噴き出されてしまった。
「だ、大丈夫だった……？」
　心配して訊ねる私に、和泉くんは優しい顔でうなずいて。
「唯のおかげでアイツと向き合えた。……ありがとう」
　大きな手のひらでくしゃりと私の髪を撫でてくれた。

　あの日から早くも約１週間が過ぎて。
　ミーン、ミンミン……。
　ジワジワジー……。
　蝉の鳴き声が響き渡る、７月25日の終業式。
　蒸し暑い体育館での全校集会を終えて、いよいよ明日から夏休み。

今日は午前中で授業がおしまいだったので、友達とファミレスでランチして帰ることになった。
「明日から夏休みだね〜！　陸上部の練習があるからほとんど休めないけど、授業がないだけ嬉しい〜っ」
　下駄箱で靴を履き替えるなり、両手を上げて万歳する千夏ちゃん。
「その分、課題も多いけどね」
　綺麗にネイルされた爪に息を吹きかけながら面倒そうにつぶやく美希ちゃん。
「８月に花火大会あるから、みんなでお揃いの浴衣とか着て見に行きたいな。ほかにも、都心の方までショッピングに行ったりさ」
　アウトドア好きな朱音ちゃんはウキウキした様子で遊びの計画を提案してくれる。
「市民プールも行ってみたいなぁ。あとは、前から憧れてたお泊まり会とか。こんなに楽しみな夏休みってはじめて」
　毎年、塾と習い事だけでスケジュールを埋められ、誰とも遊びに行けなかった私にとって、今年の夏は特別で。
　友達と遊ぶ約束を交わしただけなのに、こんなにも夏休みが楽しみになるんだって新鮮な喜びを感じていた。
　わいわいと明日からの計画を立てながら、みんなで校門前をくぐろうとした時。
「――久しぶりね、唯」
ふいに懐かしい声に呼び止められて。
「お母さん……？」

ピタリと足を止めて、おそるおそる顔を上げた私は、まさかの人物に目を見開き唖然としてしまった。
「今から大事な話があって迎えに来たの。ついてきなさい」
　私の友達に目もくれず、くるりときびすを返すお母さん。
　高いヒールの靴音を鳴らしながら向かった先は、路肩に停めた黒塗りのベンツ。
　付き人の運転手にドアを開けさせ、後部座席に乗り込むお母さんに、みんなは目を白黒させていて。
「唯のお母さんって何者なの……？」
　この場にそぐわないハイブランドの洋服に高級アクセサリーを身に付けたお母さんを見て、千夏ちゃんがぽかんと口を開けている。
「……っ、ごめんね。近いうちに必ず説明するから！」
　みんなに頭を下げて、慌ててお母さんのあとを追いかける。私が後部座席に乗り込むなり、即座にドアが閉まって。
「出しなさい」
　お母さんが運転手に命じると同時に発車し、そのまま首都高に向かって走りだした。
「お母さん、どうして急に……？」
　今までたいした連絡も顔見せもなかったくせに。
　突然現れて、私をどこに連れていく気なの？
　不信感が募り、怪訝な顔で質問したら。
「あなたは黙って言われたとおりにしていればいいの。これから大事な食事会に出席するから、くれぐれも相手方に粗相のないよう品良く振る舞ってちょうだい」

「食事会、って……。そんな話、ひと言も聞いてないよ」
「ええ。先方の都合に合わせて急きょ決まったものだもの。ああ、田宮。ホテルに向かう前にこの子を着替えさせたいから、先にいつもの店に寄ってちょうだい」
「かしこまりました」
　私を無視して運転手に行き先の変更を告げるとそれきり口を閉ざし、ノートパソコンで仕事しはじめるお母さん。
「……っ」
　久しぶりに会えたのに、それでも子どもより仕事を優先するの？
　いつだって私に背を向けて仕事に没頭してきたお母さん。
　彼女に認められたくて必死に言うことを聞いて、自分の意志すら殺して、操り人形のような生活を送ってきた。
　高校に入学してから一度も顔見せにこず、たまにかかってくる月に一度の電話も「居候先に迷惑をかけないように」って内容だけで、通話もすぐに切れてしまう。
　私の体調や、環境が変わったことによる生活の変化、友人関係について訊ねてきたことなんて一度もない。
　唯一、気にしていたのがテストの成績ぐらい。
　電話のあと、いつも塞ぎがちになる私に、恵美さんは「唯ちゃんのお母さんはね、ひとり娘に対して口下手なだけできちんと唯ちゃんのことを大切に想ってるわよ」って励ましてくれるけど……。
　そんなのありえない。今だって、こうして隣に座っているのに目すら合わせてくれないのがいい証拠だ。

最近、毎日が充実していて忘れていた。
　無言の圧力に心をなくしていく感覚。
　黒い渦のようなものが全身を取り巻いて息苦しくなる。
　お母さんから目を逸らして窓の外に目を向ける。
　……少しずつ、前向きに変われてるって思ってたのに。
　いざ、お母さんを前にしたら何も言えない自分が情けなくて、太ももの上でぎゅっと手のひらを固く握り締めた。

*　*　*

　まず先に連れていかれたのは、オシャレなセレクトショップ。高級ブランドを数多く取り扱っていて、一着の服の値段がうん十万するセレブご用達のお店だ。
　まずはそこでお母さんが選んだ服に着替えさせられて。
「試着した服をそのまま頂いていくわ。さっき着ていた制服の方を袋に入れておいてちょうだい」
　私の意見も聞かずに勝手に支払いを終わらせ、田宮さんに荷物を持たせて車に戻るお母さん。
「お嬢様、とてもお似合いですよ」
　置いてきぼりになった私に上品な装いをした店員さんが褒め言葉をかけてくれるけど、にこりとも笑い返せず、小さく会釈をしてお母さんの背中を追いかけた。
　シンプルだけど、シルク素材の生地を使用したノースリーブの黒ワンピース。首元にはダイヤモンドが加工されたネックレスを付けられ、靴の先にリボンが付いたゴール

ドのパンプスを履かされた。

　次に向かった先はヘアサロン。

　プロのメイクさんに化粧をほどこされ、髪形はハーフアップに結えられ、毛先をゆるく巻かれた。

　ネイリストさんに爪を磨かれ、淡いピンクのマニキュアを塗られ、ひととおりの準備が整え終わると、いよいよ待ち合わせ先の高級ホテルへ。

　いろんな場所を巡っているうちに、いつの間にか空は夕暮れのオレンジ色に染まりはじめていた。

　ホテルに到着してロビーに足を踏み入れると、目の前にはラグジュアリーな空間が広がっていた。

　こういう場所って昔からなんとなく苦手。変に緊張するし、人目が気になってそわそわしてしまうから。

　お母さんのうしろについてエレベーターに乗り、42階で降りる。

　着いた先は、フレンチレストラン。敷居の高そうなお店でドレスコードが必須となっているようだ。

「いらっしゃいませ」

「予約を入れてある青井です。あとから3人、合流する予定になっている」

「青井様ですね。すぐお席にご案内いたします」

　燕尾服を着たウエイターが入り口に現れ、店内の奥にある広めの個室に案内される。

　中に入ると、外に声が漏れないよう壁が防音になっていることに気付き、軽めのお食事会にしては不自然な場所に

連れてこられたことを悟った。
　４人掛けのテーブル席には真っ白なキッチンクロスが敷かれ、床はふかふかの赤い絨毯が敷かれている。
　高級感溢れる黒い壁に、天井に吊るされたシャンデリア。壁には豪華な額縁に収められた絵画が飾られていて、42階の窓から見渡す外の景色は絶景そのものだった。
「綺麗……」
　夕日に包まれた街を一望し、感嘆の息を漏らす。
「もうすぐ相手方が到着するから席に着きなさい」
「……はい」
　子どもみたく無邪気にはしゃいでいたら無機質なトーンで注意されて、しょんぼりとお母さんの隣の席に腰かけた。
　こんなに改まった場所で誰に会わされるんだろう？
　質問してもうまくはぐらかされたし、もやもやする。
　何よりもお母さんとの間に会話がないのが気まずくてしょうがない。
　よくよく考えてみれば、川瀬家に居候してから、なんだかんだで毎日みんなとお喋りするのが普通で、重苦しい沈黙を感じたことがなかった。
「……あの、ね。お母さん」
　いつもと変わらないテンションで話せば、お母さんとも会話が成立するのかな？
　わずかな期待を込めて、話しかけようとした――その時。
　コンコン、と静かに個室のドアがノックされて。
　お母さんが席から立ったのを横目に確認し、慌てて私も

立ち上がる。
　すると。
「ようこそお越し下さいました」
　室内に入ってきた男性にうやうやしく頭を下げるお母さん。
「いえいえ。こちらこそ今回のお話を前向きに検討していただけて感謝していますよ」
　ひとりは、お母さんと同じ年頃の紳士風の男性。
　オールバックに整えられた髪と、口元に生やした顎ひげ。
　彫の深い顔立ちの美形で、チャコールグレーのスーツを身にまとっている。
「お初にお目にかかります。息子の智也です。——智也、入ってきなさい」
「はい」
　父親に呼ばれて、個室に入ってきたもうひとりの男性。
　その人は私のよく知る人物で。
　嘘っ。美崎先輩がどうしてここに……!?
　ダークスーツに斜めにストライプ模様が入ったネクタイに黒い革靴。普段は制服を着崩しているけど、今はフォーマルにきっちり着こなしている。
「奥様、はじめまして。美崎智也です」
　スッとお母さんの前まで歩み寄り、深々と丁寧にお辞儀する美崎先輩。
　ゆっくり顔を上げると、目が合って。
「唯ちゃんは、俺のことよく知ってるよね？」

ニィーッと目を三日月形に細めて笑われた。
「唯、美崎社長と智也さんにごあいさつなさい」
「……っ、はじめ、まして。青井唯です」
　お母さんに鋭い目を向けられ、とっさに言うことを聞き、みんなが席に着いたタイミングで椅子に座りなおす。
「我が社と青井社長のブランドが提携を結べば国内での市場拡大はおろか、グローバル展開によりいっそう力を入れられる。御社のデザインは世界的にも評価が高くて、僕個人としても同じファッションデザイナーとして憧れているんですよ」
「こちらこそ、美崎カンパニーのような大企業にお褒めのお言葉をいただけて身にあまるような光栄ですわ」
　美崎先輩のお父さんと和やかに会話を交わすお母さん。
　どうやら、仕事に関する話みたいだけど……。
　なぜ、この場に自分達が呼ばれているのか疑問に感じていると。
「ふたつの会社を結ぶために、息子の智也と、青井社長のご令嬢である唯さんが婚約する。将来、ふたりが籍を入れた暁には『tear』を美崎カンパニーの中に吸収合併させて、うちのブランドとコラボしながら世界的に活動していこうとプランを練っているんですよ」
　テーブルに両肘をつき、手の甲に顎を乗せて穏やかに微笑む美崎先輩のお父さん。
　サラリと口にした「婚約」「結婚」という単語に頭の中が真っ白に染まって。

親達の会話が耳から遠ざかり、少ないキーワードから2家族で集まった意味を思い巡らせ、答えを導き出していく。
　話の内容を要約すると、今日、この場に両家が集まったのは「お見合い」の意味を兼ねた顔合わせで。
　自分達の会社を更に大きくさせるため、私と美崎先輩を政略結婚させようとしている……？
「この話を最初に頂いた時は驚きましたが、うちとしても個人的に有難いと思ってるんです。何せ、うちの娘は私と違ってファッションセンスが皆無(かいむ)に等しくて……。その分、勉学は出来るので、高校を卒業したら海外留学させて、経営学を学ばせてこようと思っているんです。噂にお聞きするところによると、智也さんの方は創始者の会長やご両親にまさらぬデザインをお描きになるそうで。表舞台で智也さんが活躍する分、うちの娘は裏方でしっかり守っていく。それが理想的なプランですよね」
　……やめてよお母さん。
　どうしてなんの断りもなく私の将来まで決めつけるの？
　私、ひと言だって会社を継ぐとも継がないとも言ってないじゃない。
　運ばれてきたコース料理を見ても、ちっとも食欲がわかなくて。
　まったく食べないのも失礼にあたるので無理矢理口に運ぶものの、ショックのあまり味がせず、ひと口飲み込むにも時間がかかる。
　そんな私の様子に気付いたのか、デザートのアイスを食

べ終えた頃、美崎先輩が紙ナプキンで口元を拭きながら、自分の父親にニッコリ笑って「少し、彼女とふたりきりで話をしてきてもいいかな？」と頼み込み、私をホテルの外に連れ出してくれた。

「いやー、終業式が終わった直後だっていうのに、急に都心の方まで連れ出されて参ったよね」
　外に出るとむっとした熱気に包まれ、空調の効いた場所にいた分、全身にしっとりと汗が浮かぶ。
　美崎先輩はジャケットを脱いで、ネクタイを片手で緩めると、ホテルの近くにあるオシャレなカフェに連れていってくれた。
「たぶん、そこまでお腹空いてないと思うから飲み物だけ注文してくるよ。適当に決めて大丈夫？」
「……はい」
　こくりとうなずき、席を場所取りに行く。
　ふらふらした足取りで窓際のテーブル席に着き、両手で頭を抱え深く項垂れた。
　どうしてこんなことに……。
　急展開に頭が追い付かない。
　私と美崎先輩が結婚？
　お互いの意思が通じ合ってるわけでもないのに、自分達の利益のために子どもを差し出すなんて最低すぎる。
　私に関することはなんでも自分で決めたがる人だったけど、ここまでされるなんて思いもしなかった。

なんだか裏切られたような気分だ。
「お待たせ」
　コトン……。
　テーブルの上にグラスに入ったアイスコーヒーを２つ置いて、私の向かいに座る美崎先輩。
「ありがとう、ございます……。あの、あとできちんとお金を払うのでいくらだったか……」
「いいからいいから。そんな細かいこと気にしないの。それよりも、さっきの様子を見た感じだと、俺と婚約の話が出てるって事前に聞かされてなかったの？」
「…………」
「なるほど。初耳だったわけか」
　テーブルの下で足を組み、納得したようにうなずかれる。
「美崎先輩は知ってたんですか？」
「もちろん。てゆーか、唯ちゃんって本来は別の高校を第１志望にしてたんでしょ？　でも、そこが落ちて、急きょうちの高校を受験するよう親に言われた──で、当たってる？」
「そう、ですけど……？」
「それね、俺が日和高校に通ってるから。ちなみに、政略結婚の話が持ち上がりはじめたのも、唯ちゃんが受験に失敗した頃」
「？」
「要するに、はじめから仕組まれてたんだよ。同じ高校に通わせて、ある程度顔見知りの仲になってから当人に婚約

の話を持ちかける。俺は前々からその話を聞かされてて、今年の春に唯ちゃんが入学してくる前から存在を知ってた。で、親から唯ちゃんと積極的に接触をはかるよう命じられてたってわけ。君が重度の人見知りだって噂に聞いたから、先に警戒心を解いておくよう言われてたんだ」

　はじめから私と美崎先輩が出会うよう仕組まれてた？

　政略結婚の話がスムーズに進むように計画されてたっていうの？

「ただひとつ、残念なことに、そっちの親御さんは大きな誤算を招いたけどね。当初の予定では高校でオレと唯ちゃんを出会わせて、ある程度親しくなってから婚約発表させようって安易に考えてたんだろうけど、青井社長は旧友の川瀬家に唯ちゃんを預けただろ？　そのせいで、君は俺じゃなくて和泉に惚れてしまった」

「……っ」

「でもね、悪いけどその恋は諦めてもらうよ？　お互い、子どもの頃から親の敷いたレールを歩いていく人生だって決まってたんだ。ふたつの会社を合併させて、事業を更に大きくしていくのが両親の夢なら、俺達はその期待に応えなくちゃいけない。そうでしょ？」

　表面こそ人当たりのいい笑顔を浮かべているものの、美崎先輩の目の奥はちっとも笑ってなんかいなくて。

　自分のことなのにまるで他人事のように淡々と説明する美崎先輩が怖くてブルリと身震いする。

　腕をさすって沈黙していると、更に言葉が続いて。

「最初にこの話を聞かされた時は、唯ちゃんの顔写真見てかわいかったからまあいいかなって程度だった。ぶっちゃけ、誰が相手でも俺に拒否権はないしね。……ただ、最近、いろんな唯ちゃんの一面を知って個人的に興味が湧くようになってからは、唯ちゃんが相手でむしろよかったって思うようになった」
「私に、興味……？」
「そう。俺のものにしたいなって思う程度には異性として好意を抱いてるってことだよ」
　回りくどい言い方だけど、これって告白……されてるのかな？
　相手が美崎先輩のせいか発言内容に信用が持てず、疑いの目を向けてしまう。
「けど、唯ちゃんは和泉が好きなんだもんね」
「……そ、れは」
「うん。でも、さっき言ったように和泉のことは諦めて」
「…………」
「——ただ、唯ちゃん自身はどうしたい？」
「え？」
「唯ちゃんの本音を聞かせてよ。内容によっては、この話を破談に持ち込んだっていい。もちろん、そっちの会社に不利益がかぶらないようフォローする」
　私自身はどうしたいか……。
　これまでお母さんの言いなりで、大事なことは全て一方的に決められてきた。私に発言権なんてなかったし、聞き

入れてくれるそぶりもなかったから。
　お母さんが決めたことは絶対。
　その考えは嫌というほど染みついていて、逆らうなんて選択肢はどこにもなかった。
「ちなみに、和泉はまだこの話を知らないよ。唯ちゃんが和泉に対する想いを貫いて親を裏切るのも、和泉を諦めて親のために俺のいいなずけになるのも、どっちも君次第だ」
「……っ」
「返事は３日後、あとで待ち合わせ場所を指定するからそこで聞かせてよ。こういう大事なことはあまり時間の猶予を与えない方がいいからね」
　美崎先輩はテーブルに片肘をついてニッコリ微笑み、究極の選択を迫ってくる。
　お母さんの期待を裏切るのか。
　お母さんの言うことを聞き入れて、このまま美崎先輩のいいなずけになるのか。
　どちらを選択しても困難なことに違いはなくて。
　与えられた猶予は、たった３日間。
　そこで答えを見出さなければ、私の未来は自動的に決まってしまう。
　急な話に思考が追い付かず、ただ呆然とグラスの中で溶ける氷を見つめていた。

選択肢と相談

　両親が離婚してから一度だけお母さんが泣いてる姿を見たことがある。

　意見の食い違いですれ違った夫婦生活。

　家庭を優先してほしかったお父さんと、軌道に乗ってきた仕事に力を注ぎたかったお母さん。

　家の中は常にケンカが絶えず、顔を合わせれば言い合いになることに辟易したふたりは他人に戻ることでそれぞれの人生を生きることを選んだ。

　後悔はしてない、とお母さんはハッキリ言ってたし、離婚してからは以前よりも更に仕事に力を入れて会社を大きくしていった。

　そんなお母さんが号泣したのは、離婚から数年後。

　お父さんから電話で再婚の報告を受けた日の夜だった。

　連絡を受けるまで自分の選択は間違ってないと信じ込んでいたのに。

　失ったものの大きさを痛感したのか、溢れる涙を止められず、ダイニングテーブルに突っ伏して子どものように泣きじゃくっていた。

　気が強くて頑固なお母さん。

　でも、弱いところもあるって知ってるよ。

　あの時、ドアの隙間から泣いてるお母さんを眺めていたけど、本当は「私がいるよ。大丈夫だよ」って言って抱き

締めてあげたかった。
　私へのスパルタ教育が悪化したのは、お父さんの再婚相手と張り合うため？
　それとも、自分の生き方は間違ってないと証明するためなのかな。
　親にとって子どもはどんな存在？
　私はね、私はお母さんのこと……。

＊　＊　＊

　婚約不成立か、政略結婚か。
　目の前に突き付けられたふたつの選択に答えが出せないまま早2日。残り1日の間に返事をしなくてはならないのに、どちらも裏切るわけにはいかない。
「どうしよう……」
　うつ伏せにベッドに横たわったまま、枕に顔をうずめてつぶやく。
　あれだけ楽しみにしてた夏休みなのに、出だしからブルーな気分で誰とも連絡取る気になれない。
　外にも行きたくなくて、この2日間、ずっと部屋にこもりっぱなし。
　心配する川瀬家のみんなには「夏風邪で少し体調を崩して……」と嘘をつき、食事も断っていた。
　ほとんど何も食べてないのにお腹が空かないし、考え事しようとすると頭が痛くなる。

熱中症対策に水分を取るくらいで、眠っている時間以外はベッドの上に体育座りをしてぼんやり過ごしていた。

　和泉くんと出会って、自分の気持ちを伝える大切さを知った。

　あくまで自分は自分。誰の言いなりになることなく、心のままに自由でいていいのだと。

　物理的にお母さんと離れて暮らしたことで気持ちに余裕が生まれはじめてたんだと思う。

　今の私なら、お母さんにも正直な思いを話せるかもしれない。

　けれど、小さな自信が芽生えた直後に、新たな問題がのしかかってきて、身動きが取れなくなってしまった。

　勝手に将来のことを決められていたのは困るし、許せないとも思う。

　でも、お母さんがどれだけ今の仕事を大切にして心血を注いできたか知ってるだけに、会社にとって利益のある政略結婚を無下に断ることも出来ない。

　それに、美崎先輩と婚約させようとしているのも何か思惑があってのことだと思うから。

　今でこそ会社が成功してるものの、そこまでたどり着くまでに多くの苦労や犠牲（ぎせい）を払ってきた。

　苦労人だけに、娘の私にはなるべく楽な道を歩ませてあげようとお母さんなりに考えてるに違いない。

　本人から直接聞いたわけじゃないけど、親子だからなんとなくわかるんだ。

「……なんて、自分に都合良すぎる考え方かな」
　枕を抱き締め、瞳を閉じる。
　真っ暗な視界。このまま無の状態で時間が過ぎてしまえばいいのに……。
「唯」
　無理矢理眠りにつこうとしたその時、コンコンと部屋のドアがノックされて。中に入ってきたのは、心配そうな顔した和泉くんだった。
「体調はどうだ？」
「……えっと、まだあんま良よくなくて」
　慌てて布団をかぶり、すっぽり顔を隠す。
　さっきまで泣いてたから目が赤く腫れてるし、髪の毛だってぼさぼさ。とてもじゃないけど、人前に出られるような格好じゃない。
「何日も寝込むまで体調悪いなら今から病院連れてくけど？」
「いっ、いい！　寝てればすぐ治るから」
「……薬も飲んでないくせに？」
「あ……」
　円形のローテーブルの上に置かれた薬とミネラルウォーターを一瞥し、棘のある口調で詰問される。
「昨日の夜、ココに置いといた分は放置で、その前の分は……やっぱり、ゴミ箱に捨ててたか」
「っ」
　ローテーブルの横に置かれたゴミ箱の蓋を開けて、ふぅと息を漏らす和泉くん。

「つくづく思うけど、アンタは嘘が下手すぎる」
　呆れたようにため息をつかれ、布団の中でびくりと肩を震わせる。
　せっかく心配して体調を気遣ってくれてたのに。
　軽蔑、されちゃったかな……？
「仮病だって丸わかりだけど、何があったわけ？」
「わっ」
　バサッと布団をめくられ、隠れ蓑をなくした私は金魚みたいに口をパクパクさせてしまう。
「……その目」
「み、見ないでっ」
　両手で顔を覆い隠す。
　ぼろぼろの状態を見られたことが恥ずかしくてショックを受けていると。
　――ギシッ……。
　和泉くんが片膝をついてベッドに乗っかり、私の手首を両手でつかんでシーツの上に縫いとめられてしまった。
「……っ、離して」
「泣いてる理由を説明するまで離さない」
　真剣な表情で見下ろされ、ごくりと唾を呑み込む。
『和泉のことは諦めて』
　ふいに2日前の美崎先輩の言葉がよぎって、胸がズキリと痛む。
　こんなに……こんなに好きなのに。
　はじめて人を好きになって、毎日が楽しいと感じるよう

になった。

 今の生活が一日でも長く続くことを願っていたのに。
『正式に婚約したら、唯ちゃんには川瀬家を出て実家に戻ってもらうよ。もともと俺と引き合わせるために日和高校に入学させたわけだし、目的が達成したならこっちにいる必要もないよね？　何よりも、和泉のそばにいられると困るし。唯ちゃんには俺の方から定期的に会いに行くから、心配しなくていいよ。寂しい思いはさせないから』

 美崎先輩のいいなずけになったら、この家を出て和泉くんに会えなくなる。

 和泉くんだけじゃない。

 千夏ちゃんや美希ちゃん、朱音ちゃんにも……。

 やっと出来た大切な繋がりを全て断つことになるなんて、そんなの耐えられないよ。

 でも……。
『よーく考えて？　仮に、和泉への想いを貫いたとしても、アイツは元カノを引きずってて、今も過去に縛られてる。恋愛対象外の唯ちゃんが努力したところでその想いは実らないんだよ？　今は好きになりたてで浮かれてるかもしれないけど、本気で好きになればなるほど苦しくなるだけだ』

 和泉くんがどれだけ真剣に綾乃先生と付き合っていたか知ってる。

 先日、やっと綾乃先生と向き合えた和泉くん。

 どんな話し合いをしたのか、双方が納得いく結果に終わったのか、その場にいたわけじゃないから詳細はわから

ないけど、きっと、いい方向に進んでいるはず。
　そう思わせるような、スッキリした表情を見て確信していた。
　ただ、綾乃先生とのわだかまりが解けてすぐにほかの誰かを好きになるかと聞かれれば、正直難しいと思う。
　少なくとも、今告白したら確実に振られる気がする。
『和泉を選ぶなら、俺の目の前で告白してもらうよ。どのみち、うまくいく可能性は少ないんだし、無駄に傷付くだけなんだから、大人しく言うことを聞いて俺のモノになりなよ』
　美崎先輩が下した条件。
　それは、婚約を断った場合、けじめとして和泉くんに告白しろというもの。
　その代わり、親達には破談の話をうまくフォローし、お母さんの会社とも付き合いを継続して損害を与えない。
　反対に、親の言うことを聞いて美崎先輩と婚約するなら夏休み明けに実家に帰され、和泉くんや友人達のそばにいられなくなる。
　どちらを選択しても苦しい結果に違いなくて。
「……言えないよ」
　眉間にしわを寄せて、苦痛に表情を歪める。
　泣きたくなんかないのに、右目からぽろりと涙が零れ落ちて、嗚咽を漏らして泣きじゃくってしまう。
　和泉くんは私の手首をシーツに押さえ込んだまま無言で見下ろし、静かな声で「なんで？」と質問してくる。

「お願い、ひとりにして」
「ひとりにしたら泣き続けるってわかっててほっとけるわけないだろ？」
「……ふっ」
「今のアンタ、こっちに越してきた頃みたいに心細そうな顔してる」

　すっと私の頬に手を伸ばされ、長い指先に涙を拭い取られる。
「……どうした？」

　小さな子どもをあやすように優しい手つきで頭を撫でて、私を安心させるために穏やかな表情で事情を聞きだそうとしてくれる。
「俺は唯の味方だから、困ったことがあるなら相談してほしい」

　和泉くんは優しいね。

　クールに見えて、本当は誰よりも心が温かい。
「和泉くん……」

　美崎先輩の条件を呑んだら、どっちにしても私は和泉くんのそばにいられなくなる。もしかしたら、二度と会わせてもらえなくなるかもしれない。

　明日、全ての答えが出る。

　なら、その前に一度だけ。たった一度でいいから、自分から和泉くんの温もりに触れていたい。
「……今度……落ち着いたら、ちゃんとわけを話すから。だから、今だけぎゅってしてもいい？」

返事を聞く前に和泉くんの広い背中に腕を回して抱きついた。
　和泉くんからほんのり香るシトラスの匂い。
　ほっと安心する香り。
「和泉くん。心配してくれてありがとう」
　ごめんね。私ってば、また被害者ぶって、自分の殻に閉じこもろうとしてた。
　それじゃ駄目だよね。焦ったり、泣いたりしたからって問題が解決するわけじゃない。
「私ね……、今目の前に大きな選択肢をふたつ用意されてて、どっちを選んだらいいのかわからないの……」
「？」
「早く答えを出さなきゃいけなくて、いっぱい悩んでるうちに眠れなくなって、不安で身動き取れなくなってた」
「…………」
「でも、はじめからひとりで解決しようとしてたのが間違いだったってことに今気付けた」
　和泉くんから体を離し、ベッドから起き上がる。
　手の甲で涙を拭い取り、気合いを入れなおすために両手で頬をぺちんと叩く。
「あのね、和泉くん。和泉くんが私の味方だって言ってくれて本当に嬉しかったよ」
　和泉くんの目を見て、ふんわり微笑む。
「和泉くんに出会えて本当によかった」
「唯……？」

「私、ちょっと出かけてくるね。友達のところに行ってくる」
　着替えるから、と断りを入れて部屋の外に出てもらい、寝間着から花柄のワンピースに着替えなおす。
「いってきます」
　和泉くんに呼び止められる前に急いで家を出た私は、駅に向かいがてら千夏ちゃんに電話をして、急きょ千夏ちゃんのお宅にお邪魔させてもらうことになった。

＊　＊　＊

「お邪魔します」
「どうぞどうぞ、狭い部屋だけど適当にくつろいで〜」
　午後2時。今から相談したいことがあると千夏ちゃんに連絡を入れたら「じゃあ、うちにおいでよ。人目気にしないでゆっくり話せるし」と家に招待してくれた。
　日和高校から徒歩30分のところにある閑静な住宅街。
　その中にある社宅の301号室が千夏ちゃんのお家だった。
「途中で道に迷わなかった？」
「ううん。スマホで地図を確認しながら来たし、駅から社宅の近くまでバスに乗ってこれたから」
　はじめて訪れる友達の家に今更ながら緊張。
　一応、来る前に駅前の洋菓子店で差し入れを買ってきたんだけど、どうやら家族の人は全員留守みたい。
「これ、よければ家族の人と食べて」

「わーっ、わざわざありがとね。てゆーか、これってマカロン？　超嬉しいんですけどっ」
　差し入れの袋を受け取り、わーいと大はしゃぎする千夏ちゃん。
「前に『まだ食べたことないから、一度は食べてみたい』って言ってたの思い出して。喜んでくれてよかった」
「差し入れももちろんだけど、唯があたしの言ってたことを覚えててくれたのが一番嬉しいよ。本当にありがとう！」
　さあ上がって、と千夏ちゃんの部屋に通され、ローテーブルの前に座らされる。
　元気いっぱいな千夏ちゃんらしいカラフルなお部屋は、まるで外国の子ども部屋みたい。
　壁に飾り付けされたフラッグガーランドや外国人女優のポスター。棚の上のコルクボードには、前に４人で撮ったプリクラや、ポップな絵葉書が貼られている。
「ごめんね〜。あたしの部屋、いろいろうるさいでしょ？　昔から外国っぽい部屋の作りが憧れでアレコレいじってたら、どんどん派手になっちゃって」
「ううん。すごくかわいくて素敵だよ。雑貨屋さんにいるみたい」
「へへ。ならよかった。本当はガーリーな感じにしたいんだけど、あたしのキャラ的に清楚カラーって似合わないじゃん？　だから、今は今のあたしに似合う部屋で過ごすって決めてるんだ」
　前にアパレルショップの店員になりたいとも話してたし、

千夏ちゃんはオシャレなものが好きなのかも。
「それよりも、さっきから気になってたその目。だいぶ泣いたあとでしょ？　ちょっと待ってて。冷やすもの取ってくるから」
　すっくと立ち上がり、千夏ちゃんが部屋から出ていく。
　キッチンに向かったのか、冷蔵庫を開け閉めする音が聞こえてきて。
　パタパタと急ぎ足で部屋に戻ってきた千夏ちゃんは、ローテーブルを挟んで向かいに座るなり「はいっ」と冷却枕を差し出してきた。
「ひとまずこれで目元を冷やす。で、悩みがあるなら今すぐ全部ぶちまける」
「千夏ちゃん……」
「ぶっちゃけると、唯があたしを頼りにしてくれて今めちゃめちゃ嬉しいんだ。そんで、同じくらい何があったんだろうって心配してる。嫌じゃなければ、話聞かせてもらえないかな？」
　さっきの和泉くんと同じ、心配した表情。私を気遣ってくれる千夏ちゃんの優しさに胸が温かくなって。
　いろんな人に迷惑をかけて申し訳ない気持ちと、ありがたい気持ちで再び涙が込み上げそうになる。
　千夏ちゃんなら大丈夫。
　高校に入ってから出来たはじめての親友。
　彼女になら信頼して打ち明けられる。
「実はね……」

勇気を振り絞って、今までのことを全て話した。
　複雑な家庭事情や、お母さんの会社について。
　和泉くんと出会った日のことや、日和高校に通うようになった経緯。
　川瀬家に居候するようになった事情。
　内向的な自分の性格に悩み、人付き合いに苦しむ私の背中を和泉くんが押してくれたから、千夏ちゃんに話しかける勇気を持てたこと。
　和泉くんと綾乃先生の深い過去。
　そして、2日前に突然知らされた美崎先輩との婚約話。
　お互いの合意を得たものではなく、大人達のメリットを優先した政略結婚であると知りショックを受けた。
　更に、追い打ちをかけるように美崎先輩から突きつけられたふたつの条件。
　婚約の話を断る場合は、美崎先輩の目の前で和泉くんに告白して、母親を裏切ることになる。
　反対に、受け入れた場合は、もうこれ以上和泉くんに会えなくなるよう私は実家に戻され転校させられる。
　どちらを選べばいいのかわからず、重たい話を聞かされるのは迷惑だと思いつつも、千夏ちゃんに相談に乗ってもらいたくてここまで来たこと。
　何時間にも渡って説明するうちに、すっかり日が暮れて空は暗くなりはじめていて。
　全ての話を聞き終えた千夏ちゃんはぷるぷると肩を震わせて本気で怒ってくれた。

「いやいやいやいや、唯の親も美崎先輩もみんな唯の気持ちを丸無視しすぎでしょっ。自分達の都合ばっか押し付けて、全然こっちのこと考えてくれてないじゃん!!」
　ローテーブルの上をバンバン叩き、『ありえない』を連呼する千夏ちゃんは、眉間にしわを寄せて真っ赤な顔で憤慨してる。
「唯はモノじゃないんだよ!?　そりゃ、ずっと憧れてたファッションブランドの社長だし、唯の母親だからあんまり悪く言いたくないけどさ。仕事にかまけて子どもを放置してるくせに、スパルタ教育だけは熱心とか本当ムカつく。うちらは大人の言いなりになるロボットじゃないっつーの!」
　喜怒哀楽が激しくて感情表現豊かな千夏ちゃんが、自分のことのように怒ってくれている。
　ずっと心の奥底でためてきた不満をダイレクトに口にされ、不覚にも涙腺が緩んでしまった。
「唯はさ、人よりも繊細で優しいから、思ってることをその場ですぐ声に出せないだけでちゃんといろんなこと考えてるってわかってるよ？　あたしだけじゃなく、美希も朱音も……話を聞いてる限り、和泉先輩だって」
「っ……ごめん、千夏ちゃん……自分のことなのに、うまく言葉に出来なくて」
「こら、謝らないの。むしろ、もっと早く聞き出してあげればよかった。基本的にあたしはノー天気な性格だから、ストレスため込む前に相手に直接言いに行くけど、唯はそうじゃないじゃん？　まわりのこと考えて、どの選択が正

しいのかじっくり思案してさ。短気なあたしからしてみたらうらやましいよ」
　にっとはにかみ、泣きじゃくる私の前にティッシュの箱を差し出してくれる。
「そんなことないよ……。私は大人しく人の言うことを聞いておけば、波風を立てずに事態を丸く収められるって、いつも楽な方に逃げてた」
　私は千夏ちゃんが言うようないい子じゃない。
　相手に不満を抱いても何ひとつ反論出来ず、都合良く言いなりになっているだけ。
　自分の気持ちと向き合うのは怖い。
　どうしたいのって聞かれると頭が真っ白になる。
「……本当の私は人の顔色をうかがってばかりいる臆病者なんだよ」
　泣くのをこらえながら弱くて汚い心の内側を曝け出すと。
「でもさ、今の唯は違うじゃん？」
　お日様みたいに明るい笑顔を浮かべた千夏ちゃんがニッカリ笑って、私の体をぎゅっと抱き締めてくれた。
「今話してたのは、ちょっと前までの唯。今あたしの目の前にいるのは、そんな自分を変えたくて一生懸命人と向き合う努力をしてきた唯だよ」
「っ」
「少なくともあたしは唯の変化を間近で見てきたつもりだよ？　確かに最初は人見知り全開でビクビクしてたけど、今なんて真っ直ぐ人の目を見て自分の気持ちを話せてる

じゃん」
「うう……っ」
「あはは。好きなだけじゃんじゃん泣きなよ。てか、あたしまでつられて涙出てきたしね。……唯が本音を打ち明けてくれて、すごく嬉しかったみたい」

　私の背中を優しくさすりながら、千夏ちゃんがずっと鼻を啜る。

　本当の自分を曝け出すのは怖くて怖くて仕方がない。

　もし、相手に素の自分を受け入れてもらえなかったら、拒絶されたらと不安に陥ってしまうけど。

　けれど、自分の存在を認めてもらえることはそれ以上に嬉しいことだから。

「大丈夫だよ、唯。これはあたしの持論なんだけど、人はピンチに追い込まれた時こそ明るい方に物事をとらえたらいいと思うんだ。ほら。よく『ピンチはチャンス』って言うじゃん？　今からさ、美希や朱音もうちに呼んでみんなで明日の作戦会議をしようよ！」
「いいの……？」
「いいに決まってんじゃん！　友達なんだからっ。4人でアイディアを出し合えば、きっと解決策が見つかるよ」

　私の肩に両手を置いて、千夏ちゃんが「ね？」とはにかむ。つられるように私も自然と笑顔になって。
「うんっ」

　力強くうなずき、心の中で大丈夫だって何度も言い聞かせた。

きっと、どうにかなる。
　例え、望みどおりにいかなくても、なるようにしかならないんだ。
　最後まで諦めずにあがくことは決してカッコ悪いことじゃない。
　ひとりで煮詰まるなら、信頼出来る人達に頼ればいい。
　助けてもらった分はあとから倍にしてお返ししてさ。
　お互いを支え合って、友情を育んでいければ、もっともっと親しくなれる。
　相談に乗ってくれる友達がいる。
　それだけで十分、私は幸せ者じゃないか。
「今、美希と朱音にメールしたら、ふたりともすぐうち来るって！　本当みんな唯のこと大好きなんだから」
　スマホ画面を表示させて、なぜか得意げに胸を張る千夏ちゃん。
「千夏ちゃん、ありがとう……」
「いいのいいの！　てかさぁ、ふたりにも言ったんだけど、どうせなら今晩うちに泊まってきなよ。ちょうど結婚記念日で両親も旅行に出かけてるし、気兼ねしなくていいからさ。唯も前にお泊まり会が夢だったって言ってたじゃん？」
　そうと決まれば部屋の片付けだーっ、なんて千夏ちゃんが意気揚々と叫んで、押し入れから掃除機を出してくる。
「嫌なことばっか浮かぶ時は体動かして掃除に限るってね。唯も一緒に片付け手伝って」
「ふふっ、了解」

ポジティブな千夏ちゃんのそばにいたら不思議と気分が明るくなって、さっきまでの憂鬱な気分が少しずつ薄らいでいく。
　……そっか。
　ひとりでなんでも解決しようとするから、どうしたらいいのか余計わからなくなってドツボにハマってたんだ。
　自分以外の人から客観的なアドバイスをもらうことで視野が開けてくるというか。
　そこまで深く悩まなくてもいいんだよって、単純に気付かせてもらえた気がする。

　それから、1時間もしないうちに美希ちゃんと朱音ちゃんが駆けつけてきて。
「唯っ、千夏からメールもらって急いで来たよ！」
「青井ちゃんの緊急事態って報せを受けて部活途中で抜けてきたっ」
　合コンをほっぽりだしてきた美希ちゃんと、部活を抜けてきた朱音ちゃんが、なぜだか千夏ちゃんの部屋を念入りに掃除する私を見て、呆然。
「おっ。やっと全員揃ったね！　じゃあ、まずは何が起こったのか、唯の口からひとつずつ話してあげて」
　千夏ちゃんは全員分の座布団を床に敷いて、みんなが腰を落ち着けるなり私に話しだすよう促してくれる。
　3人の目を順番にゆっくり見て深呼吸。
　——大丈夫。こんなに親身になって心配してくれるみん

なになら打ち明けられる。
「あのね……」
　自分のことを話すのはまだ緊張するし、反応を気にしておびえてしまう部分もある。
　でもね、みんなと正直な気持ちで向き合っていきたいから。
　これは、はじまりの大きな一歩なんだ。
　その日の夜は千夏ちゃんの厚意に甘えて、急きょお泊まり会を開くことになった。
　私の話を聞いて、衝撃を受けたり、一緒に泣いてくれたり、みんなの反応はそれぞれで。
　全員で明日のことを考えて、ひとりずついろんなアイディアを出してくれた。
　みんな……私のためにありがとう。

　たくさん泣いたあとは、みんなで近所のコンビニに夜ごはんの買い出しに行って、とくにスナック菓子をたくさんカゴに詰め込んだ。
「今日は親がいないから無礼講だ〜っ」
「無礼講って、お酒を飲むわけでもあるまいし」
「しっ。高木ちゃんは本気なんだから、そういうことにしといてあげようよ」
　コンビニを出るなり、両手に持ったお菓子入りの袋を頭上に高々と掲げて、千夏ちゃんが上機嫌で叫ぶ。
　鋭い突っ込みを入れる美希ちゃんに、まあまあとなだめ

る朱音ちゃん。
　4人で歩くコンビニの帰り道はなんだかとても新鮮な感じがして、子どもの頃の遠足みたいにわくわくした。
　濃紺の星空に輝く綺麗な満月。
　みんなで笑い声を上げて歩く帰り道。
「唯！　何があってもあたしは唯の親友だからねっ」
「いくら親がすごい人だってそんなの関係ない。唯は唯なんだから、自分の思ってること全部ぶちまけちゃえ」
「せっかく仲良くなれたんだもん。もっと一緒にいたいよ」
　千夏ちゃん、美希ちゃん、朱音ちゃん……。
　それぞれの言葉が胸に響いて、じんわり胸が熱くなる。
「うんっ」
　満面の笑みで返事をしたら、3人も嬉しそうに笑ってくれて。
　その瞬間、心の底から思ったんだ。
　大切な友達がいる。
　それだけで、こんなにも人は勇気づけられるんだって。
　同じくらい、大好きな和泉くんの存在が心の支えになってることにも気付いて、温かな感情に包まれた。

　夜9時。
　千夏ちゃんの家で順番にお風呂に入っている間に、こっそりと外に出て和泉くんに電話をかけた。
「もしもし、和泉くん？　今日ね、友達の家でお泊まり会することになったの。連絡が遅くなってごめんなさいって

恵美さんに伝えてもらってもいいかな……？」
『……なんか昼間より声が明るくなった？』
「ふふっ。そうかもしれない。悩み事を友達に相談してたら、もやもやが吹き飛んじゃった」
『よかったじゃん』
　通話口から、和泉くんがかすかに笑った気配を感じて苦笑する。今、ほっと息を漏らしたの、聞こえたよ。
　和泉くんも私のこと心配してくれてたんだね……。
『――でも、なんだろな。いいことなのに、なんか複雑』
「え？」
『唯が頼るのは真っ先に自分だろうって過信しすぎてた』
「和泉、くん……？」
　思わせぶりなひと言にドキンと胸が反応する。この言葉に深い意味なんかないのに、なに勝手に期待してるの。
『うち来てから、アンタがいない夜って今日がはじめてだけど、けっこう寂しいもんだな』
「寂しいって、どんなふうに？」
『……娘を持った父親的な？』
「あはは、何それ」
　クスクス笑い、玄関のドアに背中をもたせかける。
　さっきまでの期待がちょっぴりへこんだけど、和泉くんに私がいなくて寂しいと感じてもらえただけで十分嬉しいや。
「ねえ、和泉くん。何も聞かずに『頑張れ』って言って？」
　和泉くんの言葉があれば私は頑張れる。どんなにつらい

ことがあっても乗り越えられる気がするの。
『会話の流れがよくわかんないけど……、頑張れ』
「ありがとう」
　夜空に浮かぶ満月を仰ぎ見て微笑む。
　和泉くんの声が、どこまでも深く心に染み渡っていくようだった。

　本音から逃げてたって、どこにも抜け道なんか見つからない。
　どこを向いても真っ暗な道を歩くのは不安だし、怖いけど。
　前でもうしろでもどっちだっていい。
　私が歩いた跡に道が出来るなら、それが全てなんだ。
　傷付く前に傷付くことを恐れないで。
　立ち止まっていたらどこにも進めない。
　だから、ほんの少しの勇気を出して。
　──頑張れ。

タイムリミットと決断

　美崎先輩に返事をする当日の朝。
　千夏ちゃん達に駅まで見送られ、電車に乗ってひとりでやってきたのは、前日の夜に美崎先輩からメールで指定された都内の高級ホテルだった。
　先日訪れたホテルと同じ場所で、スーツを身にまとった美崎先輩がラウンジで私のことを待っていた。
「やあ。よく来てくれたね」
「……おはよう、ございます」
「お。今日は白のワンピースなんだ。胸下の折り返し部分に付いたリボンと裾のフリルがかわいいね。それ、お母さんのブランドの新作でしょ？」
「よくわかりましたね」
「一応、ファッションに関する情報は頭に叩き込んでるからね。それに、唯ちゃんと将来結婚するなら『tear』の代表もオレが務めることになるし、当然でしょ」
「…………」
「さ。入り口で立ち話をするのもなんだし、移動しようか」
　スマートな動作で私の腰に手を添え、エレベーターに向かう美崎先輩。
　彼にエスコートされるまま、着いた先は42Fの展望レストラン。この前と同じように個室に通された私達は、テーブルに向かい合って座り、コース料理が運ばれてくるのを

待っていた。
　美崎先輩は片肘をついてニコニコしてるけど、私はずっと真顔のまま。
「本当は3日前と違う場所を指定しようかと思ったんだけど、唯ちゃんが道に迷ったら困るから、同じところにしたんだ。ここ、駅から近くてわかりやすかったでしょ？」
「はい……」
「ははっ。そんなに暗い顔しないでよ。ひとまず、食事を楽しんで、そのあとゆっくり話そう」
　無言でうなずき、うつむく。
　場を盛り上げようと積極的に話題を振ってくれる美崎先輩に愛想笑いを浮かべて相づちを打つものの、会話の中身が頭に入ってこず、右から左へすり抜けていく。
「お待たせいたしました。こちら、前菜のフレンチサラダでございます」
　燕尾服を着たウエイターさんが料理を運び込み、テーブルの上にコトリとお皿を置く。
「まずは、食事を楽しもうか」
「はい」
　食事が始まると美崎先輩も黙り込んで、重たい沈黙が私達を包み込む。
　前菜から順番にメニューが運び込まれ、ラストのデザートを食べたところで食事は終了。ナプキンで口元を拭き、静かに手を合わせた。
　この前も思ったけど、やっぱり美崎先輩って育ちがいい

んだなって、食事中の上品なナイフとフォークの使い方を見てそう感じた。
「……美崎先輩は、子どもの頃から親の会社を継ぐつもりだったんですか?」
「自分の意志というより、生まれた時からそれが決定事項だったってだけだよ。たまたまひとりっ子だったしね」
「…………」
「幸い、うちの両親はひとり息子に甘くてね。跡取りになることを条件に、大学までは自由にさせてくれてるんだ。地元から出たくないって言えば、タワーマンションの一室を与えてひとり暮らしさせてくれるし、行きたい高校に通わせてもらえる。まわりの奴らと違って、将来の就職先を気に病む必要もないし、息子ってだけで安泰のポジションを与えてもらえるんだから気ままなもんだよね」

三日月形に目を細めて、ニッコリと笑う美崎先輩。

不自然なつくり笑顔に違和感を感じて、思わず首を傾げてしまう。
「両親についていかないで地元に残った理由は……?」

私の問いに、一瞬だけ顔を強張らせ、すぐまた元の笑顔をつくりなおす。
「すごく誤解を与える言い方をすると、和泉がいるからかな」
「?」
「俺ね、今はこんなんだけど、子どもの頃は内向的な性格とこの女顔せいで一部の男子からからかわれてたんだ。軽い

いじめっていうか、今思えばそこまでひどくもなかったんだけど、当時はすごい嫌で。——その時に、オレを助けてくれたのが和泉だった」

　美崎先輩の口から語られた過去。

　小学生の頃、男子達から容姿のことをからかわれて泣きそうになっていると、和泉くんが無言のまま本の角でいじめのリーダー格の頭を叩いて。

　周囲が静まり返る中、和泉くんはリーダー格の男子をにらみ上げて『図書室で騒ぐな』と一喝したという。

「たまたま昼休みに図書室で授業の資料に使う本を探してたらいじめっ子達に囲まれてさ。急にどついてくるし、『なよっちい男女(おとこおんな)』とか馬鹿にしてくるし、さすがにやんなってたら、和泉が本の角で相手の頭をゴツン！　普段、クールですましてるだけに本気で怒ったらマジで怖いのな。みんなビビッて一目散に逃げてったよ」

　当時のことを思い出しているのか、片手で口元を覆いながらクスクス笑っている。

「で、和泉もオレに向かってひと言『男なんだから、泣くぐらいならやり返せば？』って呆れた感じで言ってきて、そのまま席に戻って読書再開してんの。その一連の対応がすごいクールっていうか、カッコ良く見えちゃってさ。そこから、和泉に懐いて、中学・高校ってアイツのうしろを引っ付いて回ってた」

「美崎先輩は和泉くんのことが大好きなんですね……」

　素直に感じたことを口にすると、美崎先輩が意外そうに

目を丸めて。
「言われてみればそうかも。男同士でアレだけど」
　って、ほんの少し照れくさそうに苦笑していた。
　けれど。
「……でも、だからこそ、綾乃ちゃんみたいに和泉を傷付ける人間が許せないし、唯ちゃんにも中途半端な気持ちで和泉に近付いてほしくないんだ。アイツの友人として、深く傷付く姿はもう見たくないから」
　美崎先輩の瞳の色が陰り、数秒の沈黙が流れたあと。
「本題に戻って質問するよ。——君はどっちの答えを選んできたの？」
　真剣な表情で問われ、ゴクリと唾を呑み込んだ。
「親を裏切って片思いを貫くのか、俺と政略結婚して一生親の言いなりなのか。さあ、どっちを選ぶ？」
　どちらを選択してもつらい結果に変わりはなく、この３日間迷いに迷った。
　和泉くんにたくさん心配かけて、友達に協力してもらって、たくさん悩んだ末に導き出した答え。
　それは——。
　カタンと椅子から立ち上がり、美崎先輩の横に立つ。
　短く息を吸って、吐いて。
「美崎先輩の前で好きな人には告白しません」
　キッパリ告げる私に美崎先輩派は満足したようにうなずいて。
「じゃあ、大人しく親の言いなりになって、俺と婚約する

んだね?」
　ゆっくり席を立ち、私を正面から抱き締めようとしてきた。
　その手をひょいとかわし、うしろに下がる。
　拍子抜けしたように目を丸くする美崎先輩に、私は首を振って笑顔で応えた。
「いいえ。お母さんの言いなりになるつもりもないし、美崎先輩とも婚約しません」
「は?」
「私の人生は私が決めます。約束どおり『彼』には告白します。ただし、人前では嫌です。だって、はじめての告白なんですよ?　ただでさえ緊張するのに、その場に美崎先輩がいたら思ってることの半分も伝えられません。それに、伝えるタイミングも自分で決めたい。告白ってそういうものじゃないですか?」
「それは要するに?」
「美崎先輩の条件をそのまま全て呑むことは出来ません」
「……なら、母親の会社が危なくなってもいいってことかな?」
　怪訝な顔つきで眉根にしわを寄せる美崎先輩に「違います」と即答する。
「お母さんは一から努力して会社を大きくしてきた手腕の持ち主です。人一倍努力家だし、仕事一筋で真面目な人だから、美崎先輩がちょっとやそっとの妨害をしたところで潰れるほどやわな神経はしてません。逆に、美崎カンパニーと繋がりを断つことによって、そっちの会社がお母さんに

食われちゃいますよ？　……ね、お母さん？」

　ドアの方に呼びかけ、外で待機してもらっていた人物に中に入ってもらう。

「なんで……ふたりがここに」

　個室に入ってきた人物を見て、美崎先輩が唖然とする。

　今日、ここへ来る前に無理を言って呼び出した──お母さんと和泉くん。

「美崎先輩には申し訳ないけれど、デザートが運ばれてくるタイミングでふたりに個室の外に移動してきてもらったんです。私達の会話が聞こえるように、扉の前で待機してもらっていました」

　ふたりに向かって微笑みかけると、お母さんはバツが悪そうに目を逸らし、和泉くんは相変わらずの無表情でその場に立ち尽くしていた。

　──そう。

　今朝、美崎先輩から待ち合わせ場所を指定された私は、すぐさまお母さんと和泉くんにそれぞれ連絡して、12時頃にホテルに来てもらえるようお願いしていた。

　最初は会議があるからと断ろうとしていたお母さんに「どうしても来てほしいの！　お願いしますっ」と電話口で必死に頼み込み、なんとか仕事を抜けてきてもらった。

　渋々といった感じだったけど、来てくれて本当によかった……。

　和泉くんにはメールでホテルのURLを送り、とある事情でひとりで帰れなくなったから迎えに来てほしいと嘘の

呼び出しをかけた。

　そして、美崎先輩と合流する１時間前にホテルのラウンジでふたりと落ち合い、事前に話していたのだ。

　これから、美崎先輩とふたりで会食する。その時に、私達の会話を途中から個室の外で聞いていてほしいと。

　個室の前に立つタイミングは店員さんにお願いしてあるから、ふたりはお店の人に呼ばれたら指定した場所に来てほしい。

　詳細は全てが終わったあとに必ず説明すると約束して、ふたりには一旦別の場所で待機してもらい、頃合いを見計らってから展望レストランまで来るようお願いしていた。
「……唯、これは一体どういうことなの？　あなたの言うとおり、話を全て聞かせてもらったけど、智也さんと裏で何を交渉してたの？」

　政略結婚を目論んでいたふたりが勝手に裏取引していたことに動揺を隠せないのか、お母さんはめずらしく取り乱した様子で私に詰め寄ってくる。
「見てのとおりだよ。美崎先輩は、このまま黙って親の言いなりになるのか、それとも反論して自分の人生を自分で切り開いていくのか、私に自分で選ぶ『チャンス』を与えてくれてたの。そうですよね、美崎先輩？」

　美崎先輩ににっこりと笑いかけると、意表を突かれたように驚いた顔をされて。

　それから、イタズラっぽく口端を上げて「バレてたか」と苦笑された。

「まあ、全部が善意ってわけでもないけど。俺と同じように将来の道を決めつけられて窮屈そうにしてる唯ちゃんを見てたら放っておけなくてさ。たまたま俺は親が用意した道に納得してたけど、君はそうじゃないでしょ？　上から押さえつけられて、有無を言わせず言うことを聞かされそうにされてて見過ごせなかった。あとは、さっき言ったように和泉に対する気持ちが本気かそうじゃないのか見極めたかったからだよ」

　和泉くんに意味深な視線を送り、美崎先輩が降参と言わんばかりに両手を上げる。

「美崎。最近、唯の様子がおかしかったのはお前が原因か？」
「うん。今の話を聞いてて気付いたろうけど、俺と唯ちゃんは政略結婚させられそうになってたんだよ。俺的には唯ちゃんかわいいし、いいかな〜とも思ったけど、相手が無理してるならやっぱり躊躇するでしょ。何よりも、めずらしく和泉がそばに置きたがってる子だし。なので、唯ちゃんには『ある条件』をつけて婚約破棄する話を持ちかけてたんだよ」

　けろりと白状して、和泉くんの元へ歩み寄る美崎先輩。

　正面に立つなり、ニッコリ微笑みながら「機嫌悪くしたなら殴っていいよ？」と言うと、和泉くんはなんの躊躇もなく美崎先輩の襟元をつかみ上げて。

　拳を振り上げ、顔面に殴りかかろうとしたすんでのところでピタリと手を止め、はあと深いため息を零した。

「……今、唯達の前でやることじゃないから、あとでガッ

ツリ殴らせてもらう」
「おお、こわっ。相当キレてるねぇ～」
　怒りを抑え込む和泉くんに対して、美崎先輩は冗談ぽく肩をすくめておどけてみせる。
　一瞬、乱闘騒ぎが始まりやしないかと焦ったものの、なんとか落ち着いてくれてよかった。
　なんとなくその場のムードが和やかになりかけた時。
　それまで沈黙していたお母さんがわなわなと肩を震わせ、バンッと力強くテーブルを叩いた。
「待ちなさい！　婚約しないってどういうこと!?　先方に話も通さないで子ども同士の勝手なやり取りで破談にするなんて冗談じゃないわよっ。誰のためを思って必死にこの話を進めてきたと思ってるの!?」
　顔を真っ赤にさせて怒り狂うお母さん。
　今までの私なら、お母さんのひんしゅくを買うことを恐れてなんでも言うことを聞いてきた。
　お母さんに怒られたくない。
　怒られたら嫌われる。
　嫌われたら、どうしたらいいのかわからない。
　そんなふうに相手の顔色ばかりうかがって、ちっとも自分の意志を伝える努力をしてこなかった。
「お父さんと離婚して、母子家庭になってから、唯には何不自由ない暮らしを与えてきたでしょう？　着るものや食事、身の回りの生活品や、大きな家、一流の家庭教師に進学塾。全部全部、お母さんがあなたに用意してあげたもの

なのよ!?」
「……お母さん、でも私は」
「口答えしないで!!　やっと……やっと、唯にふさわしい大企業の御曹司と縁を結べそうだったのに。私と違ってファッションの才能がないあなたがどうやって会社を引き継いでいくっていうの？　アパレル業界の重要な地位を占める美咲カンパニーの御曹司なら、あなたの才能のなさをカバーしてなおありあまる業績をもたらせてくれるのよ？　ねえ、唯。お願いだから考えなおして。今すぐ智也さんに頭を下げてちょうだい。この縁談が流れたら、唯の将来は──」
「私の将来は私が決めるよ、お母さん」
「生意気言わないで!!　あなたをここまで育てるのにどれだけ苦労したと思ってるのっ」
「私はお母さんの操り人形じゃない……!!」
　めったに声を荒らげない私が大声を出したことにひるんだのか、ぐっと押し黙るお母さん。
　和泉くんと美崎先輩は私達親子を止めるべきかどうか目配せし合い、先に動こうとした美崎先輩の肩を和泉くんがつかんで首を横に振っている。
「はじめは、お母さんが喜んでくれるなら……って、通いたくない習い事や勉強をたくさん頑張ったよ？　友達と遊びたいのも我慢して、せっかく仲良くなれそうな子もお母さんが友達としてふさわしくないって言えば付き合いをやめて、教室ではずっと孤立してた。中学の時はいじめにだって遭ってたよっ」

「唯が……いじめ……？」
　はじめて知る事実にお母さんは驚きを隠せないのだろう。
　目が泳いで絶句している。
　お母さんの動揺が手に取るようにわかり、どれだけ娘の異変を感じていなかったのか思い知らされた。
「学校にも家にも居場所がなくて、心はいつもひとりきりだった……。何をするにもお母さんの許可が必要で、自由に遊びに行くことも出来なくて、ずっと窮屈だったよ。せめて、仕事の合間に……ちょっとした時間でも構わないから、お母さんが私との時間を大切にしてくれてたら、こんなに追いつめられたりしなかった」
　お母さんにひどいことを言っている自覚はあった。
　身を粉にして働いてきてくれたから、今の安定した暮らしがある。そのことには十分感謝してるよ。
　でもね……。
「お母さんのおかげで生活出来てるってわかってる。感謝もしてる。……けれど、その反面、お金持ちにならなくてもいいから、毎日親と顔を合わせてお喋り出来る普通の家庭を望んでた」
「っ」
　痛い部分を突かれたのか、苦痛に顔を歪めるお母さん。
　さっきまで鬼のような形相で怒っていたのが嘘みたいに傷付いた顔してる。
　普通の家庭を望んでた——これは、離婚する前、お父さんが何度も切実に訴え続けていた言葉だった。

お母さんの会社が軌道に乗って忙しくなりはじめた頃。
　幼い私は、日ごとに帰宅が遅くなる母親に寂しさを募らせ、赤ちゃん返りを起こしてしまっていた。
　毎晩ぐずり、家にいないお母さんのことを泣きながら呼び続ける。
　はじめは妻も仕事に専念したいだろうからと、家事と育児を両方支えて、毎日寝不足状態で仕事に向かっていたお父さん。
　連日続く娘の夜泣きと、忙しさを理由に家庭を顧みなくなる妻。
　もともとお人好しすぎるくらい温厚だったお父さんにもストレスがたまりはじめ、夫婦ゲンカが勃発するのにそう時間はかからなかった。
「……私もお父さんも、お母さんが外で働いて生き生きしてるのを見てたから、素直に応援してたんだよ。なのに、お母さんは仕事が忙しくなるにつれて、自分の方がお父さんより稼いでるからって態度が横暴になったり、私にも英才教育を押し付けてきて……仕事に関しては敏腕なのかもしれないけど、家族に対しては自分の意のままに操れる駒か何かと勘違いしてるんじゃないかなって疑問だった」
　働いてるから悪いって言ってるわけじゃない。旦那より稼ぐから家庭が壊れたともお父さんは思ってなかった。
　家族の関係が崩壊していったのは、みんなの価値観が少しずつズレて歪みが生まれたせい。
「離婚する前にね、私とお父さんでいつもお仕事を頑張っ

てるお母さんにサプライズをしてあげようって内緒で誕生日パーティーの計画を立ててたの」
「え……?」
「ふたりでデパートにプレゼントを買いに行って、部屋の飾りつけをして、お菓子の料理本を見ながら手作りケーキに挑戦したりして、ずっとずっとお母さんの帰りを待ってたんだよ。結局夜になっても、朝になっても帰ってこなくて、その間にお父さんが何度電話しても繋がらなかった」
　お母さんを喜ばせたいと張りきっていた私。
　全ての準備を整え、テーブルの上に並べた手作りのご馳走とケーキ。
　プレゼントの袋はあとからサプライズで渡すため、隣部屋のクローゼットに隠して、どのタイミングで持ち出そうかお父さんとウキウキしながら相談していた。
　ここ最近、いつもピリピリしてるけど、今日は笑顔で喜んでくれるはず。
　早くお母さん、帰ってこないかなぁ。
　けれど、何時間経ってもお母さんは帰ってこなくて、私はすっかり肩を落としていた。
　お父さんは必死で慰めてくれて、ぐずりだす私を子ども部屋に運び込んで熟睡するまであやし続けてくれた。
「お母さんは覚えてないでしょう?　誕生日の翌日の夜、仕事から帰宅した時に私達になんて言ったのか。連絡ひとつよこさなかったことを怒るお父さんに『あなたみたいに暇じゃないの。平社員は定時に帰れていいわよね』って。

私には『誕生日パーティー？　あらやだ。それなら、昨日仕事先で出かけた集まりにあなたとお父さんも連れていけばよかったわね。豪勢なホテルで一流のシェフが調理してくれるビュッフェ式の立食パーティーでね、ケーキもご馳走も食べ放題だったのよ。唯はおいしいものが食べたかっただけでしょう？』って……」

　どこか人を小馬鹿にしたように鼻で笑い飛ばしたお母さんにお父さんは激怒して。

　いい加減にしろって怒鳴り声を上げて、今までためてきた鬱憤をこれでもかってぐらいお母さんにぶつけていた。

　幼少時代、貧しい暮らしにコンプレックスを抱いていたお母さんは、仕事が成功するや否やリッチな暮らしに執着するようになり変わってしまった。

　身なりも、付き合う人間関係も、出かける場所もみんな一流にこだわって。

　いつしか、普通の暮らしを望むお父さんとすれ違い、ひとり娘の私は自分の欲望を叶えるための操り人形になっていた。

「……私ね、高校に入るまで、どんなにつらいことがあっても泣けなくなってたんだよ」

　知らなかったでしょ、とお母さんに相づちを送り、眉尻を下げて苦笑する。

「泣きたいのに泣けなくて、心がどんどん死んでいって、自分が何者なのかもよくわからなくなってた」

　私はなんのためにここにいるのか。

利用価値など関係なく、本当の意味でお母さんに必要とされているのか。
　全てに自信が持てず、自分の殻に閉じこもってばかりいた。
「でも、高校に入って……今ここにいる和泉くんや友達が私に教えてくれたんだ。私は私なんだって。自分が決めつけていただけで、心はいつだって自由だったんだよ」
　カツ、と一歩前に進み、正面からお母さんの顔を見据える。
　……ああ、こうしてお母さんの顔をじっくり眺めるのはいつぶりだろう。
　あんなに怖いと思ってたのに、目の前に立ってみたら、お母さんも私と同じひとりの人間で、恐れる必要なんてどこにもなかったことを思い知らされる。
「私は私がつくり出したお母さんの影におびえて勝手にビクビクしてた」
　お母さん、年を取ったね。
　濃い目の化粧をしてても目尻の小じわがハッキリ見えるし、年相応に老けていってるのがわかる。
「……よく考えてみれば、お母さんって言い方はきついけど、私に手を上げたことはなかったよね？」
　言葉の抑圧(よくあつ)がすさまじくて改めて考えたことがなかったけど、暴力でいうことを聞かせようとはしなかった。
「本当は、いつだって私に不自由な思いをさせないよう、女手ひとつで苦労しながら育ててくれてること、わかってたよ」
　きっと、お互いにいろんなことを見落としてて。

親子だけど知らない部分がまだまだあって。
　ぶつからなきゃいけない時は何度も訪れるかもしれないけど。
　今まで逃げてた分、真っ向から挑んでいくから。
　もう逃げないから、お母さんも逃げないで。
「お母さんが自分の夢を努力し続けて叶えたように、私も自分だけの目標を見つけて頑張りたい。選択肢のひとつとして『tear』のブランドを継ぐって気持ちもあるし、まだ10代だからいろんなことに挑戦したいって気持ちもある。……だから、今回の婚約の話を引き受けることは出来ません」
　強い意志を込めて、真っ直ぐお母さんを見つめる。
　そのまま深々と頭を下げて、正直な気持ちを伝えた。
　ふと顔を上げたら、入り口のそばに立つ和泉くんと目が合って、まるで「よくやった」とでもいうように柔らかく微笑んでくれた。
　ありがとう、和泉くん。
　和泉くんが見守っていてくれるだけで、こんなにも強くなれたよ。
　感謝の気持ちを噛み締めていると……。
「……っ、親の監視下から離れた場所で暮らさせたのが失敗だったようね」
　お母さんが私の腕を強引につかみ上げ、無理矢理個室の外へ引きずっていった。
　強い握力に眉をしかめ、痛みに声を上げる。

けれど、今のお母さんには私の声が届いていないのか、眉を吊り上げて憤慨しきっている。
　図星を突かれて何も言えなかったから？
　人前で恥をかかされたと思ってプライドが傷ついた？
「婚約が破談になる以上、あなたを川瀬さんのお宅に住わせることも、ランクの低い高校に通わせる必要もないわ。夏休みが明ける前に転校手続きをして海外に留学させる。そうすれば唯も目が覚めるでしょうっ」
「唯はアンタの道具じゃない……っ」
　レストランを出た直後。エレベーターの前まで連れ出された私を、うしろから追いかけてきた和泉くんが自分の方へ引き寄せ、お母さんをキッとにらみつけた。
　静かなフロアに響き渡る和泉くんの怒声。
　私を背中にかばい、お母さんと対峙する和泉くん。
「コイツの話に耳を傾けようともしないで、またアンタは上から娘を押さえつける気？　唯の自由を奪って、唯の意志を潰して、唯の気持ちさえ殺す気か！」
　込み上げてくる怒りをかろうじて抑え込んでいるものの、和泉くんの瞳は激しい怒りに燃えていて、小刻みに肩が震えている。
　ここまで本気で怒りをあらわにした姿を見るのははじめてだ。
「……和泉くん。確かに、ずいぶん娘はあなたの家にお世話になったわ。同じ家に暮らして情が湧くのはわかるけど、これはわたし達家族の問題なの。部外者は首を突っ込まな

いでちょうだい」
　忌々しげに暴言を吐き捨て、綺麗にネイルされた手で乱暴に頭を掻きむしるお母さん。
「ここまで言って通じないなら、アンタ親として終わってるよ。唯が今、どれだけの覚悟を持って打ち明けてるのかわかんないのかよ……っ」
「……っ、それは」
　お母さんは気まずそうに視線を逸らし、ぐっと黙り込む。
「あれだけ引っ込み思案だった唯が勇気を出してアンタに向き合ってるんだ。なら、そっちも娘と向き合うべきだろ？」
「和泉くん……」
　和泉くんの気迫に押されているのか、お母さんは何も言い返せずに下唇を噛み締めている。
　レストランの側で騒ぎ立てたから、周囲の店員さんやお客に注目されているのも口を閉ざす原因なんだと思う。
　いつどこで誰が見ているかわからないから。
　お母さんはメディアに顔出ししているから、小さなことでもスクープされるのが怖いんだ。
　とくにお金持ちが集うような場所で、あられもない醜態(しゅうたい)を他人にさらすことはあってはならないことで。
　あの『tear』の代表が家族と揉め事を起こしていたなんて知れたら、いくら人前で見栄を張って幸せそうな成功者を演じていても、実際には家庭を顧みていないのねって陰口をたたく人が必ず現れる。
　ファッション業界は裏で足の引っ張り合いが激しいと噂

されるだけに、常に片肘を張って、プライドを保っていなくちゃ、簡単に足元をすくわれてしまうんだろう。
　人目を気にするお母さんを見てて思った。
　お母さんも私と似てるね。
　人にどう見られてるかばかり意識して、肝心なことがわからなくなってる。
「和泉くん、ありがとう。……私、絶対にお母さんを説得してみせるから。だから、川瀬家に戻ってこれたら聞いてほしい話があるの」
　和泉くんが着ているシャツの裾をくいくいと引っ張り、彼がうしろを向くのと同時にとびきりの笑顔を浮かべる。
「今まで努力してこなかった分も含めて頑張ってくるね」
　小さくガッツポーズをつくって、むんっと気合を入れなおす。
「唯……？」
「和泉くん、いってきます」
　——さあ、行こう。
　逃げてたって始まらないなら、いっそのこと自分から飛び込んでしまえばいい。
　和泉くんの横をすり抜けて、お母さんの前へ。
　うん。
　大丈夫。
　もう怖くない。
　さっきまでの震えは止まって、代わりに胸の内側からやる気がみなぎってくるんだ。

「お母さん。私達、きちんと話そう」
「何、を突然……」
「今まですれ違ってきた分、お互いについて話し合おうよ。納得いくまでとことん揉めて、妥協点を踏まえて解決策を探していこう」
「……っ、いい加減にしてちょうだい！　これ以上ココで話していても埒があかないわ。行くわよ、唯!!」
　——グンッ！
　強い力で腕を引かれ、そのまま42階にやってきたエレベーターに押し込まれる。
「唯！」
「来ないでっ」
　一緒に乗り込もうとする和泉くんを制止して、真剣な顔で約束する。
「絶対、戻ってくるからっ」
　エレベーターの扉が閉まる直前。
　私の目に映ったのは、心配そうにこっちを見つめる和泉くんと、壁に背をもたせかけて余裕の笑みを浮かべながら私に手を振る美崎先輩、ふたりの顔だった。

ただいまとおかえり

　美崎先輩に婚約の話を断り、お母さんに実家に連れ戻されてから早1か月。

　はじめの数日は口もきいてもらえず、2～3日の間、部屋に鍵をかけられ一歩も外に出してもらえなかった。

　携帯電話も没収されてしまい、連絡手段を失ってしまったので、誰にも近況を話せずにいた。

　私も意地になって家政婦さんに申し訳ないと思いつつも、食事に一切口をつけず、ストライキを決行。

　お母さんが帰ってくる気配を感じ取るなり、すぐさま部屋のドアをドンドン叩いて「お願いだから話を聞いて！」と声が枯れるまで叫んだ。

　何日か閉じ込めておけば諦めて言うことをきくと思っていたのに、一向に音を上げないどころか食事も取ろうとしない私に思うことがあったのか、3日目以降のある夜、ついに鍵を解いてくれて。

「……まずは食事をして、お風呂に入ってきなさい」

　強情な私に痺れを切らしたお母さんが呆れたように嘆息して、リビングダイニングに通してくれた。

　これまでお母さんに反抗したことがなかったから、今回も実力行使に出ればすぐ大人しくなるだろうと踏んでいたのだろう。

　なのに、実際の私はいつまで経っても諦めず、強情にね

ばり続けた。
　その熱意に折れて、親子でやっと話し合うことが実現したんだ。
　最初はお互いの気持ちをぶつけ合って何度も言い合いになった。
　お母さんは声を荒らげて怒鳴ったし、私も負けじとテーブルを叩いて怒鳴り返した。
　お母さんは「唯の将来のためにやってること」だと、私に対する理不尽な行いについて正当だと主張し、それに対して「いくらなんでもやりすぎだよ！」と反論を試みる。
　話にならないと先に部屋を出ていったのはお母さんの方で、思いが伝わらない歯がゆさに何度も気持ちが折れそうになった。
　だけど、諦めたらそこでおしまいだから。
　最初に話し合いをした日から、ほぼ毎日のように顔を合わせる度にお母さんと意見をぶつけ合った。
　反抗期を迎えたことがなかったせいか、私が噛みつく度にお母さんは若干ひるみ、言葉に詰まっていた。
　はじめての親子ゲンカは２週間以上続いて。
　不思議なことに、毎日言い争いになるのは目に見えてるのに、どんなに短い時間でもお母さんは家に帰ってくるようになった。
　以前は何日も会社近くのホテルに滞在したり、家にいてもろくにあいさつを交わすことすらなかったのに。
　今は、お互いにきちんと目を見て話せる。

「……ただいま」
「おかえり、お母さん」
　玄関まで出迎えに行った私に、お母さんはほんの少し照れくさそうに顔を伏せていて。
「今日はね、私がごはん作ったんだよ。一緒に食べよう」
「唯が？」
「うん。今日、テレビを観てたら簡単なレシピが紹介されてて、私にも作れそうだと思ったから」
「その手……」
　不慣れな包丁使いで絆創膏だらけになってしまった指に気付かれ、手をぱっとうしろに隠す。
「か、川瀬さんの家で、家事のお手伝いはしてたんだけど、ひとりで料理するのははじめてだったから」
　とっさに言い訳するものの、羞恥で顔が赤くなる。
「ここ最近、ただでさえ仕事で疲れて帰ってくるのに、毎日夜遅くまで私と言い合いしてたでしょ？　だから、せめてもの罪滅ぼしというか、ちょっとした労（ねぎら）いというか……そういうことだから、早く着替えてきてね！」
　お母さんが何か言う前にキッチンにUターンする。
　お鍋に火を点け、スープを温めなおしてお皿によそう。
　私が料理したのは、スタミナ満点のガーリックライスとミネストローネ。前菜の生ハムサラダにはイタリアンドレッシングをかけて出した。
　食卓テーブルに料理を並べていると、部屋着に着替え終わったお母さんがダイニングルームにやってきて。

「これ……全部、唯が?」
　と、感心したように目を見張り、まじまじとごはんを眺めていた。
「ほら、席に座って。冷めないうちに食べようよ」
　椅子をうしろに引き、ここに座るよう促す。
　遠慮がちに席に着き、手を合わせるお母さん。
　私の向かいの席に座り、お母さんの反応をどきどきしながら観察する。
　すると、ミネストローネをひと口飲んだお母さんが、ぽつりと「おいしい……」とつぶやいたのを耳に入れて。
「やったーっ」
　あまりの嬉しさに顔がにやけてしまい、思わず万歳してしまった。
「やったーって、子どもじゃないんだから。……って、あなたはまだ子どもなのよね」
　呆れたようにクスリと笑うお母さん。
　あ。お母さんが笑った。
　久々に目にした素の表情に、今度は私が目を見張る。
　ぱちくりと瞬きを繰り返し、今のが幻じゃないか確かめるためにゴシゴシ目元をこすったけど、夢じゃない。
「不思議ね。つい最近まで私がいなくちゃ何も出来ないと思ってたのに、いつの間にかいろんなことを覚えて、唯は唯でしっかり成長していたのよね」
「お母さん……?」
「料理だけじゃない。家に連れ戻してからは毎日身の回り

の家事全般をこなして……ホームヘルパーから報告を受けてるわ」

気のせいか、かすかに声が震えているような……？

しかも、目元が潤んで、今にも泣きそうな顔してる。

「……私はただ自分と同じ苦労を子どもに味わわせたくなくて、ただただ必死に会社を大きくすることを考えて、自分の跡を継がせることが唯の為になると思い込んでた」

スプーンを握り締めたまま静かに涙を流すお母さん。

「はじめは、夢を叶えることに必死で毎日無我夢中だった。会社が成功すればするほど忙しさに追われて、仕事のストレスを家族にぶつけて……夫にも子どもにも悪いことしてる自覚はあっても、立ち止まってる暇なんてなかったのよ」

テーブルクロスにぽたぽた染み込む熱い滴。

「がむしゃらに前に突き進んで……世間で評価が上がるのと反比例して、家族の絆を壊していってた。離婚した時、お父さんに言われたわ。『君は自分のことしか考えてない。僕のことはいいけど、唯のことだけはちゃんと見てあげてくれ』って。……ちゃんとの意味が今ならなんとなくわかる気がするわ。裕福な暮らしをさせろってことじゃなく、唯の気持ちに寄り添えって意味だったのね……」

今まで抑え込んできた感情を爆発させるように、お母さんは肩を震わせて泣きじゃくっていた。

お母さんにつられるように私も泣けてきて。

椅子から立ち上がり、ゆっくりとお母さんのそばに寄って、うしろから背中にそっと抱きついた。

「お母さん……お母さん、お母さんっ」
　繰り返し、何度も名前を呼んで。
「ごめんね、唯」
　私の目を見て謝るお母さんに、首をふるふる横に振って「謝らないで」と口にする。
　違うの。謝ってほしいわけじゃないの。
　私が子どもの頃からお母さんに望んでいたのは、ひとつだけ。
　ねえ、お母さん。
　私はここにいるよ。
　目の前にいるのに心が遠く離れてる気がして寂しいよ。
「私、もっといっぱいお母さんと話したいよ。普通にごはんを食べて、学校であったこととかいろいろ報告して、たまの休日には一緒にショッピングに行きたい。お母さんと違ってファッションセンスがないから、私に似合う洋服を選んでよ」
　贅沢は望まないから。
　だから、こっちを向いて。
「ええ。これからは少しずつ改善していくわ……」
　お母さんを抱き締める私の腕に手を重ねて柔らかく苦笑する。
　何年ぶりかの素の笑顔。それは、昔の優しかった頃のお母さんとちっとも変わっていなくて。
　私も鼻を啜りながら「ありがとう」って微笑んだ。
　小さな……だけど、大きな一歩。

私達親子は、やっとお互いと向き合えたんだ。

　それから、夏休みの残りの日々は、私の希望でお母さんのお店で働かせてもらうことになった。
「いろいろ考えてみたんだけど、何事も経験っていうか、やってみてわかる向き不向きもあると思うの。もしかしたら、お母さんのお店で働くうちに、将来のビジョンが見えてくるかもしれないし、反対に違うって感じるかもだけど……そんな甘えた考えじゃ駄目かな？」
　と、アルバイトを志望した理由を語ると、即答で「甘いわね」と一蹴されて。
　でも、唯の言うことも一理あるかと納得してもらえて、短期間だけど『tear』のショップ店員として働かせてもらえることになったんだ。
　人見知りな私が接客業を務めるのは想像以上に大変で、お客さんにうまく接客出来なくて、バックヤードで何度も悔し涙を流した。
　お母さんから「私の娘だというのは関係なく、厳しく扱って下さい」と指示されていたスタッフさん達からはビシバシしごきを受けて。
「青井さん、お客さんが手に取った商品を綺麗に畳みなおして、裏で在庫を数えてきて下さい。あと、そんな泣きそうな顔で店に立っていられると迷惑です」
「さっきの接客ですが、ファッションの専門用語に答えられないのは相当まずいです。最低限、それぐらいのことは

覚えてきて下さいね」
　綺麗で美人揃いのスタッフさんに毎日怒られ、数多くの失敗を繰り返して、体がへとへとになるまで駆けずり回って。
　はじめのうちは、自分の不手際のせいでいろんな人達に迷惑をかけていることが申し訳なくて、仕事が出来ない悔しさや居心地の悪さに何度も消えてしまいたくなった。
　接客スタッフには毎日ノルマがあって、当然私もこなしていかなくちゃいけないんだけど、結果はいつもビリ。
　ひどい日には、ひとりも売り上げに繋げられなかったなんてことも。
　外側から見てると普通に見える作業でも、実際に自分がしてみるとすごく大変で。
「青井さん。困った時は、まわりのスタッフをよく見て、接客する時の技を盗んでみて。ほかのショップを偵察して勉強してみるのもいいし、どうしたらお客さんが商品を買いたくなるかよく考えてみて」
　チーフに言われたことを実践して、ほかのスタッフがお客さんについてる時にどんなふうに接客してるのか観察してみたり、ほかのショップで接客される側になって勉強してみたり、地道な努力を重ねていった。
　お客さんが求める商品を瞬時に見つける。
　購入しようか迷うそぶりを見せたら、すかさず「その商品、とっても売れ行きが良くて人気なんですよ〜」と相手に興味を抱かせる言葉で購入意欲を掻き立てる。

……等々、気付いたことは全部ノートに書き込んで。
　仕事が終わるなりひとり反省会＆細かい見直しを繰り返して、ちょっとずつだけどコツがつかめるようになってきた。
　もともとガリ勉タイプなので、ファッションの専門用語は丸暗記して、スタッフの人達を驚かせた。
　アルバイト最終日には私の頑張りを見届けてくれたスタッフさん達に笑顔で見送られ、短期間とはいえ、この人達と一緒に働けて本当によかったと思った。
　働いてみて感じたのは、『tear』で働くスタッフやお客さんが、お母さんの作った服をどれだけ愛してるかということ。
　洋服を手に取るお客さんが口元をほころばせて「かわいい」ってつぶやくのを耳にした時。
　新商品が入った段ボールの中身を開けて、スタッフさんが興奮してるのを目にした時。
　買う人も売る人も、みんな『tear』を大切にしていて。
　笑顔になれる洋服って、すごいなって。
　これがお母さんが築き上げてきたものなんだ、って。
　そう実感して、どうしてお母さんが『tear』を守っていきたかったのか、わかるような気がした。
　将来の夢はまだ見つからないし、具体的に何をしていきたいのか探している途中だけど。
　お母さんの店で働いてみて、この店を継いで繁栄(はんえい)させていくのもプランのひとつとして「アリ」なんじゃないかなって思えるようになった。

もちろん、これで決定ってわけじゃないし、高校を卒業するまでには答えを導き出していきたいけど。
　数ある選択肢の中で、お母さんが私に用意してくれた「ひとつの道」だと思えば、とらえ方がグンと変わるというか。
　感謝の気持ちが湧いて、純粋にありがたいなって感じるようになったんだ。
　そのことをお母さんに伝えたら、
「私的には会社を継いでもらえることがベストだけど……唯の人生だもの。最終的にはあなたが決めなさい。ただし、跡取りになる道を選ぶなら、それ相応の覚悟をしてもらうわよ」
　と、厳しくかつ優しいひと言を贈ってもらえた。
　まだ高校1年生。
　これから将来に対する考えは日々変化していくし、社会人になった自分が何をしてるかなんて全く予想もつかないけど。
　きちんと、自分の中で納得できる答えが見つかるといいな。
　手さぐりで1個ずつ問題を解決しながら。
　自分の足で歩いていきたい。

　そして——。
　夏休み最終日を迎えた8月31日。
「くれぐれも向こうのお宅にご迷惑をかけないように。あと、勉強をおろそかにしないこと」
「ふふっ。了解」

「……何かあったらすぐ連絡してくるのよ」

照れくさそうにそっぽを向くお母さん。私はクスリと笑って、玄関先でパンプスに履き替えながら大きくうなずく。
「お母さん、いってきます」
「いってらっしゃい」

ボストンバッグを手に持ち、お母さんに見送られて自宅をあとにする。

今日は真夏日の快晴。外に出ると、むっとした熱気に包まれ、ハンドタオルで額の汗を拭いながら駅まで歩く。

太陽の光がまぶしく、コンクリートの地面には陽炎が揺らいでいる。

頭には白いカンカン帽、ノースリーブのシャツワンピースにアンクレットストラップ付きのサンダルと比較的涼しげな格好をしてきたけど、駅に着くまでの間に全身にしっとり汗をかいてしまった。

実家に戻ってから、約1か月。

いろいろあったけど、今日はやっとみんなの元に帰れるんだ。

説得の末、日和高校から転校せずに済み、再び川瀬家に居候させてもらえることになった。

携帯電話も無事に返却され、昨日のうちに千夏ちゃん達にそれぞれ電話をかけて事の顛末を報告していた。

千夏ちゃんも美希ちゃんも朱音ちゃんも、3人共連絡が取れない私を心配して待っていてくれて。

夏休みに遊べなかった分、新学期に入ったらたくさん遊

ぼうって約束してくれたんだ。
　明日からまた大好きな友人達と学校生活を送れる。
　こんなに楽しみなことってないよね。
　それから、もうひとつ。
　私が何よりも楽しみにしていたこと。
　電車を乗り継いで目的地の駅で降り、改札口を抜けて慣れ親しんだ道を歩く。
　4月に越してきてから、もうすっかり見慣れた景色。
　ほんの少しの間離れていただけなのに、なんだかすごく懐かしい気分。
　街路樹の木漏れ日。蝉の鳴き声。太陽の光を浴びて。
　早く「彼」に会いたくて自然と早足になる。
　今日、私が戻ってくるのを知っているのは、川瀬夫婦と千夏ちゃん達の5人だけ。
　肝心の和泉くんにはサプライズということで内緒にしてもらっている。
　恵美さんにお願いしたら、私達夫婦は夜まで仕事で出かけるから和泉に留守番させておくと楽しげにサプライズ計画に協力してくれた。

「……着いた」
　川瀬家の前に立ち、バッグの中から合鍵を取り出す。
　もうお昼だから、さすがに起きてるよね?
　はやる鼓動を抑えながら、なるべく物音をたてないようコッソリ鍵を開けて玄関の中に入る。

１階のリビングダイニングに向かうと……いない。
　って、ことは２階の自室にいるのかな？
　足音をそっと忍ばせて階段を上がり、和泉くんの部屋の前へ。
　部屋の中から感じる人の気配に、ほっと安堵の息を漏らす。
　よかった。ちゃんと家にいた。
　ドキドキする胸に手を当て、すーっと深呼吸。
　どうか、勇気を出せますように。
　決意を込めて。
　ゆっくりとドアノブを回し、部屋の中に入る。
　そして、机に座って勉強している和泉くんの背中に思いきり抱きついた。
「ただいま、和泉くん！」
「……唯？」
　いきなりうしろから抱きつかれて驚いたのか、さすがにポーカーフェイスが崩れて目を丸くしている和泉くん。
　勉強の時だけしている眼鏡の縁を指先で持ち上げながら「本物？」なんて半信半疑な様子で瞬きしてる。
「本物だよ。私ね、やっとお母さんを説得して、ここに帰ってこられることになったの。またみんなと一緒に生活出来るんだよっ」
　ゆっくりと振り返った和泉くんに笑顔で報告すると、言葉の意味を理解したのか納得したようにうなずいてくれて。
「……頑張ったじゃん」
　満足げな笑顔で、私の頭をくしゃくしゃ撫でてくれた。

「うん。和泉くんにね、報告したいことがいっぱいあるんだ。お母さんと仲直りしたことや、お母さんのお店で短期間アルバイトしてきたことや、ほかにもいろいろ。でも、その前に伝えておきたいことがあるの」

　和泉くんの腕を引っ張って椅子から立ち上がらせる。

　ベッドの前で向き合った私達はお互いをじっと見つめて。

「あのね、ちょっと待ってね。もう１回、深呼吸するから」

　緊張が収まらない私は、胸に手を当てて震える息を吐き出す。

　この家に帰ってこれたら、真っ先に伝えようと決めていた。

　決意が揺らぐ前に、ひとつのけじめをつけようと。

　美崎先輩と「約束」した、和泉くんへの告白を。

「大丈夫か？」

　顔を真っ赤にして深呼吸を繰り返す私に、和泉くんが背を屈めて下から顔を覗き込んでくる。

　視線が絡み合った、一瞬。

　窓の外から響き渡る蝉の声。

　トクン、と一際大きく鼓動が高鳴ったのを合図に私は口を開いた。

「好きです、和泉くん」

　緊張しすぎて泣きそうになるのをこらえながら、今出来る精いっぱいの笑顔を浮かべて告げる。

「はじめて会った時から、ずっとずっと和泉くんに惹かれてた」

　子どもの頃に一度会ってたことを踏まえれば、正確には

2度目の再会だけど。

　中3の冬。駅で助けてもらった時から、ずっと。
「和泉くんがいたから、本気で変わりたいって思えた。友達に話しかける勇気を持てた」
　こっちに越してきたばかりの頃。
　引っ込み思案な性格が災いして、自ら人の輪から離れ、殻に閉じこもっていた。
　せっかく仲良くなれそうだった千夏ちゃんとも距離を置いて、後悔の念に苛まれてばかり。
　そんな時、和泉くんが私の背中を押してくれて。
　厳しい言葉の中に思いやりの優しさを感じ取った。
　そのおかげで千夏ちゃんとの間に生まれた誤解を解けて、私達は仲良くなることが出来たんだ。
「それだけじゃない。和泉くんはいつだって陰ながら見守ってくれて、私に成長するきっかけを与えてくれた」
　自分の感情を押し殺し続けて泣けなくなっていた私に、
『泣きたいなら泣けばよくない？』
『話ならいくらだって聞いてやるから、思ってることあるなら言えば？』
　って、泣くきっかけもつくってくれたね。
　千夏ちゃんと仲直りした時も、
『……俺のおかげじゃなくて、唯が自分で頑張ったからだろ？』
　って、努力を認めてくれた。
　あくまでもさりげなく力添えして、私の手助けをしてく

れてた。
「綾乃先生とのことがあったあとで、急にこんなこと言われて迷惑かもしれないけど……、今日、ここに帰ってこれたら、きちんと自分の気持ちを伝えようって思ってたの」
　偶然知ってしまった、和泉くんと綾乃先生の過去。
　和泉くんは心に深い傷を負って、静かに涙していたよね。
　今だから言えるけど、あの時、私のそばで泣いてくれて本当に嬉しかったんだ。
　泣きたくても泣けないつらさは痛いほどわかるから。
　和泉くんが素直に泣けて安心したんだよ。
「俺の方こそ……唯のおかげで、もう一度綾乃と向き合うことが出来た。最後に会った時、アイツ妊娠してたよ。それで、結婚することに決まったって」
「鈴木先生と婚約するって聞いてたけど、もう結婚まで決まってたんだね。それに、赤ちゃんまで……」
「ああ。すごい幸せそうな顔で笑ってたよ。それから、昔のことを心から謝罪されて、過去に執着してるのが馬鹿らしくなった。ちゃんと『今』を見てなきゃ駄目だよな」
　綾乃先生のことを思い浮かべて苦笑する和泉くん。
　どこか吹っきれたような顔つきに、過去のトラウマが解消されたことを悟り、私まで嬉しくなった。
「そうだね……。私も、過去にとらわれず、これからは前を向いて歩いていきたい。どんなに遅くても、一歩ずつでも、理想の自分に近付けるって信じて」
　お母さんに無理矢理実家に連れ返されそうになった時も、

まるで自分のことのように真剣に怒ってくれて、お母さんを必死で説得してくれた。
　あの時、和泉くんがかばってくれたから、お母さんと向き合う決心がついたんだよ。
「いつも助けてくれてありがとう。私は和泉くんのことが大好きです」
　頬に熱が集中して、心臓が破裂しそう。
　和泉くんはさっきからずっと黙ったまま、いつもの真顔で、じっと私を見つめている。
　感情の読めない瞳に正直不安を感じるけど。
　ちゃんと知ってるよ。
　私の話を聞いて、真剣にどうしようか考えてくれてること。
　ほかの人にはポーカーフェイスに見えても、私には和泉くんの些細な表情の変化から気持ちが読み取れるんだ。
　そのぐらい近い距離で和泉くんを想い続けてきたから。
「さっきの返事だけど、俺は……」
「安心して。付き合ってほしいなんて思ってないし、私はただ好きでいられるだけで満足だから」
　気持ちを押し付けたいわけじゃない。
　ただ知っててもらいたかっただけ。
「そうじゃなくて、話を──」
「それにね、和泉くんに釣り合う人になれるよう努力しようって目標も出来たし！　私、一生懸命頑張るから。今よりもっと魅力的になって、和泉くんに少しでもいいなって思ってもらえるようになったら、もう一度告白してもいい

かな？」
「…………」
　くしゃりと前髪を掻き上げ、深い息を漏らす和泉くん。
　勝手すぎたかな、と心配になって肩を落としていると。
「……まあ、べつにいいけど？」
　和泉くんがボソリとつぶやいて。
　驚いて顔を上げた私に、イタズラっぽく口端を上げて笑ってくれたんだ。
「本当に!?　あとからやっぱり駄目って言わない？」
　半信半疑で訊ねると、和泉くんがやれやれと言いたげに肩をすくめて。
「いたっ」
　私の額に軽くデコピンして「言わないから、好きに頑張れば？」と余裕たっぷりの表情で噴き出した。
「……っ！」
　そのあまりにもカッコいい笑顔に顔中がカーッと熱くなって。
　好きでいることを許してもらえた安心感から膝の力が抜けて、床に座り込みそうになった時。
　和泉くんが私の腕をつかんで立ち上がらせて。
　そのまま、正面からふわりと体を包み込まれた。
「和泉、くん……？」
　和泉くんの胸に額を押し当て、震える声で彼の名前を呼ぶ。
　心臓がドキドキ鳴ってうるさい。
　耳の付け根まで赤く染まって、ああ、どうしよう。

クラクラ眩暈する。
　背中に回された腕にぎゅっと力が込められて、全身の力が抜けていく。
「おかえり、唯」
　耳元に唇を寄せられ、優しく囁かれた言葉に胸の奥がじんわり熱くなって。
　おそるおそる和泉くんの広い背中に腕を伸ばして、そっと抱き締め返す。
　温かなぬくもりに安心して、瞳からぽろりと一滴の涙が零れ落ちた。
「……ただいま」
　まつ毛を伏せて柔らかく微笑む。
　和泉くんの腕の中は何よりも私の心を落ち着かせて。
　しばらくの間、幸せな気分に浸っていたんだ……。

　ただいま、和泉くん。
　大好きな人達がいるこの場所に帰ってこられて、本当によかった。

エピローグ

　無事、川瀬家に戻れた翌日の９月１日。
　今日は、夏休み明けの新学期。
　和泉くんとふたりで学校に登校すると、校門の前で千夏ちゃんと美希ちゃん、朱音ちゃんの３人が先に登校して私がやってくるのを待ってくれていた。
「唯～っ!!　夏休み中、連絡が取れないから心配してたよーっ」
「新学期に登校してきたってことは、もちろん転校の話はなしになったのよね!?」
「青井ちゃんのことが心配で、もし仮に転校が決まったら３人で青井ちゃんの親のところに出向いて猛抗議しに行こうって相談してたんだよ。でも、帰ってこられてよかった」
　むぎゅっ。みんなで一斉に私を抱き締め、私の帰りを喜んでくれる。
「千夏ちゃん、美希ちゃん、朱音ちゃん……みんな、心配かけてごめんね。あとは、待っててくれてありがとう」
　心から感謝の気持ちを込めてお礼すると、みんなが笑顔でうなずき返してくれて。
　私までつられて笑ってしまった。
「……よかったな」
　すぐ隣にいた和泉くんにコツンと額を小突かれ、彼と目配せし合って苦笑する。
「うんっ」

と満面の笑みで返事をすると。
「おっと。唯のことで頭がいっぱいで川瀬先輩が目に入ってなかった」
「朝から仲良く登下校とか妬けるよねぇ～」
「さて、うちらは先に行きますか。青井ちゃん、邪魔してごめんね」
「えっ、みんな……!?」
　千夏ちゃん達はニマニマしながら校舎の方に向かって走り、校門前に私と和泉くんだけ置き去りにされてしまった。
　えっと……、私も校舎に向かうんだけどな。
　なんでみんなに置いていかれたのかわからず、頭にハテナマークを浮かべていると。
「おはよう、唯ちゃん♪」
　──ぎゅっ。
　今度はうしろから誰かに抱きつかれて。
「きゃっ」
　とっさなことに驚き、慌てて顔を上げると、朝からご機嫌な笑みを浮かべた美崎先輩が立っていた。
　学校ナンバーワン人気の和泉くんと、ナンバー２の美崎先輩が揃って、周囲にいた女子生徒達がざわめき、大勢の視線を一斉に浴びて赤面する。
　うう。注目の的になっちゃってるよ……恥ずかしい。
「今、日和高校にいるってことは親の説得に成功したってことかな？」
「みっ、みっ、美崎先輩……!?」

くいっと指先で顎を持ち上げられ、至近距離から微笑まれる。端正な顔立ちにどアップで迫られ、目がぐるぐる回りだす。
「ちょ、あの、近いです！　距離が、その……っ」
「ん〜。テンパる唯ちゃんもかわいいね。ますます本気で落としたくなる」
「へ？」
「あれ？　言ってなかったっけ。確かに、今回の婚約は破談にしたけど、俺個人としては唯ちゃんのこと諦めたつもりがないって」
　ニッコリと不敵な笑みを口元に広げて、美崎先輩が顔を近付けてくる。鼻と鼻が触れ合いそうな距離に、思わずぎゅっと目をつぶって顔を背けようとしたら。
「離れろ」
　グイッ。
　和泉くんが美崎先輩の首根っこをつかんで、私から引き離してくれた。
　って、なんか怒ってる、和泉くん？
　眉間にしわを刻み、不機嫌な態度をあらわにして美崎先輩をにらみつけてる。
「勝手に唯に触るな。っていうか、近付くな。むしろ、今すぐ諦めろ」
　めずらしく早口でまくしたてる和泉くんに私は目が点。
　だって、和泉くんがムキになる必要なんてないのに。
　どうして私のことで美崎先輩に怒ってるんだろう……？

「あはは。いくら和泉の頼みでもそれは聞けないね。でもまあ、一応今は引き下がっておくよ」

　わざと肩をすくめておどけてみせながら、私に向かってウインクする美崎先輩。

　そのまま、じゃあねと手を振りながら、取り巻きの女の子達の元へ歩いていく。

「……な、なんだか朝から大騒ぎだね」

　人差し指で頬を掻きながら苦笑い。

　美崎先輩の言うことはどこまでが本気でどこからが冗談なのかわからない。

「ね、って……和泉くん？」

「…………」

　ふたりで肩を並べて校舎の中に入り、それぞれの学年の下駄箱前で別れようとした時。

「美崎とはあんまり関わらないで」

　背を向けようとした私の手首を和泉くんがつかんできて。

　えっと思って、うしろを振り返ろうとした瞬間。

　和泉くんの右手が私の顎を持ち上げ、そっと唇を塞いできた。

　唇同士が重なっていたのは、わずか１秒にも満たない短い時間。

　すぐさま顔が離れて、和泉くんはそっぽを向いてしまった。

　ざわざわと朝の喧騒に包まれる校舎内。

　たまたま昇降口に人が少なかったのと、下駄箱の影に隠れて人目に触れてなかったことが幸いして、まわりの人に

目撃されてなかったみたい。
　だけど、今の私には周囲の状況を細かく確認する余裕なんかちっともなくて。
　目をぱちくりさせて瞬きを繰り返す。
　少しずつ状況を理解すると同時に顔中が熱くなって、耳たぶまで真っ赤に染まった。
「い、和泉くん……なんで……」
　急にキスなんか──と言いかけた私の口を大きな手のひらで塞がれ、心臓が破裂しそうなほどドキドキ騒ぎだす。
　だって、心なしか和泉くんの頰が若干赤くなってるように見えるから。
　そんな恥ずかしそうな顔、はじめて見るよ。
「だから、昨日言ったじゃん。まあ、べつにいいけど、って。そっちは勝手に誤解して突っ走ってたけど」
　伏し目がちに笑う和泉くんにどうしようもなく心が揺さぶられて。
　きっと、こんなに緊張してたら、和泉くんに私の心臓の音が聞かれちゃうよ。
「それって、どういう意味なの……？」
　スカートの裾をきゅっと握り、真っ赤な顔で上目遣いに和泉くんを見上げる。
　期待なんかしてないはずなのに。
　こんな思わせぶりなことされたら嫌でも期待してしまう。
　じっと見つめるうちに緊張からか瞳が潤んできて視界がにじみだす。

和泉くんはゆっくり背を屈めて、私の耳元でボソリと囁いた。
「……唯の告白、俺は断ったつもりないんだけど？」
　昇降口の窓から差し込む、爽やかな朝の陽射し。
　ざわざわと人の話し声で賑わう校舎。
　人目もはばからず、無意識のうちに和泉くんの胸に飛び込み、彼の背中に腕を回して抱き締める。
「俺も好きだよ」
　下唇を噛み締めて必死に泣くのをこらえる私に、和泉くんはとびきり優しい笑みを浮かべて、そっと抱き締め返してくれた。
「いつの間にか、唯のことばっかり考えてた」
　と、優しく私の髪を撫でながら……。

　ずっと自分の気持ちを押し殺していた。
　親の言いなりになって、言われるがまま行動する。
　嫌なことを嫌と断れない。
　やりたくないことをやって憂鬱な気分に。
　心が痛むのに、どうしてかな。
　涙が一滴も出てこない。
　長い間、泣くのを我慢し続けたせいで、無意識のうちにこらえる癖が付いていて。
　寂しいよ。
　苦しいし、つらいよ。
　心の奥底で嘆いているのに。

想いは声に出せず、無気力な日々を繰り返していた。
　本当の『私』はどこにいるんだろう？
　いつからか自分すら見失って。
　家族とのすれ違い、学校でのいじめ、習い事や受験勉強のストレス。
　いろんなものがたまりすぎてパンクしかけていた、中３の冬。偶然、和泉くんと出会えた。
　受験会場に向かう途中、駅で倒れた私を介抱して、優しい言葉をかけてくれた。
『アンタの価値はアンタが決めるものなんだから、人に振り回されてどうこうするより、自分でどうしたいか選んで判断しろよ』
　あの時の言葉、すっごく胸に響いたんだよ？
　私のことは私が決める。
　どうしたいのか自分で判断していいんだって。
　そんな当たり前のことを忘れていたから。
『――それ、癖？』
　下唇を噛み締めて、拳を固く握って。
　いつもみたく反射的に泣くのをこらえていたら、和泉くんは指摘してくれたね。
　誰も気付いてくれなかったのに、和泉くんだけが見抜いていてくれた。
　私が泣きたくても泣けなくなっていること。
　でもね、本当は、ずっと泣きたかったの。
　ただ感情のままに涙して、誰かに聞いてほしかった。

ううん。
話を聞いてもらえなくてもいい。
ただつらい時にそばにいて、泣いてる私を見守ってくれるだけでよかった。
泣いてもいいよって、和泉くんが諭してくれたから、やっと泣けた。
ずっと我慢してた分、せきを切ったように涙が溢れ出て止まらなかった。
出会った日から今日までいろんなことがあったね。
和泉くんがいたから私は前を向いて歩くことが出来た。
人から見れば遅いペースかもしれないけど、少しずつ自分を変えていくことが出来たんだ。

ねえ、和泉くん。
人を好きになるって不思議だね。
こんなにも前向きな気持ちになれる。
和泉くんに好きだよって言われて、自然と溢れ出た幸せの涙。

　──うん。
もう我慢しなくていいよ。
泣いてもいいよ。

end

あとがき

はじめましての皆様、そして、これまでにもサイトや書籍で著書を読んで下さったことのある皆様、こんにちは。

この度は「泣いてもいいよ。」をお手に取って下さり、誠にありがとうございます。今回、初めてピンクレーベルから出すことになり、いつもとは違った新鮮な気持ちで編集作業に取り組ませていただきました。

まずはじめに、この本の制作に携わって下さった担当編集者の飯野様、佐々木様、デザイナーの金子様、スターツ出版の皆様、関係各位の方々に深くお礼申し上げます。

そして、とっても素敵なイラストを描いて下さった、少女漫画家のなま子先生。ラフの段階から素敵すぎて、担当さんから画像が送られてくる度にプリントアウトして、部屋に飾る用、鑑賞用、持ち歩き用と3つの用途に分けて毎日眺めておりました。（当然、パソコンと携帯の待ち受け画像にも！）カッコ可愛すぎる登場人物達を描いて下さり、本当にありがとうございます。一生の宝物です。

今作は、タイトル通り「泣いてもいいよ。」をテーマに書き始めました。

最初に頭の中に浮かんだのは、どんなにつらいことや悲

しいことがあっても泣けずにいる、主人公の唯の姿でした。
　必死に涙を堪えている理由はなんなのだろうと、毎日物語の構想を考えていく内に、クールだけど優しい和泉の人物像が生まれてきて。
　このふたりを出合わせたら、どんな物語になるのだろうとパソコンに文章を打ち始めて出来上がったのが「泣いてもいいよ。」でした。

　私自身、泣きたくても泣けない状態に立たされた時に、信頼してる人がただそばにいてくれて、何を言うでもなく黙って背中をさすってもらえた時に、心からほっとしたことがあります。その瞬間、目から自然に涙が溢れて、ようやく傷付いてる自分の気持ちを受け入れることが出来ました。泣けないんじゃなくて、泣きたくなる原因から目を逸らそうとしていたから、思考停止していたんですよね。
　泣いたあとは、不思議と気持ちが落ち着いてスッキリしたのを覚えています。その時に、誰かがそばにいてくれる有難みを身に染みて感じたことも。

　「悲しい時は悲しい」「つらい時はつらい」
　シンプルでいいんです。そのままの気持ちを受け入れることで、はじめて流せる涙もあるのだと、この物語を通じて何かが伝われば幸いです。
　涙のあとに、たくさんの笑顔が溢れることを祈って。
　　　　　　　　　　　　　2016.12.25　善生茉由佳

この物語はフィクションです。
実在の人物、団体等とは一切関係がありません。

善生茉由佳先生への
ファンレターのあて先

〒104-0031
東京都中央区京橋1-3-1
八重洲口大栄ビル7F

スターツ出版(株)書籍編集部 気付
善生茉由佳先生

KEITAI
SHOUSETSU
BUNKO
野いちご SINCE 2009

泣いてもいいよ。
2016年12月25日　初版第1刷発行
2018年11月9日　　第2刷発行

著　者	善生茉由佳
	©Mayuka Zensho 2016
発行人	松島滋
デザイン	カバー　金子歩未(hive&co.,ltd.)
	フォーマット　黒門ビリー&フラミンゴスタジオ
ＤＴＰ	株式会社エストール
編　集	飯野理美
	佐々木かづ
発行所	スターツ出版株式会社
	〒104-0031　東京都中央区京橋1-3-1　八重洲口大栄ビル7F
	TEL 販売部03-6202-0386（ご注文等に関するお問い合わせ）
	http://starts-pub.jp/
印刷所	共同印刷株式会社

Printed in Japan

乱丁・落丁などの不良品はお取替えいたします。上記販売部までお問い合わせください。
本書を無断で複写することは、著作権法により禁じられています。
定価はカバーに記載されています。

ISBN 978-4-8137-0184-2　C0193

ケータイ小説文庫　2016年12月発売

『お前しか見えてないから。』青山そらら・著

高1の鈴菜は口下手で人見知り。見た目そっくりな双子の花鈴とは正反対の性格だ。人気者の花鈴にまちがえられることも多いけど、クールなイケメン・夏希だけは、いつも鈴菜をみつけてくれる。しかも女子に無愛想な夏希が鈴菜にだけは優しくて、ちょっと甘くて、ドキドキする言葉をくれて…!?

ISBN978-4-8137-0185-9
定価:本体 590 円＋税

ピンクレーベル

『サヨナラのその日までそばにいさせて。』陽-Haru・著

高2の夏、咲希のクラスに転校してきたのは、幼なじみで初恋の相手だった太陽。10年ぶりに会った彼は、どこかよそよそしく、なにかを隠している様子。傷つきながらも太陽のことが気になってしまう咲希だけど、彼には命のタイムリミットが迫っていることを知り…。幼なじみとの感動の恋！

ISBN978-4-8137-0187-3
定価:本体 580 円＋税

ブルーレーベル

『たとえば明日、きみの記憶をなくしても。』嶺央・著

高3の乙葉は、同級生のユキとラブラブで、楽しい毎日を送っていた。ある頃から、日にちや約束などを覚えられない自分に気づく。病院に行っても記憶がなくなるのをとめることはできなくて…。病魔の恐怖に怯える乙葉。大好きなユキに悲しませないよう、自ら別れを切り出すが…。

ISBN978-4-8137-0186-6
定価:本体 590 円＋税

ブルーレーベル

『感染学校』西羽咲花月・著

愛莉の同級生が自殺してから、自殺＆殺人衝動を持った生徒が続出。ところが突然、生徒と教師は校内に閉じ込められてしまう。やがて愛莉たちは、校内に「殺人ウイルス」が蔓延していることを突き止めるが、すでに校内は血の海と化していて…。感染を避け、脱出を試みる愛莉たち。果たしてその運命は!?

ISBN978-4-8137-0188-0
定価:本体 590 円＋税

ブラックレーベル

ケータイ小説文庫　好評の既刊

『はつ恋』善生茉由佳・著

高2の杏子は幼なじみの大吉に昔から片想いをしている。大吉の恋がうまくいくことを願って、杏子は縁結びで有名な恋蛍神社の"恋みくじ"を大吉の下駄箱に忍ばせ、大吉をこっそり励ましていた。自分の気持ちを隠し、大吉の恋と部活を応援する杏子だけど、大吉が後輩の舞に告白されて…?
ISBN978-4-8137-0138-5
定価:本体 590 円+税

ブルーレーベル

『ナミダ色の恋』善生茉由佳・著

千緒は仲のいいクラスメイト、遙に片想い中。思い切って告白するが、超ド天然な遙に"友達として好き"と勘違いされてしまう。忘れようと思ってもなかなかうまくいかず、もう一度ちゃんと告白しようと決心するが、遙が学校イチの美女、沙希先輩とキスしているところを目撃してしまい…。
ISBN978-4-8137-0040-1
定価:本体 590 円+税

ブルーレーベル

『涙想い』善生茉由佳・著

中3の水野青は同い年の間宮京平が好き。京平と両想いだと周りから聞かされた青は告白を決意するが、京平は辛そうな顔で「付き合えない」と拒絶してきた。その後同じ高校に進学した二人。しかし、京平は学校一の美少女・瀬戸マリカとの仲を噂されて…。切なすぎる青の恋の行方に誰もが号泣!!
ISBN978-4-88381-877-8
定価:本体 550 円+税

ブルーレーベル

『深夜0時、キミと待ち合わせ。』榊あおい・著

紗帆は口下手なため、入学したばかりの高校で"無言姫"と呼ばれている。ある夜、図書室でいちゃいちゃするカップルに遭遇!! 紗帆を助けたのは、いつも寝てばかりの"真夜中くん"こと新谷レイジ。紗帆はレイジに惹かれていくけど、彼には好きな人が…。ぼっち少女×猫系男子の切甘ラブ!!
ISBN978-4-8137-0173-6
定価:本体 560 円+税

ピンクレーベル

ケータイ小説文庫 好評の既刊

『私、逆高校デビューします！』あよな・著

小さな頃から注目されて育ったお嬢様の舞桜。そんな生活が嫌になって、ブリッコ自己中キャラで逆高校デビューすることに！ ある時、お嬢様として参加したパーティで、同じクラスのイケメン御曹司・優雅に遭遇。とっさに「桜」と名乗り、別人になりきるが…。ドキドキの高校生活はどうなる!?

ISBN978-4-8137-0172-9
定価:本体590円+税

ピンクレーベル

『闇に咲く華』新井夕花・著

高1の姫乃は暴走族『DEEP GOLD』の元姫。突然信じていた仲間に裏切られ、楽しかった日々は幻想だったと知る。心を閉ざした姫乃は転校先で、影のある不思議な男・白玖に出会う。孤独に生きると決めたはずなのに、いつしか彼に惹かれていく。でも彼にはある秘密が隠されていた…。

ISBN978-4-8137-0160-6
定価:本体560円+税

ピンクレーベル

『キミと初恋、はじめます。』琴織ゆき・著

高1の詩姫は転校早々、学園の王子様・翔空に「彼女にならない？」と言われる。今まで親の都合で転校を繰り返してきた詩姫は、いつまた離れることになるかわからない、と悩みながらも好きになってしまい…。マイペースでギャップのある王子様に超胸きゅん！ ちょっぴり切ない甘々ラブ♥

ISBN978-4-8137-0161-3
定価:本体590円+税

ピンクレーベル

『キミじゃなきゃダメなんだ』相沢ちせ・著

高1のマルは恋に不器用な女の子。ある朝、イケメンでクールで女子にモテる汐見先輩から、突然告白されちゃった！ いつも無表情な先輩だけど、マルには優しい笑顔を見せてくれる。そしてたまに見せる強引さに、恋愛経験のないマルはドキドキ振り回されっぱなし。じれったいふたりの恋は、どうなる？

ISBN978-4-8137-0149-1
定価:本体590円+税

ピンクレーベル

ケータイ小説文庫　好評の既刊

『お前、可愛すぎてムカつく。』Rin・著

真面目で地味な高2の彩が、ある日突然、学年人気NO.1のイケメン・蒼空に彼女のフリをさせられることに。口が悪くてイジワルな彼に振り回されっぱなしの彩。そのくせ「こいつ泣かせていいのは俺だけだから」と守ってくれる彼に、いつしか心惹かれていって…!?
ISBN978-4-8137-0148-4
定価：本体580円＋税　　　　　　　　**ピンクレーベル**

『いいかげん俺を好きになれよ』青山そらら・著

高2の美優の日課はイケメンな先輩の観察。仲の良い男友達の歩斗には、そのミーハーぶりを呆れられるほど。そろそろ彼氏が欲しいなと思っていた矢先、歩斗の先輩と急接近！　だけど、浮かれる美優に歩斗はなぜか冷たくて…。野いちごグランプリ2016ピンクレーベル賞受賞の超絶胸キュン作品！
ISBN978-4-8137-0137-8
定価：本体580円＋税　　　　　　　　**ピンクレーベル**

『イジワルな君に恋しました。』まは・著

大好きな彼氏の大希に突然ふられてしまった高校生の陽菜。嫌な態度をとる大希から守ってくれたのは、学校でも人気ナンバーワンの翼先輩だった。イジワルだけど優しい翼先輩に惹かれていく陽菜。そんな時、陽菜と別れたことを後悔した大希にもう一度告白され、陽菜の心は揺れ動くが…。
ISBN978-4-8137-0136-1
定価：本体570円＋税　　　　　　　　**ピンクレーベル**

『愛して。』水瀬甘菜・著

高2の真梨は絶世の美少女。だけど、その容姿ゆえに母からは虐待され、街でもひどい噂を流され、孤独に生きていた。そんなある日、暴走族・獅龍の総長である蓮と出会い、いきなり姫になれると言われる。真梨を軽蔑する獅龍メンバーたちと一緒に暮らすことになって…？　暴走族×姫の切ない物語。
ISBN978-4-8137-0124-8
定価：本体580円＋税　　　　　　　　**ピンクレーベル**

ケータイ小説文庫　好評の既刊

『君色の夢に恋をした。』琴鈴(ことり)・著

高2の結衣の唯一の楽しみは、絵を描くこと。ひとりで過ごす放課後の美術室が自分の居場所だ。ある日、絵を描いている結衣のもとへ、太陽のように笑う男子・翔がやってきた。自分の絵を「暗い」と言う翔にムッとしたけれど、それから毎日やってくる翔に、少しずつ心を開くようになって…。

ISBN978-4-8137-0175-0
定価：本体540円+税

ブルーレーベル

『最後の瞬間まで、きみと笑っていたいから。』あさぎ千夜春(ちよはる)・著

高1の雨美花は、大雨の夜、道に倒れている男の子を助ける。後日学校で、彼が転校生の流星だと知る。綺麗な顔の彼に女子は大騒ぎ。でも雨美花は、彼の時折見せる寂しげな表情が気がかりで…彼が長く生きられない運命だと知る。残された時間、自分が彼を笑顔にすると誓うが―。まさかの結末に涙！

ISBN978-4-8137-0174-3
定価：本体570円+税

ブルーレーベル

『キミがいなくなるその日まで』永良(ながら)サチ・著

心臓病を抱える高2のマイは、生きることを諦め後ろ向きな日々を送っていた。そんな中、病院で同じ病気のシンに出会う。真っ直ぐで優しい彼と接するうち、いつしかマイも明るさをとり戻していくが…彼の余命はあとわずかだった。マイは彼のため命がけのある行動に出る…。号泣の感動作！

ISBN978-4-8137-0163-7
定価：本体550円+税

ブルーレーベル

『どんなに涙があふれても、この恋を忘れられなくて』cheeery(チェーリィ)・著

高1の心はクールな星野くんと同じ委員会。ふたりで仕事をするうち、彼の学校では見られない優しい一面や笑顔を知り「もっと一緒にいたい」と思うように。ある日、電話を受けた星野くんは、あわてた様子で帰ってしまった。そして心は、彼の大切な幼なじみが病気で入院していると知って…。

ISBN978-4-8137-0162-0
定価：本体570円+税

ブルーレーベル

ケータイ小説文庫　2017年1月発売

『クールな彼とルームシェア♡』 *あいら*・著

天然で男子が苦手な高1のつぼみは、母の再婚相手の家で暮らすことになるが、再婚相手の息子は学校の王子・舜だった!! クールだけど優しい舜に痴漢から守ってもらい、つぼみは舜に惹かれていくけど、人気者のコウタ先輩からも迫られて…?　大人気作家*あいら*が贈る、甘々同居ラブ!!

ISBN978-4-8137-0196-5
予価:本体 500 円+税

ピンクレーベル

『私と彼の不完全なカンケイ』柊乃（しゅの）・著

高2の璃子は、クールでイケメンだけど遊び人の幼なじみ・尚仁のことなら大抵のことを知っている。でも、彼女がいるくせに一緒に帰ろうと言われたり、なにかと構ってくる理由がわからない。思わせぶりな尚仁の態度に、璃子振り回されて…?　素直になれないふたりの焦れきゅんラブ!!

ISBN978-4-8137-0197-2
予価:本体 500 円+税

ピンクレーベル

『俺をこんなに好きにさせて、どうしたいわけ?(仮)』 acomaru（アコマル）・著

女子校に通う高2の美夜は、ボーイッシュな見た目で女子にモテモテ。だけど、ある日いきなり学校が共学に!?　後ろの席になったのは、イジワルな黒王子・矢野。ひょんなことから学園祭のコンテストで対決することになり、美夜は勝つため、変装して矢野に近づくけど…?　甘々♥ラブコメディ!

ISBN978-4-8137-0198-9
予価:本体 500 円+税

ピンクレーベル

『初恋ナミダ。』和泉あや（いずみ）・著

遙は忙しい両親と入院中の妹を持つ普通の高校生。ある日転びそうなところを数学教師の椎名に助けてもらう。イケメンだが真面目でクールな先生の可愛い一面を知り、惹かれていく。ふたりの仲は近付くが、先生のファンから嫌がらせをうける遙。そして先生は、突然遙の前から姿を消してしまい…。

ISBN978-4-8137-0199-6
予価:本体 500 円+税

ブルーレーベル

書店店頭にご希望の本がない場合は、
書店にてご注文いただけます。

★ この1冊が、わたしを変える。
スターツ出版文庫　好評発売中!!

きみと、もう一度

櫻（さくら）いいよ／著
定価：本体550円＋税

今まで読んだ
小説のなかで、
不動の1位。
（ゆあいりんごゆさん）

後悔ばかりの、あの頃の恋、友情。
もう一度、やり直せるなら――。

20歳の大学生・千夏には、付き合って1年半になる恋人・幸登がいるが、最近はすれ違ってばかり。それは千夏がいまだ拭い去れないワダカマリ――中学時代の初恋相手・今坂への想いを告げられなかったせい。そんな折、当時の親友から同窓会の知らせが届く。報われなかった恋に時が止まったままの千夏は再会すべきか苦悶するが、ある日、信じがたい出来事が起こってしまい…。切ない想いが交錯する珠玉のラブストーリー。

ISBN978-4-8137-0142-2

イラスト／loundraw